De si jolies petites plages

PIERRE POUCHAIRET

De si jolies petites plages

ÉDITIONS DU PALÉMON
ZI de Kernevez - 11 B rue Röntgen - 29 000 Quimper

DU MÊME AUTEUR

AUX ÉDITIONS DU PALÉMON

1. Haines
2. La cage de l'albatros
3. L'assassin qui aimait Paul Bloas
4. Avec le chat pour témoin
5. L'île abandonnée
6. Vie et mort d'une légende bigoudène
7. Le Pont du Diable
8. Du sang sur le quai *(existe en version grands caractères)*
9. Mortels déclics
10. De si jolies petites plages

AUX ÉDITIONS FILATURES/ALIBI

La consule assassinée

L'or vert du Sangha

AUX ÉDITIONS JIGAL

Une terre pas si sainte

La filière afghane - ***Prix Interpol'art 2015***

À l'ombre des patriarches - ***Prix Guy Vanhor du meilleur roman 2017***

La prophétie de Langley - *avec L. Gordon* - ***Prix Michel Lebrun 2017***

Mort en eaux grises - *avec Yves Saint Martin*
Ouvrage dont les droits sont entièrement reversés à l'orphelinat mutualiste de la Police (Orpheopolis)

AUTRES ÉDITEURS

Des flics français à Kaboul, *Éditions La Boîte à Pandore (épuisé)*

Coke d'Azur, *Éditions Ovadia (épuisé)*

Mortels Trafics, *Éditions Fayard* - ***Prix du Quai des Orfèvres 2017***

Overdose, *Réédition de* Mortels Trafics, *Éditions Livre de Poche 2022*

Tuez-les tous... mais pas ici, *Éditions Points (Version poche)*

Larmes de fond, *Éditions Points (Version poche)*

Suivre l'auteur :

Site web : ***www.pierrepouchairet.com***

Facebook : Pierre Pouchairet

Pierre Pouchairet est membre du collectif
L'assassin habite dans le 29
Facebook : L'assassin habite dans le 29

Email : pouchairet.pierre@sfr.fr

Ce texte original relate les aventures du commandant Léanne Vallauri-Galji et de certains personnages qui apparaissent dans l'ouvrage *Mortels Trafics*, Prix du Quai des Orfèvres 2017, publié chez Fayard en novembre 2016 et qui a déjà séduit plus de 120 000 lecteurs.

CE LIVRE EST UN ROMAN.

Toute ressemblance avec des personnes, des noms propres, des lieux privés, des noms de firmes, des situations existant ou ayant existé, ne saurait être que le fait du hasard.

« Il y a dans le châtiment une vertu purificatrice. »
Oscar Wilde. *Le Portrait de Dorian Gray*

Chapitre 1

Au début, il crut à une mauvaise plaisanterie, un truc de connards qui jouaient les justiciers. En les voyant derrière leur table, avec leurs cagoules grotesques, ils lui avaient fait penser à des membres du Ku Klux Klan. Il aurait bien aimé se réveiller à ce moment-là. Mais non, ce n'était pas un cauchemar, ces marionnettes avaient décidé de le juger. Il les insulta :

— Pour qui vous vous prenez ? Je ne suis pas n'importe qui.

— Tu es un profiteur !

Il explosa de colère, à tel point que les deux gardes qui l'encadraient durent le maîtriser. Il se campa face à ceux qui s'érigeaient en justiciers, désigna ses yeux de l'index et du majeur puis les apostropha :

— Enlevez vos cagoules de pitres et regardez-moi en face. J'ai toujours travaillé pour le bien de la communauté. Je connais tous les puissants de ce pays.

Il reçut des rires en retour.

Celui posté au milieu du groupe, peut-être le chef, répondit d'une voix remplie de sarcasmes :

— Continue, ça ressemble à des aveux.

— Vous voulez quoi ? De l'argent ? J'en ai. Mais vous avez intérêt à me relâcher, et vite, parce que sinon votre vie est foutue, les flics vous retrouveront et vous finirez en prison.

Il les invectiva à nouveau en maniant la menace. Rien, aucun argument ne semblait les atteindre. Il était connu comme étant un bon orateur, un homme de compromis, un excellent négociateur, c'est ce que disaient ses amis. Mais comment dialoguer face à des morceaux de tissu ? Impossible de déterminer qui étaient les maillons faibles dans cette assistance, il devait pourtant bien y en avoir.

Il les écouta énoncer leurs chefs d'accusation. Ils étaient ridicules. Oui, il était lié à des groupes comme le Club des Trente, l'Institut de Locarn ou Produit en Bretagne. Et alors ? Ces ignares parlaient de lobbies comme s'il s'agissait d'associations mafieuses. Il n'était pas affilié à des terroristes, mais à des hommes d'affaires ou à des élus ayant à cœur de promouvoir leur région. Ces imbéciles lui reprochaient la modernisation de la Bretagne, l'importance des exploitations agricoles. Ils voulaient quoi ? Qu'on revienne au Moyen Âge ? Qu'on crève de faim ?

Jugé coupable !

— J'en suis fier ! avait-il répondu sur un ton bravache.

Ce fut son ultime fanfaronnade. Juste après cela, un des membres de ce tribunal de dingues s'était levé pour s'adresser une dernière fois à lui.

— Accusé, vous êtes reconnu coupable d'avoir, vous et vos amis, participé sciemment, et dans l'unique but de réaliser des profits, à l'empoisonnement de nos terres et de ses habitants. En conséquence, nous vous condamnons à la peine capitale. La sentence est exécutoire sans délai.

Ses jambes l'abandonnèrent. S'il n'avait pas eu les deux gardes à ses côtés, il se serait écroulé. Il bredouilla :

— Qu'est-ce que vous allez me faire ?! Vous n'avez pas le droit ! Vous êtes fous ?

Tout courage disparut. Il pleura et se mit à geindre. Il en aurait fallu bien plus pour impressionner ses ravisseurs.

— Tu as une heure pour te préparer. Si tu veux écrire à ta famille, nous allons t'en donner les moyens. Ton courrier sera conservé par nos soins et sera transmis plus tard aux destinataires, tout comme on diffusera le film de ton procès que nous venons d'enregistrer.

Ce n'était pas possible. Il ne pouvait pas le croire. Il pensa encore à un cauchemar. Découragé, désespéré, il sentit son estomac se contracter et vomit à ses pieds.

— Emmenez-le !

Sans force, il ne pouvait plus marcher, il se laissa traîner jusqu'à sa cellule. Un stylo, du papier à lettres et des enveloppes étaient posés sur une planche.

— Tu as une heure. Tu peux écrire à tes enfants, à ta femme ou à des proches.

Une heure, quand il s'agit de votre dernière à vivre, ce n'est qu'un éclair. Le temps de se reprendre, de se persuader qu'ils allaient le tuer… Il venait de commencer à rédiger un courrier commun à son fils et sa fille lorsque des pas résonnèrent dans le couloir et que la porte s'ouvrit sur ses geôliers.

Son stylo tomba à ses pieds. Il était terrifié, mais il jouait sa vie.

— Réfléchissez bien. Vous pouvez encore vous ressaisir. Je vous promets que je ne dirai rien. Pensez à vous, à votre famille, à vos proches. Vous finirez par être arrêté, vous allez passer de longues années en prison. Qu'est-ce que je vous ai fait ? Bordel ! Qu'est-ce que je vous ai fait ? Laissez-moi prendre la fuite, je vous donnerai de l'argent, tout ce que vous voulez, je peux faire de vous des hommes riches.

— Allez, dépêche-toi !

Il se rappela que dans sa jeunesse il avait fait du rugby. Encore aujourd'hui, il était plutôt bien bâti ; malgré quelques problèmes de santé et plusieurs pontages, il tenait toujours la forme et s'entretenait. Il jouait au golf et marchait régulièrement. Il devait tout tenter pour se sortir de là. Profitant d'un instant de relâchement de la part des deux gardes, il plongea la tête en avant vers celui qui lui paraissait le plus grand et le heurta au niveau du plexus. L'obstacle s'écroula, séché. Surpris, décontenancé, le second geôlier resta immobile, les bras ballants. Il était à la porte. Personne ! Il avait sa chance. Il se mit à courir. Une dizaine de mètres suffirent pour qu'il comprenne que le golf n'était qu'une activité de plein air dont la pratique ne requérait que très peu de qualités physiques. Son pas se fit traînant en même temps que son cœur se déchaînait dans sa poitrine. Des étoiles dans les yeux. Ses oreilles furent envahies par des bourdons. Il pensa qu'il allait mourir maintenant. Mais ce ne fut pas le cas.

Ils étaient plusieurs à l'entourer. Pris au dépourvu, certains ne portaient même pas de cagoule. Il y avait des hommes et des femmes de tous les âges.

Sa tentative de fuite eut pour effet de produire un concert de rires de la part de ses bourreaux. Il était si épuisé qu'il ne sut pas qui donna l'ordre qui suivit.

— Allez, qu'on en finisse. Sinon il va claquer avant la fin.

Maintenu par les bras, il fut poussé vers la sortie. L'air frais lui fit du bien, mais pas suffisamment pour qu'il recouvre ses esprits. C'est en mode automate qu'il gravit deux marches avant de recevoir une ultime tape sur l'épaule. Il sentit sous ses pieds une sorte de tapis dont il ne comprit pas tout de suite la consistance. Ce qui l'assaillit fut l'odeur d'œuf pourri. Il eut un haut-le-cœur et crut qu'il allait vomir. Une porte claqua derrière lui. Il trébucha et tomba. Ses yeux se remplirent de larmes, en même temps qu'il eut le sentiment que des dizaines d'aiguilles se plantaient dans sa gorge. Malgré l'obscurité et cette agression physique, il prit conscience de la manière dont il allait mourir. Dans quelques minutes, il aurait perdu le sens de l'odorat. Il hurla de rage et concentra ce qu'il lui restait de force pour se précipiter sur la porte et frapper comme un damné.

— Sortez-moi de là ! À l'aide, par pitié, je vous en supplie !

Une voix féminine lui répondit :

— Tu n'es qu'une ordure et tu vas crever. Tu ne mérites rien d'autre. À cause de toi, des gens sont morts, de pauvres gens qui n'aspiraient qu'au bonheur. Respire bien à fond. Ce sera plus rapide.

Et c'était vrai. Il tenta bien de contrôler ses poumons. Mais pourquoi le faire ? Elle avait raison, ça ne servait à rien. Il donna des coups de pied, se rua contre les parois, l'habitacle bougea sans pour autant céder. Il finit par tomber à genoux en sanglotant.

— Je vous en supplie… J'ai des enfants, une femme, elle est malade, ils ont besoin de moi. Pitié.

— Tu crois que ceux qui sont morts n'avaient pas de famille ?

Chapitre 2

La cheffe de la police judiciaire du Finistère se trouvait dans son appartement de Brest lorsqu'elle fut réveillée par un appel de François Quentric, son adjoint en charge du service PJ de Quimper. Elle eut un regard vers l'extérieur, le jour se levait. Presque sept heures. Bien que l'heure ne soit pas habituelle, elle n'était peut-être pas pour autant synonyme de mauvaise nouvelle. Elle ramena sa chevelure blonde en arrière, se frotta les yeux, et répondit d'une voix fatiguée :

— Tu dormais ?

Même si François ne devançait le réveil que de quelques minutes, elle n'allait pas lui dire le contraire. De toute manière, là n'était pas le problème, il ne l'appelait pas à cette heure pour prendre de ses nouvelles. Elle eut l'impression qu'il cherchait ses mots, ce qu'elle trouva surprenant.

— Marie Evano vient de m'appeler.

Un coup de fil matinal de la substitut du procureur de la République de Quimper ressemblait fort à une saisine de la PJ. Elle s'étonna de ne pas avoir été contactée directement.

— On a pris un truc ?

— Pas certain…

— Quoi, pas certain ?

S'il fallait lui arracher les mots de la bouche, il allait finir par l'énerver. Quentric dut le ressentir, car il se lança enfin :

— Un joggeur a découvert le corps d'Armel Le Bihan, ancien député-maire et ministre du Tourisme sous Chirac et Sarkozy. Rien ne dit qu'il s'agisse d'un homicide, il avait soixante-quatorze ans, il est mort dans sa voiture. Peut-être une crise cardiaque. Le véhicule est stationné à l'entrée d'un bois pas loin du golf de Kerbernez, dont il était membre.

— Depuis longtemps ? Personne ne s'inquiétait de lui ?

— Sa femme est hospitalisée, atteinte d'Alzheimer, il vivait seul ; non, on n'avait pas signalé sa disparition.

— S'il n'y a rien de suspect, pourquoi elle t'a appelé ?

— Certainement la personnalité de la victime, elle sort le parapluie administratif pour s'assurer qu'elle ne passe à côté de rien. Tu veux venir ?

Léanne hésita. Il y avait un moment qu'elle n'était pas allée dans le sud pour voir les Quimpérois et faire la tournée des magistrats, c'était une bonne occasion, d'autant que son service n'avait rien d'important en cours.

— Oui, je te rejoins, envoie-moi précisément les coordonnées du lieu, j'arrive. T'as prévenu l'IJ ?

— Non, je te répète que nous ne sommes pas saisis et les gendarmes sont les premiers intervenants, ils ont requis des TIJ.

Après avoir raccroché, la commandant divisionnaire à l'emploi fonctionnel Léanne Vallauri se leva, sans pour autant marquer un empressement exagéré. La victime était peut-être morte depuis un moment, rien de suspect, et les pandores étaient déjà sur le coup. Ça sentait le truc merdique, pas de raison de s'affoler et d'essayer de piquer l'affaire aux militaires. Elle imagina que son ex-amant, le colonel Erwan Caroff, devait être sur les lieux. *Grand bien lui fasse*. Dans la salle de bains, avant de passer sous la douche, elle ne fit rien pour réprimer quelques pensées pestes à l'encontre du couple formé par *cette procurette* de *Marie Evano et le gendarme*.

En regardant la quarantenaire blonde au corps sportif qui lui faisait face dans le miroir, elle se demanda ce que le colonel avait pu préférer chez la magistrate, sinon quelques années de moins. Elle se garda bien de s'attarder sur son caractère de chien et ses sautes d'humeur, seuls responsables de leur séparation. D'un tempérament entier, la bête était loin d'être facile à vivre. Si ses collègues masculins disaient d'elle qu'elle était une belle gonzesse avant d'ajouter « mais une chieuse », ce n'était pas pour rien. Ils n'en oubliaient pas pour autant ses qualités de cheffe courageuse, opiniâtre et prête à tout pour les défendre. Depuis presque cinq ans qu'elle était à la tête du service de police judiciaire, la flic avait résolu bon nombre d'affaires, et pas des moindres. Même si ses manières n'étaient pas toujours très académiques, le résultat était là.

Jean moulant, bottillons, pull à col roulé, elle hésita à passer un blouson, avant d'abandonner l'idée. Trop mec ! Inutile d'en faire un max dans le genre baroudeuse. Elle opta pour un trench, plus féminin, qu'elle posa dans le salon à côté de ses clés et de son arme.

Dans la cuisine, elle retrouva Vanessa Fabre, avec qui elle partageait le beau duplex brestois qu'elles occupaient rue Alderic-Lecomte, face à la marina du château. La psycho-criminologue était avec Hugo, son fils de presque cinq ans.

— Monsieur en avait marre d'être couché. Il a faim. Et toi, t'es matinale, du boulot ?

Les deux femmes échangèrent un sourire. Léanne s'arrêta sur le gosse assis en train de fourailler avec sa cuillère dans un bol de céréales.

— Tu voulais me dire au revoir ? C'est pour ça que tu es debout, c'est gentil de ta part.

Une bonne bouille chocolatée leva les yeux vers la flic.

— Oui, c'est ça. T'as fait du bruit, ça m'a réveillé !

— Désolée.

Léanne en revint à sa copine pour lui expliquer en deux mots les raisons de son lever matinal et de conclure :

— Un cadavre au petit-déjeuner, rien de tel pour commencer la journée.

Les sourcils de Vanessa se redressèrent. Léanne avait souvent tendance à oublier qu'elle cohabitait avec un gosse. Évidemment, Hugo n'avait rien raté de l'échange.

— Tu vas voir un mort ? Quelqu'un l'a tué ? Pourquoi ? C'était un méchant ou un gentil ?

La flic afficha une moue désolée, la psy lui tendit un café tout en coupant court à la discussion.

— On en reparle dans deux minutes, Léanne est pressée, il faut qu'elle finisse de se préparer.

Puis elle demanda :

— Je suppose que tu vas retrouver Élodie ? Elle nous snobe depuis qu'elle a trouvé un mec. Je ne sais pas combien de temps ça va durer. Ce type ne va jamais lâcher sa femme. On va la ramasser à la petite cuillère quand elle va se faire larguer.

— Je trouve ton jugement un peu dur pour une psy. Élodie est une fille solide, elle connaît la situation de Christian Autissier, elle prend ce qu'il y a à prendre et elle passe du bon temps. Un peu de sexe ne peut pas lui faire de mal.

Nouveau regard atterré de Vanessa. Léanne envoya un sourire à Hugo.

— Je parle mal, il ne faut pas m'écouter. Tu n'as rien entendu ?

L'enfant éclata de rire.

— Non, rien.

Élodie était la troisième fille du groupe Les Trois Brestoises. Un groupe composé il y a presque trente ans par trois adolescentes éprises de rock et de blues. Le temps passant, elles étaient devenues flic pour l'une ; militaire, colonel de réserve et psychologue pour la deuxième, médecin légiste pour la dernière. Élodie Quillé était maintenant directrice de l'Institut médico-légal de La Cavale-Blanche, le grand hôpital brestois. Autant dire qu'aujourd'hui, même si la blonde, la brune et la rousse continuaient d'être les meilleures amies du monde et jouaient encore du rock, c'est surtout professionnellement qu'elles avaient l'occasion d'être réunies. Depuis peu, Élodie avait renoué avec Christian Autissier, un amour de jeunesse. C'était un homme d'affaires malouin, marié et père de famille.

— Oui, je ne l'appelle pas, mais je suppose qu'elle y sera. Il va y avoir toute la clique administrative, politique et judiciaire. Va falloir que je me farcisse Marie en train de faire la belle avec son Jules.

C'est un ricanement qui accueillit la réflexion.

— Moi, je trouve qu'ils font un joli couple.

Léanne posa son mug et répondit à la pique en grimaçant et en tirant la langue. Le gamin hurla de rire. Sur le départ, la policière embrassa Hugo sur le front. En descendant l'escalier, elle se décida à envoyer un message à Isaac, le petit jeune de son équipe. Il était le dernier arrivé, même si ça faisait maintenant presque quatre ans qu'il avait pris ses fonctions à Brest. Le gardien de la paix s'était vite révélé comme étant un excellent enquêteur en qui elle avait toute confiance. Elle adorait travailler avec lui à tel point qu'avec le temps, ils étaient presque devenus un binôme. Une position qui était loin d'être de tout repos pour le jeune homme et dans laquelle il avait souvent frôlé la mort.

À la demande : « *Est-ce que tu veux m'accompagner à Quimper sur une découverte de cadavre ?* » elle reçut presque dans la seconde un retour positif, auquel elle répondit par : « *Dans cinq minutes, je serai en bas de chez toi.* »

Sa Jeep, un véhicule affecté à son service dans le cadre d'une confiscation d'avoirs criminels réalisée sur les biens d'un important trafiquant de drogue, était garée en direction de la rue du Commandant-Malbert, le long de son immeuble. Il faisait beau, quelques joggeurs traînaient sur les quais. Elle eut un regard pour l'*Abeille Bourbon* ; le remorqueur d'intervention était amarré à quelques pas de chez elle. Il avait déjà eu l'occasion de croiser plusieurs fois ses aventures bretonnes.

Un *bip* annonça l'arrivée d'un message.

François Quentric lui envoyait la localisation de la scène de crime, ou plus exactement de découverte du corps. GPS réglé, elle prit la direction de l'immeuble de son collègue.

Chapitre 3

La voix électronique guida Léanne et Isaac jusqu'à Quimper, puis vers Plomelin par la route des châteaux.

— Avant qu'il y ait la quatre-voies, c'était l'unique itinéraire pour se rendre à Pont-L'Abbé depuis Quimper. On pourrait en profiter pour acheter du whisky Eddu, la distillerie des Menhirs qui l'élabore est à Plomelin, suggéra Isaac.

— 1) Tu parles d'une époque que tu n'as pas vécue… 2) C'est pas le moment de faire du shopping.

Le jeune, qu'elle surnommait « Wiki », était incollable sur à peu près tout et en particulier sur ce qui pouvait avoir trait à la Bretagne. Qu'il s'agisse de géographie, d'histoire ou de politique, il donnait l'impression de tout savoir. C'en était parfois énervant, d'autant qu'il trouvait le moyen de faire montre de ses connaissances dans des moments de tension, souvent peu compatibles avec ce genre de démonstration. Depuis qu'il préparait le concours d'officier de police, cette tendance s'était encore accentuée. Comme s'il s'agissait de réviser ses fiches, il ne ratait pas une occasion de commenter l'actualité et de disserter sur tout.

Léanne écoutait d'une oreille peu attentive. Pour avoir écumé les boîtes de nuit de la région avec ses copines et fait les quatre cents coups en Pays bigouden dans sa jeunesse, elle connaissait déjà bien le coin. Comme à chaque fois qu'elle se rendait sur une nouvelle affaire, même si ce dossier ne lui échoirait vraisemblablement pas, l'esprit de la commandant était occupé par leur rendez-vous avec la mort. Sur quoi allaient-ils tomber ?

Isaac précéda la guide virtuelle.

— On y est presque, ça va être sur la gauche.

Une route bordée de champs et de bois. La campagne. Isaac avait un œil sur une tablette. Il se chargea d'indiquer ce qu'il voyait ou savait.

— Pour aller au golf de Kerbernez, il aurait fallu continuer. Celle-là conduit à des fermes et une zone pavillonnaire. Notre cadavre doit être par là, à côté d'un étang.

C'est effectivement ce que confirma la voix qui les guidait. Un véhicule de pompiers, plusieurs de la gendarmerie et des officiels leur signifièrent qu'ils touchaient au but. Ce qui changeait des habitudes était le nombre de voitures noires avec chauffeur et les cocardes posées en apparence sur les tableaux de bord.

— Ouah, il y a du beau linge ! s'étonna Léanne.

— Normal, Armel Le Bihan n'était pas n'importe qui.

La commandant regretta de ne pas avoir fait appel plus tôt à son encyclopédie vivante. Elle voulut se rattraper en sollicitant un résumé succinct de ce qu'il savait sur la victime.

— Un des « barons » du parti socialiste, il était très influent au siècle passé et écouté à Paris. Conseiller de François Mitterrand à un peu plus de trente ans, il a toujours grenouillé dans les cabinets sans briguer pour autant de sièges ministériels, il était attaché à la Bretagne et à son électorat local. S'il a accepté à la fin un poste au gouvernement, c'était uniquement dans le but d'assurer la promotion de la région. Issu du monde paysan, il était surtout très proche de la filière agricole et agroalimentaire. Élu pendant un temps au Parlement européen, il s'est battu pour obtenir des subventions de la PAC[1] et la PCP[2]. À titre d'exemple, je peux te dire que c'est grâce à lui si la PAC verse chaque année cinq cents millions d'euros d'aides européennes à l'agriculture bretonne.

— OK, j'ai compris pour la face grand homme. Et l'autre côté ? Pas de petites histoires, pas de scandales ?

Léanne fit une marche arrière pour aller se placer au début de la file de voitures, en même temps qu'Isaac tentait de lui répondre. Il haussa doucement les épaules.

— Non, pas à ma connaissance. Il s'est un peu répandu dans les médias sur la maladie de sa femme. Rien de plus. Si ce que tu cherches sont des histoires de cul, je ne suis pas au courant.

Cette fois, elle était garée. Un gendarme qui arrivait d'un pas pressé réduisit l'allure en voyant le panneau *Police* apparaître, le visage façon « molosse

1. *Politique agricole commune.*

2. *Politique commune de pêche.*

crispé » devint plus accueillant. Léanne se demanda s'il n'avait pas reconnu en elle l'ex-maîtresse du chef. Ça devait forcément jaser dans la caserne. Même si ce n'était pas très utile, elle se présenta, sortit sa carte et brandit la plaque *Police judiciaire* à l'effigie de Clemenceau.

— C'est loin ?

— Négatif, répondit le militaire tout en indiquant d'un coup de menton le prolongement de la route.

Il ajouta :

— Le véhicule est garé sur un petit parking à moins de deux cents mètres.

Les deux flics se mirent en marche et passèrent un cordon de journalistes que plusieurs gendarmes avaient la plus grande peine du monde à maîtriser, d'autant que l'un d'eux avait trouvé le moyen de grimper sur un arbre pour avoir une vue plongeante sur les constatations en cours. Elle reconnut Tintin, un reporter spécialisé dans les faits divers. Nul doute qu'elle allait devoir se le coltiner à un moment ou un autre.

L'endroit était loin d'être inhabité, on apercevait un groupe de pavillons derrière des haies et plusieurs maisons. Ce n'en était pas moins un joli coin de nature. Toute cette agitation n'empêchait pas les oiseaux surpris par autant de mouvement de bavarder entre eux. La journée promettait d'être belle, même si un petit vent fit frissonner la policière ; elle resserra la ceinture du trench et en releva le col tout en augmentant l'allure. C'est là qu'elle aperçut le cordon de Rubalise qui entourait un espace autour d'une voiture DS 7 noire.

Les TIJ spécialistes de la scientifique gendarmesque étaient en train de s'équiper. Tenue d'astronaute habituelle, mais pas que… Elle fut surprise de les voir passer un masque auto-sauveteur. Son premier sentiment fut que les narines des militaires devenaient bien sensibles s'ils n'étaient plus capables de supporter l'odeur de la mort. Elle approchait d'un groupe de personnes en grande discussion parmi lesquelles elle remarqua son collègue François Quentric, promu récemment commandant, le colonel Erwan Caroff, de la SR, la substitut Marie Evano et ceux qu'elle jugea être des officiels. Se doutant qu'elle ne les connaissait pas, Isaac lui glissa en quelques mots qu'il s'agissait du député, du président du Conseil général, du maire de Plomelin et de celui de Quimper. Les autres étaient des représentants de la préfecture qu'elle avait l'habitude de côtoyer lors des réunions hebdomadaires.

Les discussions s'interrompirent, elle serra les mains de certains, en embrassa d'autres. Les mines graves, les vêtements stricts des élus et hauts fonctionnaires ainsi que la fraîcheur matinale s'étaient alliés pour créer une ambiance de circonstance. Un peu comme s'il s'agissait d'une répétition en vue de l'enterrement à venir de l'un des leurs. Nul doute que certains avaient déjà demandé à leurs collaborateurs de peaufiner le discours qu'ils auraient à prononcer aux obsèques. La substitut parla la première.

— Même si la gendarmerie va conserver les investigations concernant la recherche des causes de la mort, j'ai prévenu ton service pour que tout le monde soit présent. On ne sait jamais comment ce genre d'affaire peut évoluer.

— La disparition d'une personnalité a toujours tendance à exciter les conspirationnistes de tous bords. Et si, par malheur, il apparaît quelques taches dans le passé de la victime, ce sera encore pire, approuva Léanne.

— Ça ne sera pas le cas, commandante, crut bon d'intervenir un élu. Armel Le Bihan était un homme droit, je me porte garant de lui.

Léanne sourit intérieurement, il s'agissait d'un maire et dirigeant d'entreprise, sur lequel la section financière était en train de travailler dans le cadre d'une enquête préliminaire pour détournement de fonds et abus de biens sociaux. Il n'était pas le plus à même pour servir de caution morale.

— J'espère que vous avez raison.

— Je sais, commandante, que la police judiciaire aime mettre en cause les élus du peuple et rechercher des délits là où il n'y a rien à trouver... Vous aurez la décence de ne pas vous attaquer à un mort.

Cette fois, il l'énervait. Sans témoin, l'enquêtrice aurait pu être sanglante, elle devait se maîtriser.

— Arrêtez un peu avec vos « commandantE », je déteste ça.

— Vous n'êtes pas féministe, commandante... commandant.

— Je pense que sur ce sujet, je n'ai pas de leçons à recevoir. D'abord, je trouve que le terme de commandante ou de lieutenante sonne mal. C'est moche. Ensuite, pour moi, un grade n'a pas de sexe, je ne suis pas une femme commandant de police. Je suis commandant de police. Ça vous va comme raison ? termina-t-elle sur un ton plus sec. D'autre part, mon service n'a pas à recevoir de leçons de vous. Nous agissons sur les instructions des magistrats. Vous devriez le savoir, non ?

— Bien, bien, je prends note.

Elle s'écarta pour ne pas poursuivre cette discussion stérile. Son regard s'attarda sur les constatations en cours… Des taches suspectes sur le sol comme si…

François, posté près d'elle, dut lire dans les pensées de la cheffe. Il l'entraîna avec lui pour faire le point de ce qu'il savait.

— Ce que tu vois, c'est bien des traces de vomi. Le type qui a découvert le corps a voulu ouvrir la portière, il s'est mis à gerber. Mais il n'a pas été le seul, les premiers gendarmes qui sont arrivés sur place ont fait de même. Il a fait très beau ces derniers jours, la chaleur a boosté la putréfaction du corps enfermé dans le véhicule. Il n'y a bien qu'Élodie que ça n'a pas l'air de gêner.

En même temps qu'il mentionnait la médecin légiste, le commandant la désigna d'un coup de menton. Léanne sourit.

— Je ne l'avais pas reconnue au milieu des techniciens.

François continua :

— Le joggeur qui a découvert le corps affirme que la voiture est stationnée ici depuis plusieurs jours. Au début, il n'y a pas prêté attention, jusqu'à ce qu'il remarque au bout de trois jours qu'il y avait quelqu'un à l'intérieur. C'est en s'approchant qu'il est tombé sur la victime. Les gendarmes sont en train de l'entendre. Il est choqué, il faut dire qu'il n'avait jamais vu de cadavre jusque-là ; pour un dépucelage, c'est réussi.

Les sourcils de la flic se redressèrent. François n'en ratait pas une.

— Bon, et qu'est-ce qu'il foutait là, l'ancien ministre ?

— Il n'habite pas très loin. Il est propriétaire d'une maison de maître sur la route des Châteaux, il connaissait bien le coin. Il est membre du club de golf et il paraît qu'il venait régulièrement ici pour marcher. Il avait des antécédents cardiaques et a déjà été victime de plusieurs attaques. Pas de traces de violence apparentes, les clés étaient sur la voiture, on ne lui a rien volé. On imagine qu'il a fait un malaise et que celui-là a été la crise fatale.

— Aucune raison de revendiquer la saisine, on va laisser les gendarmes se démerder avec cette histoire.

C'était aussi l'avis de François. Voyant qu'Élodie avait rabattu sa cagoule et s'approchait du groupe d'officiels, les deux policiers s'interrompirent pour les rejoindre. Bizarrement, les participants s'écartaient discrètement de l'experte. La flic en comprit la raison en sentant les effluves que dégageait la légiste. Elle sourit. Incorrigible Élodie, elle était pleinement consciente de l'effet produit.

— Difficile de dater l'heure exacte de la mort, peut-être qu'on en saura plus à l'autopsie, mais je pense que les quatre jours correspondent à la réalité. Je confirme que je n'ai pas remarqué de traces de violence apparentes, mais ça aussi, ça nécessite des examens complémentaires.

Elle fit un joli sourire, presque coquin, avant de poursuivre :

— Pour les détails, mais ça, ce sont les techniciens qui le mentionneront dans leur rapport, ça ne me concerne pas tout à fait : il était très débraillé, cravate desserrée, pantalon déboutonné, braguette ouverte… Tout cela peut être dû au malaise précédant la crise… Mais enfin…

— Qu'est-ce que vous insinuez ? s'énerva le même élu.

Marie Evano fusilla du regard la légiste. Sur ce coup, Élodie comprit qu'elle avait fait une erreur en parlant devant la cantonade, comme si elle était uniquement avec des enquêteurs ou des magistrats. Heureusement qu'elle n'était pas allée plus loin dans sa pensée. Le directeur de cabinet du préfet, un jeune énarque, dont c'était certainement le premier poste, s'adressa à Marie Evano, qui serait la donneuse d'ordre pour la suite.

— Mon boss souhaiterait, et peut-être que vous avez déjà eu des demandes en ce sens que… vous savez… pour la famille… le corps est dans un sale état…

— … qu'il ne soit pas trop charcuté par mes soins, c'est ce que vous voulez dire ? J'espère que vous trouvez plus facilement les arguments quand il s'agit de parler avec votre patron, asséna Élodie.

Les joues du jeune fonctionnaire s'empourprèrent. La légiste voulut poursuivre, mais Marie Evano décida de faire preuve d'autorité en mettant fin à ce qui aurait pu devenir une joute verbale.

— J'en parlerai avec le procureur.

Puis elle s'adressa plus spécifiquement à la médecin.

— Il est vrai que tu pourrais en rester à un examen externe et la recherche d'éventuelles blessures ou d'actes de violence.

Élodie se mordilla les lèvres sur une moue agacée.

— C'est toi qui fais la réquisition. Je ferai ce qui est demandé.

Chapitre 4

Vingt-quatre heures s'étaient écoulées depuis la découverte du corps d'Armel Le Bihan. Son décès avait été relaté par la plupart des médias nationaux, il faisait la une d'une presse régionale unanime en matière d'éloges concernant le grand homme. La mort a l'avantage de rendre les gens bien meilleurs qu'ils ne l'ont été de leur vivant. Les gendarmes mirent les bouchées doubles, Erwan n'avait pas hésité à renforcer ses effectifs en faisant appel à la SR de Rennes et en enrôlant une bonne partie des militaires du Finistère sud. Constatations au domicile de la victime, dans les différents bureaux qu'il occupait au sein de son parti, mais aussi d'associations diverses, auditions de témoins et de proches, dont ses médecin et cardiologue. Un faisceau d'indices convergeait dans le sens de l'accident cardiaque. L'homme politique avait déjà eu plusieurs alertes dont il ne tenait pas compte en continuant d'avoir une vie « normale ». S'il sortait peu ces derniers mois, c'était uniquement parce qu'il passait son temps à trier des documents. Fait confirmé par les gendarmes qui avaient trouvé chez lui un étalage d'archives et de photos. En fin de journée, il avait l'habitude d'aller jouer au golf ou de marcher le long de l'Odet dans le prolongement de l'endroit où son véhicule avait été découvert. La femme de ménage qui venait un jour sur deux au domicile ne s'était pas inquiétée outre mesure de son absence, car il se rendait régulièrement à Paris sans l'informer pour autant de son emploi du temps. Seul « détail », plus ou moins étrange : la téléphonie. Le portable, dont la batterie n'était pas à plat, était coupé depuis trois jours et demi. À croire que Le Bihan avait décidé de l'arrêter lui-même. L'hypothèse avancée était que, dans l'affolement, sentant la crise arriver, il avait attrapé son cellulaire et au lieu d'appeler les secours, l'avait malencontreusement déconnecté et laissé tomber sur le tapis de sol.

L'attitude « débraillée » de la victime corroborait d'ailleurs cette idée. Ça devait être d'autant plus vrai que ce n'était pas la première fois qu'il était sujet à des troubles cardiaques.

En la circonstance, sans être transformé en camp retranché, le centre hospitalier de La Cavale-Blanche fit l'objet d'un déploiement policier ayant pour but de tenir à l'écart les journalistes avides de scoops et de photos malsaines. Les enfants ainsi que plusieurs personnalités locales étaient censés venir s'incliner sur le cercueil de la victime lorsque la justice autoriserait la remise du corps. Dès lors, la légiste fut priée d'agir au plus vite.

À neuf heures pétantes, le colonel Erwan Caroff et trois de ses gendarmes retrouvèrent Élodie dans son bureau du CHU, elle était sur un rapport concernant un noyé.

— Je n'aime pas trop laisser traîner les choses et prendre du retard. Je comptais terminer ce truc hier, mais avec notre nouveau client, je n'ai pas pu. Et il va falloir qu'il attende encore un peu.

Elle sourit, abandonna le clavier et son siège puis se leva pour embrasser ses visiteurs. Après quelques banalités d'usage, ils en arrivèrent vite à la raison de leur présence. Erwan résuma les investigations menées par son équipe.

— Pas d'ennemis, rien de secret ; après ton examen, s'il n'y a rien de suspect, je pense qu'on pourra conclure à une mort naturelle.

— Oui, certainement.

Ils la virent hésiter.

— Si ça ne vous gêne pas, je vous propose de prendre le café en bas.

Difficile de refuser, même si le « en bas » désignait le lieu où se pratiquaient les autopsies et la morgue de l'hôpital.

La légiste attrapa quelques documents sur son bureau et entraîna ses visiteurs dans un labyrinthe de couloirs desservant les réserves ainsi que les salles d'examen et de conservation des corps. La pièce prévue pour le repos du personnel de la morgue était en face des salles d'autopsie. Machine à café, table, fauteuils, coin cuisine.

— Vous êtes bien ici, remarqua un gendarme nouvellement affecté à la SR.

— Oui, mais il s'agit de ne pas faire trop de bruit.

Elle prit un ton espiègle.

— Je dois éviter mes rires un peu trop démonstratifs.

La réflexion fit sourire Erwan. La légiste désigna une porte battante, à moins d'une dizaine de mètres.

— Derrière, il y a les salles destinées à la présentation des corps et au recueillement.

Ils en étaient là quand entra Marie Evano, suivie de trois individus qu'ils ne connaissaient pas. Visages fermés, costumes sombres, ils imaginèrent des fonctionnaires parisiens directement sortis de leur ministère, Justice, Intérieur, voire plus élevé. La substitut ne jugea pas nécessaire de se lancer dans les présentations. Elle devait penser que leur présence en sa compagnie avait valeur de sauf-conduit.

— Je ne savais pas que tu venais, s'étonna la légiste.

— Je te porte la réquisition.

La médecin n'avait pas encore reçu le document officiel, ce qui ne l'inquiétait pas outre mesure. Une fois qu'ils avaient convenu verbalement d'un acte, il n'était pas exceptionnel qu'ils régularisent la forme par la suite. La présence d'un membre du parquet, si elle n'était pas inhabituelle, était rare… Quant à des « invités »… Décidément, mort, Armel Le Bihan continuait de jouir de privilèges que l'administration n'offrait pas à n'importe qui. Même Erwan, qui pourtant partageait la vie de la représentante du procureur, ne s'attendait pas à cette intrusion. C'est tout au moins ce que semblait dire son visage. Marie tenta de justifier sa présence.

— La lecture des actes de procédure rédigés par les enquêteurs ne laisse que peu de doutes sur les causes du décès. Les enfants du défunt ne souhaitent pas que soit pratiquée une autopsie. Ils l'ont demandé au plus haut niveau.

Elle s'interrompit, comme pour faire comprendre à son auditoire que ses accompagnateurs touchaient de près à ce plus haut niveau. Elle continua à l'attention d'Élodie en lui tendant sa réquisition :

— Sauf présence d'éléments suspects, il est prévu uniquement un examen radiologique et des constatations externes. Pas d'ablation d'organes.

L'experte balaya du regard son entourage et haussa les épaules.

— On fera comme vous voulez.

— Tu as pris contact avec le médecin de famille et le cardiologue ?

— Oui, je les ai eus au téléphone hier après-midi. Le décès ne les a pas surpris outre mesure. Il avait déjà réchappé par miracle à une crise il y a deux ans et subi un quadruple pontage.

Café bu, les intervenants passèrent dans la salle d'habillage pour s'équiper. Masque, charlotte, combinaison, surchaussures. Tout ce petit monde était prêt pour la suite.

Néons, carrelage sur les murs, l'espace avait beau être aseptisé, pour les professionnels, l'odeur caractéristique d'une morgue n'avait pas d'équivalent. Les assistants avaient pris de l'avance en sortant le sac mortuaire du frigo et en le plaçant sur une table mobile. Extrait du véhicule dans lequel il se trouvait, Armel Le Bihan n'avait pas été déshabillé avant d'être conduit à l'Institut médico-légal.

— Nous allons récupérer les vêtements, indiqua l'un des gendarmes.

Prenant l'initiative, il décida de procéder à l'ouverture de la housse… Une odeur pestilentielle envahit la pièce. À l'exception d'Élodie et de ses assistants, les témoins présents reculèrent d'un même mouvement vers la porte. Erwan n'en revenait pas.

— Bon sang, comment se fait-il qu'il soit dans un tel état ?

— La chaleur et le fait d'être enfermé dans le véhicule ont eu pour effet d'accélérer la putréfaction.

Sourire caché par le masque de protection, la légiste s'adressa à Marie Evano.

— Si la raison pour laquelle il n'est pas procédé à une autopsie est une éventuelle présentation du corps à la famille, je pense que c'est une erreur. Ils ne doivent pas s'attendre à ça. Les meilleurs thanatopracteurs ne feront pas de miracles, si tant est qu'ils acceptent de travailler sur un cadavre en décomposition.

Une main sur la bouche, en se pinçant le nez et à la limite du malaise, la magistrate répondit :

— Je ne suis que la messagère, fais ce qu'on te demande.

— Bien.

Sous l'œil de la légiste, les professionnels commencèrent à s'attaquer aux vêtements. À l'inverse des autres témoins, Élodie s'approcha. Elle désigna des taches d'un vert végétal au niveau des manches, des genoux et sur les semelles de la victime.

— Ça ne fait pas partie de mes attributions, mais c'est étonnant ces taches, non ? On dirait qu'il est tombé dans l'herbe.

Elle attrapa une main du cadavre qu'elle examina attentivement.

— Oui, il en a aussi sous les ongles.

Marie Evano coupa court aux supputations qu'elle voyait suivre.

— Il était peut-être à côté de son véhicule quand la crise est survenue, il s'est traîné à l'intérieur. Son téléphone était posé à ses pieds. Il a probablement essayé d'appeler les secours avant d'être foudroyé. Sa ceinture est défaite, pantalon et chemise sont ouverts, c'est bien le signe qu'il n'était pas bien.

L'experte approuva, sans conviction.

— Possible.

Les vêtements retirés et saisis par les militaires, il fut pratiqué une radiographie avant que ne commence l'examen du cadavre. Pas de corps étranger ni de fracture. La légiste mit en marche un enregistreur.

— Le corps qui nous est présenté comme celui d'Armel Le Bihan, âgé de soixante-quatorze ans, est celui d'une personne de sexe masculin, de corpulence moyenne, de type européen, mesurant un mètre soixante-quinze. Les cheveux, poivre et sel, sont courts. Les yeux sont de couleur marron. Au jour de notre examen, les phénomènes cadavériques sont d'importantes lividités apparentes dont le positionnement correspond à la situation assise dans laquelle se trouvait la victime lors de sa découverte. Le fait que le corps ne soit plus rigide et la présence de taches vertes indiquent que la mort remonte à plus de quarante-huit heures. Le corps est à température ambiante et la putréfaction avancée.

Elle jeta un regard vers les gendarmes avant de poursuivre :

— D'après les officiers de police judiciaire présents à l'autopsie, le dernier contact connu avec Armel Le Bihan daterait de quatre-vingt-seize heures, ce qui peut correspondre au moment du décès.

Il s'ensuivit un examen minutieux des différentes parties du corps d'Armel Le Bihan. Il ne révéla aucune lésion récente, si ce n'étaient les cicatrices témoignant des interventions chirurgicales subies antérieurement.

Quand elle en eut terminé, l'experte retira son masque et balaya du regard le public, ou plus exactement ce qu'il en restait. Marie Evano et les fonctionnaires avaient disparu, et les gendarmes suivaient de loin. Elle attendit donc d'être dans le couloir pour leur faire part de ce qui serait ses conclusions.

— Sans examen interne, je ne peux rien affirmer, mais compte tenu de ce que nous savons sur la victime et de ses antécédents médicaux, il est fort probable que le décès soit consécutif à un infarctus.

La substitut souffla d'aise.

— Voilà ! Affaire réglée, on va remettre le corps à la famille pour qu'elle puisse organiser les funérailles.

Il ne fallut pas longtemps pour qu'Élodie se retrouve seule. Elle jeta un regard vers ses assistants. Cette autopsie qui n'en était pas une leur convenait parfaitement, pas besoin de préparer le cadavre. Il n'y avait plus qu'à le ranger dans l'attente qu'une société de pompes funèbres vienne se charger de la suite. Bras ballants, la légiste se mordit l'intérieur d'une joue.

— Attendez !

Elle collecta sur un comptoir en carrelage plusieurs pots en plastique et du matériel de prélèvement puis s'approcha de nouveau du corps pour récupérer des résidus sous les ongles de la victime puis dans le sac mortuaire. Sous les regards surpris de son personnel, elle hésita… Sans un mot d'explication, elle prit cette fois un tube et poursuivit par un écouvillonnage rhinopharyngé. Une fois que ce fut terminé, elle balaya des yeux son entourage.

— À toutes fins utiles.

Chapitre 5

Le soir, les trois filles se retrouvèrent au domicile de Léanne et Vanessa. Hugo était couché, elles étaient libres pour papoter en buvant de la bière. Assises toutes les trois sur des tapis, dos calé contre canapé, fauteuils ou coussins, elles grignotaient en se laissant bercer par le piano et la voix suave de Diana Krall. La discussion dériva naturellement sur leur travail et la mort d'Armel Le Bihan.

— Je suis heureuse de ne pas récupérer ce dossier qui n'a rien de criminel, jugea la flic.

Une moue se dessina sur le visage de la légiste.

— T'as une autre opinion ? demanda Vanessa.

— Rien de précis. Il n'empêche qu'il est stupide de ne pas avoir pratiqué une autopsie.

— Tu crois qu'on veut cacher quelque chose ?

— Non, je ne dis pas ça. Je dis seulement que lorsqu'on fait les choses à moitié, il arrive par la suite qu'on s'en morde les doigts. À une époque où tout est sujet à caution, où le complotisme est partout, ne pas effectuer l'autopsie d'un homme politique dont on a trouvé le cadavre en pleine nature après quatre jours d'absence me paraît être une erreur.

— Ce n'était pas en pleine nature, corrigea la policière, et il n'avait pas réellement disparu puisque personne ne le recherchait.

Léanne conclut sur une question posée d'un ton railleur :

— Tu crois sérieusement qu'on l'a assassiné ?

— Ce n'est, encore une fois, absolument pas ce que je dis. Je pense que dans un cas comme celui-ci, il faut se couvrir.

Vanessa intervint :

— Tu as raison. Je termine un bouquin sur l'affaire Boulin[3]. Le commissaire qui l'a écrit affirme qu'il s'agissait bien d'un suicide. Selon lui, toutes les supputations sur un éventuel complot viennent du fait qu'à l'époque il avait été décidé de préserver le corps en ne pratiquant qu'une autopsie partielle.

— Ha ! Voilà !

Élodie leur révéla les initiatives qu'elle avait prises après le départ des autorités administratives et judiciaires.

Léanne souffla.

— Tu te transformes en détective ?!

Réalisant que sa copine avait peu d'humour sur cette affaire, elle se fit plus consensuelle.

— Oui, tu n'as pas tort. Je comprends ce que tu veux dire. Reconnais toutefois que la possibilité qu'il s'agisse d'un crime est infime. En ce qui me concerne, je répète que je suis ravie de ne pas être saisie de cette enquête.

---

3. La Vérité sur l'affaire Robert Boulin, *Gilles Leclair, Éditions Alibi.*

La légiste en convint d'un simple mouvement de tête. N'empêche qu'il y avait dans cette mort quelque chose qui ne lui plaisait pas.

— Il y a une vingtaine d'années, alors que j'étais interne, j'ai assisté à l'autopsie d'un pêcheur à pied. On l'avait retrouvé englué dans une vasière remplie d'algues vertes. Quand on a ouvert le sac funéraire, il s'est répandu une odeur infecte. Je n'avais pas encore l'habitude des cadavres en décomposition. J'ai bien cru que j'allais tourner de l'œil, mais les autres autour n'étaient pas bien différents de moi, même le vieux légiste qui, pourtant, en avait vu d'autres, n'en revenait pas. On s'est aperçus que l'origine de la puanteur n'était pas le corps, mais les algues qui étaient sur les vêtements du mort et dans la housse.

Élodie donnait le sentiment à ses deux amies de revivre la scène. Ses yeux brillaient, elle désigna de l'index droit son nez.

— Cette odeur, je ne m'en doutais pas, mais je pense qu'elle est restée imprimée dans mon cerveau à tout jamais. C'est en tout cas la certitude que j'ai eue durant l'examen de Le Bihan.

Consciente du trouble de son amie, Léanne voulait bien compatir à son malaise. Il lui était en revanche impossible de prêter le moindre crédit à toute théorie qui n'irait pas dans le sens de la mort naturelle d'Armel Le Bihan.

— Tes « madeleines de Proust » sont un peu spéciales, jugea la flic. Mais dans ce cas précis, tu te trompes. Ce type est décédé dans sa voiture sur un parking, loin de la mer et des algues.

— Oui, tu as forcément raison. Il n'empêche que c'est étrange.

— Et ça avait donné quoi, l'autopsie du pêcheur ?

— Il a été conclu à une crise cardiaque.

— Ah ! tu vois ! s'exclama Léanne. Rien de criminel non plus.

La légiste éluda :

— Aujourd'hui, je pense qu'on incriminerait les algues vertes. En pourrissant, elles dégagent de l'hydrogène sulfuré, un gaz toxique appelé H2S, le type a dû l'inhaler en tombant dans la vasière. Le problème est qu'il est très difficile de déterminer la présence de ce gaz parce qu'il est également produit par le corps humain lorsqu'il se décompose.

— Bref, ça n'a tout de même rien de commun avec Le Bihan.

— Je te l'accorde, admit enfin Élodie.

Soucieuse de changer de sujet, Vanessa attaqua sur un tout autre domaine en s'adressant à sa copine sur un ton badin :

— Parle-nous de tes progrès avec la petite balle blanche ?

L'amant d'Élodie, membre du club de golf de Dinard, était un golfeur confirmé. Depuis qu'elle le fréquentait, la légiste prenait des cours pour l'accompagner sur les parcours. Encore que ce sport était surtout devenu un alibi qui permettait aux deux tourtereaux de rester plusieurs heures ensemble, sans éveiller les soupçons de la femme de Christian Autissier.

La médecin ne prit pas ombrage de la question.

— Je m'améliore. Il y a des moments avec et des jours sans.

— En tout cas, tu es de plus en plus souvent à Saint-Malo.

Élodie dodelina de la tête.

— Ça durera ce que ça durera, j'avais des congés en retard. Je suis bien avec lui. Comme il est marié, je n'ai pas à repasser ses chemises et à laver ses chaussettes, quand on se voit, c'est pour en profiter.

Elles partagèrent des sourires grivois.

— Sur le plan ménage, ça te fait plutôt un point commun avec sa femme, parce que je doute qu'elle s'occupe de son linge et soit prise par l'entretien de la maison et la cuisine. Même si elle n'a aucune activité professionnelle.

— Pas faux, admit Élodie.

— Et elle ne jouait pas au golf, elle aussi ? demanda la flic.

— Elle a abandonné. Pratiquer un truc où il y avait déjà son mari, ça a calmé son attrait pour cette activité.

— Comment tu vois la suite de votre relation ? s'inquiéta la psy.

La médecin se resservit de la bière. Elle fit mine de réfléchir :

— Il va divorcer, on aura deux enfants et on vivra heureux.

Elles éclatèrent toutes les trois de rire.

— Mais je ne mens pas !

Les visages de Léanne et Vanessa se crispèrent, le temps qu'Élodie explose de nouveau.

— Regardez-vous, je vous ai bien eues. Non, fit-elle plus sérieusement. Je sais très bien que ça ne durera pas. Je prends ce qu'il y a à prendre. Il faut reconnaître que c'est un bon coup. Quand ça s'arrêtera, ça s'arrêtera. Je pense que je m'en remettrai. À vivre au quotidien, il me gonflerait.

Élodie jeta un œil sur sa montre.

— Je vais rentrer, j'en suis à ma troisième bière, ça suffit comme ça, pas envie de tomber sur un contrôle, ça la foutrait mal. En tant que médecin légiste, il faudrait que je fasse moi-même la prise de sang.

Elle posa son verre sur la table et se releva.

— C'était une super soirée, il y a longtemps qu'on n'avait pas passé un moment comme ça ensemble. Sympa de vous retrouver, les filles.

Quelques bises plus tard, la médecin était dans sa voiture. Ses pensées en revinrent à Le Bihan. Quoi qu'en dise Léanne, même si les apparences étaient contre elle, elle était certaine d'avoir raison. Quelque chose clochait et elle était bien décidée à trouver de quoi il s'agissait.

Chapitre 6

Baie de Saint-Brieuc, mai 1999

Elle regarde l'heure sur l'horloge « Mickey » accrochée au mur de sa chambre. Six heures. Claquement de porte. Des glissements sur le carrelage. Une chaise qu'on bouge, un tiroir qu'on ouvre. La lumière du jour se fraye un timide passage à travers les volets. Sans bruit, la gamine soulève sa couverture, pose les pieds au sol, se frotte les yeux et se lève. Un pas en avant, elle heurte un ours en peluche, il valdingue contre une maison de poupée… Patatras. Un lit, une table et des meubles se retrouvent dans le jardin en plastique. Le cœur de la gosse saute dans sa poitrine. Silence au rez-de-chaussée, le lever n'est pas passé inaperçu. Elle voulait être discrète, c'est raté. Elle allume, évalue l'ampleur des dégâts. Elle qui était contente de l'agencement de son pavillon aura tout à refaire. Pas très grave après tout. Elle enfile des chaussons, puis une robe de chambre et se lance dans l'escalier. Elle sourit. Heureuse.

Les yeux au ciel et la moue qui l'accueillent ne sont qu'un semblant de reproche.

— Tu sais l'heure qu'il est ? Qu'est-ce que tu fais déjà debout ?

Le papa a chuchoté plus qu'il n'a parlé. La maman est en train de dormir. Infirmière de nuit, elle était de garde hier soir. Ils vivent en mode décalé, quand l'un commence son travail au lever du jour, l'autre se couche. Des horaires qui ne favorisent pas la vie de famille. La petite se fait enjôleuse.

Elle parle tout bas.

— Comme ça, nous sommes tous les deux. Sinon je ne te vois jamais.

Comment ne pas craquer devant de tels arguments ?

— Si ta mère sait que tu es debout, on va se faire engueuler.

Elle sourit de toutes ses dents, moins une.

— On ne lui dira pas, ce sera notre secret.

Arrivée au bas de l'escalier, la gamine se dirige vers son père et lui ouvre ses bras dans l'attente d'une bonne grosse bise qu'il lui offre sans hésiter. Ce moment de complicité va embellir sa journée.

La petite tire une chaise sans bruit et s'installe pendant que le papa s'active autour de la machine à café.

— Promets-moi que tu vas retourner te coucher.

— Oui, promis juré.

— Tu veux que je te fasse une tartine de confiture ?

Elle s'interrompt.

— Si je mange, maman va s'en rendre compte.

— Ta mère ne sera pas contente, mais c'est elle qui a raison. Tu devrais être au lit.

Il s'est assis et sans avoir obtenu de réponse, il étale beurre et marmelade sur une tranche de pain qu'il lui tend.

— Pour que ça reste secret, essaye de ne pas en mettre sur ta robe de chambre ou ton pyjama.

Voilà au moins un bon moyen de s'assurer qu'il n'y en aura pas partout.

S'il est heureux de ce tête-à-tête avec la petite, le père n'en a pas moins à l'esprit la journée de boulot qui l'attend. L'adjoint au maire en charge des travaux est intransigeant. Il faut que la côte soit nickel pour les touristes. Les vacanciers sont exigeants, et bien qu'ils soient parfois considérés comme des envahisseurs, les campings, hôtels, restaurants et commerçants sont ravis de leur présence chaque été. Il n'est pas question de les laisser s'en aller vers des communes voisines sous prétexte que les autres ont de plus belles plages.

Employé municipal d'une petite localité du bord de mer, Jérôme Morvan comprend tout à fait les motivations qui animent les élus. Il ne les conteste pas. C'est juste qu'il a l'impression d'un travail dont il ne verra jamais la fin. Un peu comme s'il voulait vider l'océan avec un gobelet. Tous les jours, dès l'aube, il est sur la plage avec son camion. Et c'est parti. Pendant plus de cinq heures, il va faire des allers-retours jusqu'à la centrale d'incinération où sont détruites les algues que ses collègues ont collectées. Le lendemain, ça recommence. Même si, en fonction des vents et des marées, la quantité diffère, dans le fond, ça ne change pas grand-chose. Le tapis s'accumule. Quand ils libèrent les lieux, il en reste toujours. Les touristes râlent, les commerçants et les élus ne sont pas contents… Et son chef d'équipe le fait savoir. Ben oui, c'est comme ça, à croire que ces satanées algues se plaisent ici. Un combat sans fin.

Il en a marre. C'est peut-être cette lassitude qui lui provoque des migraines, un sentiment de fatigue qui ne le lâche pas depuis plusieurs jours. Il serait d'un autre milieu, il envisagerait une dépression, un « burn-out » comme disent les Parisiens, ce n'est pas le genre de la maison. Il ne va pas se décourager pour un problème de boulot, d'autant que, finalement, ce n'est pas si terrible que ça, puisqu'en cette période il peut cumuler les heures sup. De l'argent en plus, avec les emprunts en cours, c'est toujours bon à prendre. Il se sent épuisé, il a pourtant bien dormi. On n'est que lundi, ça commence mal. Il en a beaucoup fait ce week-end. Avec le travail qui doit être assuré sept jours sur sept, il a bossé samedi et dimanche matin. Malgré ça, il a participé à la compétition de foot amateur. Il aurait bien laissé sa place, mais les collègues du club de Saint-Quay-Portrieux, où il est inscrit, n'auraient pas compris qu'il fasse défaut. Il est l'un des fers de lance de la Pool C dans l'équipe foot-loisir. Même sa femme et sa fille auraient été déçues. D'ailleurs, elles sont venues l'encourager et ils ont gagné contre Saint-Brieuc. Un joli moment. Il regarde la petite.

De justesse, il lui évite une tache. Le sourire a beau être complice, il est surtout fatigué.

— Tu devrais aller te recoucher maintenant.

Elle se mord l'intérieur des joues.

— Oui, je vais y aller.

Elle repousse sa chaise et embrasse de nouveau son père avant de gravir l'escalier et de disparaître. Il la guette, attentif aux sons produits qui lui donnent l'assurance qu'elle a bien regagné son lit.

Si le couple bosse, c'est aussi pour elle, pour l'avenir de la petite. Il faut qu'elle ne manque de rien, qu'elle étudie, qu'ils prennent des vacances ensemble. Il ne veut pas qu'elle soit comme lui, dont les parents étaient de modestes agriculteurs. Ils ont fait de leur mieux, mais sur cinq gosses, un seul a pu passer le bac et entrer à l'université. Les autres ont fini ouvriers ou employés. En travaillant à deux, avec un enfant unique, ils y arrivent, sans pour autant rouler sur l'or.

Café terminé. Il dépose la tasse et les couverts dans le lave-vaisselle, récupère quelques affaires et s'en va démarrer la 404 diesel hors d'âge. Elle a plus de vingt ans, mais elle tient le coup, il ne va pas la changer tant qu'elle marche.

De leur pavillon jusqu'à l'entrepôt municipal, il n'y a que quelques minutes de route. À cette heure, il ne croise jamais personne. Il n'y a que deux voitures sur le parking : les employés qu'il va retrouver dans quelques minutes. Il ne reste plus qu'à aller au bureau, s'enregistrer sur la pointeuse et récupérer les clés de son Berliet. Il l'aime bien ce camion dont la commune vient de faire l'acquisition. C'est une fierté d'en avoir la responsabilité. Le moteur est une horloge, habitacle nickel, il y a même un lecteur CD. Il prend son pied au volant accompagné par Bruce Springsteen, un chanteur qu'il a découvert récemment grâce à un copain passionné de musique. Lui n'y connaît pas grand-chose, mais il adore ce type dont les chansons lui donnent l'impression de conduire sur les highways américaines… qu'il ne verra jamais autrement que par le cinéma. En matière de grandes routes et de longs voyages, il n'a qu'une poignée de kilomètres à parcourir pour se retrouver sur la plage. Ses collègues ont déjà préparé un beau tas d'algues. Cette saloperie pue la charogne. Il manœuvre, effectue un demi-tour et arrive à cul. Marée basse, le ciel est gris, est-ce bien utile toutes ces bêtises ? Peu de chances que les gens décident d'aller à la mer aujourd'hui. Encore une fois, il se force à positiver. Après tout même si cette comédie de nettoyage des côtes est ridicule, c'est son gagne-pain.

Il ouvre sa portière, se laisse glisser sur le sol encore humide et s'en va d'un pas décidé serrer la paluche des potes. Échange de banalités, pas tout à fait.

— Vous avez été bons hier au foot. Ça leur apprendra à ces prétentieux de Saint-Brieuc. On est bien partis pour être en finale, faut tenir, et bravo pour le but. Très fier de toi.

Belle tape sur l'épaule.

— Merci, Gégé !

Il évalue d'un regard la récolte avant de retourner vers son camion.

— Pff ! Il y en a ce matin !

— T'as raison.

— Une dizaine de voyages.

— Au moins ! Je vais appeler le chef, pas la peine qu'il râle. On s'amuse pas.

Jérôme s'en moque de ces histoires, il fait son job, le reste n'est pas de son ressort. Les élus n'ont qu'à voter pour obliger la mer à déverser ses saloperies ailleurs… ou, mieux, à les garder.

Il est à peine assis que le premier godet se pose dans sa benne… Et ça continue. Pendant ce temps, Bruce entonne un Born in the USA. Il frappe en rythme sur son volant. Il est super, ce type.

Les nuages sont partis se cacher pour laisser le soleil œuvrer. Ça va cogner, mais un petit vent d'est devrait rendre tout ça supportable. Premier voyage. Il roule fenêtres ouvertes, musique à un bon volume. Ça ressemblerait presque à du bonheur. Être aux commandes d'un beau bahut, écouter du rock sur des routes désertes, il en oublierait tous ses soucis… s'il n'y avait pas ce malaise prégnant. Mal à la tête, l'estomac noué. Il a un peu picolé après le foot hier, mais rien de sensationnel, quelques bières. De toute manière, il ne boit quasiment plus et fait très attention depuis qu'il a été contrôlé positif il y a cinq ans à la sortie d'un pot. Il n'a pas envie de perdre son boulot, c'est trop important.

Arrivé à l'usine d'incinération, il effectue les manœuvres habituelles en mode pilotage automatique. Depuis plusieurs semaines qu'il fait le même parcours et les mêmes gestes, son cerveau s'occupe de tout sans que son esprit s'en rende compte. Juste quelques saluts amicaux à destination des collègues et il repart. Pas exactement. Des gargouillements, une envie pressante, il gare son bahut le long des bâtiments et file en vitesse vers les toilettes.

Voilà ce qui le travaille. Il a dû bouffer une merde. Assis sur les chiottes, il se vide comme un canard. « Putain, j'espère que ça va me lâcher, sinon ça va être la galère. »

Quand il réapparaît, il croise Yannick, un type de la mairie qu'il aime bien.

— Houlà, t'as une drôle de tronche ! T'es blanc comme un linge, qu'est-ce qu'il t'arrive ?

Il souffle, surpris que son état puisse se voir.

— J'ai dû bouffer un truc pas frais.

— Ouais, celle-là, je la sors aussi de temps en temps. C'est surtout de manger du boire qui rend malade, non ?

Ils échangent un sourire, enfin, surtout du côté de Yannick, lui, c'est plutôt une grimace qui se dessine sur son visage.

Pour le second voyage, il n'est plus question de musique et de plaisir, juste une galère. Il pense à appeler le chef et demander sa journée. Quand il revient sur le site d'incinération, il ne s'est écoulé qu'une trentaine de minutes, ça lui a semblé être des heures. Il est livide, il transpire. Les gestes s'effectuent sans qu'il s'en rende compte, il ne descend pas de sa cabine. L'air lui manque. Une envie de gerber persistante. Si ça ne s'améliore pas, au prochain tour, il arrêtera, et tant pis pour le boulot.

Il repart à vide, il a l'impression d'étouffer. Il roule toutes fenêtres ouvertes. Ça ne dure pas longtemps. Des bouffées d'angoisse le submergent. D'un revers de bras, il essuie la sueur qui coule dans ses yeux. Ce n'est plus possible. Il voit un virage qui se dessine. Tourner le volant lui semble être un effort surhumain. Il appuie sur le frein, jette un regard fatigué au rétroviseur. Personne. Il imagine qu'il est en train de faire un infarctus. Les éclairs qui traversent son esprit sont chargés de nicotine, de beurre, de viande grasse, de sucre et de charcuteries. Son médecin l'avait prévenu. Il voit le visage de sa fille, de sa femme. Il ne maîtrise plus rien, ou pas grand-chose, le bahut décide d'abandonner la chaussée pour viser un restaurant routier. Il presse encore et encore le frein, mais le pied qu'il voudrait enclume n'est qu'une plume. Dans un brouillard ouaté, il subit le choc frontal et l'explosion de son pare-brise. Le patron ne sera pas content. Le camion est maintenant encastré dans la vitrine de l'établissement. Il ne ressent plus rien. Il a tout juste la force d'ouvrir sa portière. Et puis, rien. Il bascule sur le sol.

Une vingtaine de minutes plus tard, le médecin du SAMU diagnostiquera un infarctus. Conduit dans un état désespéré à Saint-Brieuc, Morvan mourra avant son arrivée à l'hôpital.

*

Il est plus de neuf heures lorsqu'un véhicule de la gendarmerie s'arrête devant la maison de Jérôme Morvan. Ils sont deux pour cette mission, un homme et une femme. La fille a dans les vingt-cinq ans, les cheveux bouclés, un corps un peu épais, elle est stagiaire, rentrée depuis peu, elle va bosser le concours ; le garçon n'est pas beaucoup plus âgé, une trentaine d'années, grand et mince, il a un visage poupin qu'il tente de vieillir en portant la barbe. Tenue d'uniforme impeccable, en poste depuis trois ans, le militaire en exercice a déjà accompagné des gradés pour faire ce genre de truc. Il épouse une attitude de circonstance et précède sa collègue pour presser le bouton de la sonnette. Un appel court est sans effet. Aucune agitation intérieure. Renseignements pris, ils ont pourtant la quasi-certitude qu'il y a quelqu'un. L'homme insiste plus longuement sans plus de résultat. Encore une fois… Son mouvement est interrompu, les deux gendarmes se retrouvent face à une gamine.

Ils n'avaient pas prévu un tel accueil et ça se voit. Elle les dévisage, une paire d'yeux d'un bleu perçant les évalue en silence. Elle est muette, et eux, avec leur attitude rigide, donnent tout d'un coup le sentiment de plier, écrasés par un poids invisible. Les visiteurs tentent un sourire.

— Ne sonnez pas comme ça, vous allez réveiller ma maman.

— Il faut qu'on lui parle, c'est important, tu peux aller la chercher ?

— Mais puisque je vous dis qu'elle dort ! Elle est infirmière, elle a travaillé toute la nuit, elle a besoin de se reposer. Dites-moi ce que vous voulez, je lui ferai la commission.

— Qui c'est ?

Une voix féminine les a interrompus, ils lèvent leurs yeux vers la source de cette demande.

La gendarmette se penche vers l'enfant.

— Tu vois, elle est réveillée, va lui dire qu'il y a des gendarmes.

La petite fait une moue, hésite, et leur claque la porte au nez.

Ils restent bêtes, mais savent qu'il ne s'agissait que d'un intermède. Lorsque la porte se rouvre, ils ont repris leur attitude stricte. Aux yeux interrogateurs de la femme en robe de chambre qui est face à eux, ils posent une question dont ils connaissent déjà la réponse :

— Madame Morvan ?

Sans qu'ils aient à la solliciter, elle s'écarte pour les laisser entrer. Dans la surprise qu'elle exprime, il n'y a pas la crainte que peuvent avoir des malfaiteurs, mais bien celle de personnes qui s'attendent à l'annonce d'une mauvaise nouvelle. Elle pense à ses parents, à ceux de son mari, à sa famille. Le gendarme envoie un coup de menton vers la gamine campée derrière eux.

— On peut vous voir seule ?

— Maintenant, chez vous, à la gendarmerie ?

— Non, ici, mais…

La maman voit leur embarras. Elle s'adresse à sa fille :

— Va dans ta chambre.

— Mais…

— Ne me fais pas répéter.

Elle comprend que quelque chose de grave se passe. La petite fille est devenue mutique, paralysée ; ses yeux voyagent de sa mère à ces deux intrus.

— Allez, lance la femme, sur un ton plus doux, en poussant la petite par la nuque.

Cette fois, l'enfant s'exécute. Ils la regardent partir vers l'escalier et en gravir les marches. Elle tourne vers sa chambre, ouvre la porte et la referme sans y entrer. La ruse a fonctionné, les voix reprennent. Elle s'approche à pas feutrés pour les épier. Elle n'arrive pas à tout percevoir. Le ton de sa mère se transforme ; gorge serrée, elle monte dans les aigus, elle ne l'a jamais entendue de cette manière. Qu'est-ce qu'ils peuvent lui dire de si grave ? Sa maman s'effondre sur une chaise, les mains posées sur ses lèvres, comme si elle voulait s'empêcher de crier. Le gendarme demande :

— Est-ce que votre mari avait bu ?

Elle a un regard horrifié en direction de l'homme.

— Vous avez vu l'heure qu'il est ? Il ne prend pas d'alcool quand il travaille.

— Il a pourtant un dossier chez nous.

— Il y a plus de cinq ans, après un pot de départ… ça ne vous arrive pas chez vous ?

— De toute manière, il y aura une analyse de sang.

— Faites ce que vous voulez ! Il n'était pas bien ces derniers jours, souvent fatigué.

Elle a compris, elle ne se cache plus. Debout au sommet de l'escalier, elle regarde ces messagers porteurs de la pire des nouvelles. Son père est mort. *Papa est mort. Je ne le verrai plus.* Elle se le répète en boucle. Elle est certaine que des gens lui ont fait du mal. Il avait une santé de fer, jamais il ne l'aurait abandonnée. On le lui a pris. On lui a enlevé son papa. Et puis, elle se souvient de cette odeur que son père portait sur lui quand il rentrait du travail. Une exhalaison de malheur qui lui rappelait celle de la viande pourrie, ou de ces charognes crevées dans des fossés, elle n'osait pas lui dire que ça lui faisait peur, elle y voyait comme un mauvais signe. Tout cela est forcément lié. Elle le sait.

Chapitre 7

Un mois s'était écoulé depuis la mort d'Armel Le Bihan. Son souvenir était déjà enterré par l'actualité. Même Élodie avait presque fini par l'oublier. Elle faisait de plus en plus faux bond à ses copines. La légiste était devenue une golfeuse, pas tant pour découvrir l'art du swing que pour trouver un bon moyen de passer du temps avec son amant.

Le golf était leur alibi parfait. Au lieu de faire un parcours complet, qui leur prenait habituellement près de quatre heures, ils n'en faisaient que la moitié, quand ils n'abandonnaient pas l'idée pour filer dans un hôtel réservé par Élodie. Il arrivait à l'entrepreneur de se demander si sa femme était bien dupe de ses histoires, d'autant qu'en semaine il était de plus en plus souvent en déplacement à Brest. La vérité était qu'elle menait une existence presque similaire de son côté.

Ce jour-là, exceptionnellement, Christian avait rendez-vous avec la médecin, chez elle, en début de soirée. Elle était rentrée plus tôt pour se préparer à ce rendez-vous. L'aspect vaudeville ou cliché de la situation ne dérangeait pas Élodie. Elle en était consciente et s'en accommodait. En revanche, du côté de ses copines, elle préférait rester discrète au sujet de ses aventures. Elle savait Léanne assez peste pour se moquer de sa relation et n'avait pas envie d'entendre des mots qui auraient pu sinon la fâcher, la vexer. Quant à Vanessa, elle avait beau être psy, son cynisme pouvait être blessant. Alors, inutile de parler de ses investissements en lingerie et en accessoires divers destinés à pimenter la vie sexuelle du couple.

Déjà émoustillée par l'attente de son amant, son excitation augmenta d'un cran lorsque le portable retentit. Un coup d'œil par la fenêtre pour s'assurer qu'il s'agissait bien de Christian, elle débloqua la porte d'accès à sa maison. Dernier passage rapide devant le miroir, elle enfila une robe moulante sur ses nouveaux achats : un ensemble en dentelle. Elle lissa le tissu sur sa poitrine et ses hanches avant d'accueillir son invité. Le champagne était dans le frigo et les coupes au congélateur. Même si au cours des semaines, cette relation finissait par avoir un côté répétitif, elle ne s'en lassait pas. Ça viendrait en son temps.

Elle ouvrit avant qu'il ne soit à l'entrée du logement. Demi-sourire, il apprécia son hôtesse d'un coup d'œil. Il fallut moins d'une minute pour que la robe termine en chiffon sur le carrelage de l'entrée. Après une séance de flirt torride, elle entraîna son visiteur jusque dans la chambre. L'heure suivante mit à mal la literie jusqu'à ce que les deux amants s'écroulent côte à côte, repus par leurs ébats.

— Pause ! lança Élodie en reprenant son souffle.

Puis elle demanda :

— Et après, tu vas rentrer faire l'amour à ta femme ?

Christian eut un rire triste.

— Tu me fais penser à une histoire, celle d'un type à qui l'on demande : « Vous faites quoi après l'amour ? » Tu sais ce qu'il répond…

Élodie ramena le drap sur elle.

— Non.

— « Je rentre chez moi. » Tu sais, ma femme, il y a longtemps qu'on ne baise plus, ou si rarement… À chaque fois, elle s'intéresse plus à la peinture du plafond ou à la propreté des carreaux qu'à ce qu'on fait. J'ai l'impression qu'elle préfère la compagnie de son chat à la mienne. On sauve les apparences. Pour qui, d'ailleurs ? J'en sais rien.

— C'est horrible, c'est ça, la vie de couple ?

— En tout cas, c'est la mienne… On pourrait parler d'autre chose peut-être.

Elle ramena son épaisse tignasse rousse en arrière et se blottit contre son amant. Elle écouta le cœur de Christian ralentir son rythme et, bizarrement, se mit à penser à la mort de Le Bihan. Elle n'avait toujours pas reçu les résultats des analyses qu'elle avait sollicitées.

— T'es suivi par un cardiologue ?

Un rire sec lui répondit.

— Non, que diable, pourquoi cette question ? Tu as diagnostiqué un problème ?

— Ne t'inquiète pas. C'est juste qu'un de mes « clients » est peut-être mort d'un infarctus et je pense à ça.

Elle aurait mieux fait de se taire. Ambiance. Christian se releva sur ses avant-bras.

— J'imagine que tu parles d'Armel Le Bihan.

— Tout juste, c'est bien lui.

— Il était plus vieux que moi, tout de même.

— C'est vrai, mais ça n'empêche pas qu'à partir d'un certain âge…

— Le mien !

— Oui, le tien, c'est mieux de faire quelques examens.

Il répondit sans conviction :

— Je vais y penser.

Puis il ajouta :

— Je le connaissais bien. Il nous est arrivé de jouer au golf ensemble. C'était un de mes clients, il a fait beaucoup pour la Bretagne. Comme moi, il était membre du CCIB.

— C'est quoi, ce truc ?

— Le Comité de convergence des intérêts bretons, on a créé ça en 2013 avec l'Institut de Locarn pour lutter contre l'écotaxe. Une connerie des Parisiens qu'on n'avait pas envie de subir.

— Encore un lobby breton, s'amusa la médecin, pas forcément d'accord avec Christian sur le sujet.

Il remarqua l'ironie.

— Oui, si tu veux. Je voyais aussi Le Bihan à l'occasion des Dîners celtiques[4] qui nous permettent de rencontrer les gens qui comptent dans ce pays, hommes d'affaires, de la politique ou des médias… Ce que je peux dire, c'est que c'était un type courageux qui était de tous les combats. Même si certains l'ont débiné.

---

4. Créés en 1878, les Dîners celtiques étaient l'occasion de réunir périodiquement des Bretons et des sympathisants vivant à Paris. Avec le temps, ils se sont transformés en association regroupant des personnalités bretonnes du monde économique, politique et culturel.

— Qu'est-ce que tu veux dire par là ?

— Quand les bobos écolos, pour la plupart des Parigots, ont mené une guerre contre les exploitations agricoles et les éleveurs, il a fait l'objet de virulentes critiques de la part d'une certaine presse gaucho.

Les deux amants n'avaient jusque-là jamais parlé de politique, et c'était peut-être mieux, pensa Élodie.

— Je n'ai pas suivi ça. C'était quoi, le problème, exactement ?

— Les algues vertes.

La médecin se raidit et devint plus attentive.

— Ces saloperies viennent se déposer sur les plages. Avant, ça n'intéressait personne, mais depuis qu'on a décrété, sans la moindre preuve, qu'elles étaient à l'origine de la mort de plusieurs personnes, c'est de la parano. On a tôt fait de trouver des responsables avec les exploitations agricoles ainsi que l'usage de pesticides et d'engrais. Il paraît qu'ils sont à l'origine de la prolifération des algues qui s'en nourrissent. Les marées viennent ensuite les déposer sur les plages, et là, il n'y a qu'une seule solution pour les communes : les ramasser et les incinérer, sans cela, adieu, les touristes. Un travail de titan qui ne se finit jamais.

— C'est mieux que de récupérer des cadavres, non ?

Christian jeta un regard nerveux vers sa maîtresse.

— Ne me dis pas que tu crois à toutes ces conneries. Tes collègues n'ont jamais rien prouvé. Je veux bien qu'il faille lutter contre la prolifération des algues. Le problème, c'est que dans cette société, il faut toujours chercher un responsable. Et surtout, il faut que la responsabilité incombe à ceux qui travaillent ! Les fainéants devant leur ordi ont décidé de désigner les paysans et de les accuser d'être à l'origine de tous les maux. Même si c'était le cas, ils ne sont pas les seuls, on ne parle que de la pollution agricole. Il faudrait peut-être s'occuper aussi de celle des villes, non ? Et sans les pesticides, les beaux parleurs, ils croient que nos agriculteurs pourraient leur donner à manger ? Il faut bien traiter les plantes si l'on veut avoir une agriculture rentable.

— Je ne suis pas une spécialiste de ce sujet. En revanche, il est vrai que l'hydrogène sulfuré, l'H2S libéré par les algues en décomposition, est un gaz dangereux. Il l'est d'autant plus qu'il insensibilise les glandes olfactives. Une inhalation prolongée peut causer la mort. Je me souviens avoir participé dans ma jeunesse à l'autopsie d'un pêcheur à pied dont le corps avait été découvert dans une vasière… Je peux te dire que tout le monde a été surpris. Il dégageait une odeur…

— Merci, épargne-moi les détails. On va boire un verre ? Je n'ai pas beaucoup de temps, je dois rentrer à Saint-Malo.

Difficile de ne pas sentir que le tour que prenait la discussion déplaisait à son amant. Elle découvrait une nouvelle face de Christian. Monsieur n'aimait pas qu'on le contredise. Elle s'en voulut de s'être embarquée sur un sujet qu'elle n'imaginait pas aussi délicat, alors qu'elle était prête pour jouer un second round sous les draps. Après tout, tant pis pour lui. Elle se leva de mauvaise humeur, c'était bien la première fois depuis qu'ils avaient renoué.

Chapitre 8

Arnaud Montjoie abandonna son bureau aux environs de dix-neuf heures. Il était tôt par rapport à ses habitudes. Il partait en général une à deux heures plus tard, à charge pour sa secrétaire de se caler sur son agenda. Elle était, certes, bien payée ; en revanche, il n'était pas rare qu'elle fasse deux semaines de travail en une. Avoir des clients dans le monde entier imposait des contraintes horaires équivalentes à celles d'un chef d'État.

Étrange journée que celle-là, Montjoie était resté comme prostré dans son bureau, il avait refusé de répondre à la plupart des appels téléphoniques et n'avait quasiment jamais sollicité son entourage. Inhabituel. Lui qui était connu comme étant l'un des plus puissants capitaines d'industrie du Finistère n'était pas du genre à sombrer dans la déprime. Il est vrai que le climat n'était pas radieux pour BAIS - Bretagne agriculture industrie services. Les commandes fluctuaient ; avec la guerre en Ukraine, les prix flambaient ; les coûts s'envolaient et pesaient aussi bien sur les approvisionnements que sur la distribution. La parité euro/dollar rendait tout plus cher. Compétitivité en berne, les employés s'inquiétaient de leur avenir. Si naviguer à vue est dans les habitudes des dirigeants, ça ne l'est pas pour les ouvriers. Eux n'ont pas de parachute doré pour se remettre d'un licenciement. Chaque euro gagné compte pour faire bouillir la marmite. Et Arnaud Montjoie faisait bouillir plusieurs milliers de marmites. Il y avait celles du personnel direct, mais aussi celles de centaines d'exploitations : porcs, volailles, bovins. Quatre-vingt-dix-neuf pour cent de la profession était derrière son conglomérat d'entreprises. De l'alimentation de la bête jusqu'à son abattage en passant par la transformation et la commercialisation de la viande, tout était géré par BAIS. Pareil pour les produits laitiers. Son empire dépendait en grande partie des élevages industriels. Ça ne se déroulait pas toujours au mieux. Il faisait fi de son passé d'ancien syndicaliste agricole pour imposer des tarifs qui ne permettaient pas aux exploitants de vivre de leur travail. À l'inverse, les administrateurs, c'est-à-dire des gens comme lui, issus du syndicalisme agricole dont ils avaient depuis longtemps dévoyé les principes, engrangeaient des revenus dignes des plus grands chefs d'entreprise. Les avantages en nature et les primes suivaient.

Il y avait bien eu quelques rebelles, de fortes gueules désireuses de dénoncer ce qu'ils jugeaient être un système esclavagiste. Les frondeurs s'étaient d'abord plaints auprès des responsables syndicaux. Leur slogan, « BAIS, c'est la Baise », avait bien plu à certains médias.

Avec un brin de cynisme, Montjoie ne pouvait s'empêcher de rire de ces gens, qui croyaient encore dans leurs représentants pour les protéger et revendiquer des augmentations, alors que la collusion entre les organisations professionnelles et les dirigeants du groupe s'affichait comme une évidence. Il suffisait de voir « ces messieurs » ensemble lors d'inaugurations, de manifestations et de pince-fesses à la préfecture, au Conseil général ou même mieux, au ministère, pour en avoir la démonstration. Il est vrai qu'ils avaient tout intérêt à fricoter avec de hauts fonctionnaires et autres politiques puisque la plupart des entreprises vivaient sous perfusion européenne grâce à des subventions pour l'aide à l'exportation. Un scandale bien caché. La plus grande partie de la production était destinée à l'étranger, bien que pas loin de la moitié de la viande consommée en France soit importée.

Ces secrets et ces magouilles financières étaient pour les détracteurs du système en partie responsables des suicides dans le monde agricole. Le moyen de faire taire ces contestataires trop véhéments était de les tenir par le biais des banques ou plus simplement encore par le robinet de l'alimentation du cheptel. Une arme nucléaire que venait justement d'utiliser Arnaud Montjoie à l'encontre d'un exploitant trop bavard avec les journaleux. Cet imbécile expliquait la dépendance des exploitants vis-à-vis de groupes qui les financent par des prêts et leur vendent ensuite bêtes, engrais, pesticides, aliments… Une toute-puissance contre laquelle un agriculteur lambda ne peut rien et dont il ne peut plus se soustraire une fois qu'il a mis les doigts dans l'engrenage. Il pensait avoir donné au séditieux une bonne leçon en lui fournissant une nourriture de piètre qualité. Les vaches n'avaient pas supporté. La forte gueule avait dû faire abattre l'ensemble de son cheptel. Depuis, le rebelle était en attente de l'agrément vétérinaire qui lui permettrait de reprendre son activité. Il pouvait toujours y croire! Puisque là encore, c'était BAIS qui, dans sa toute-puissance, pouvait à sa guise décider du temps de vide sanitaire nécessaire avant de lui vendre d'autres bêtes. Et pas question pour l'infortuné de chercher à s'approvisionner ailleurs. Entre dirigeants de grands groupes, on savait se serrer les coudes pour refuser de travailler avec des contestataires. Quand il y en avait, ils pouvaient toujours essayer d'aller sonner à la porte des « concurrents ». Ils étaient grillés. Personne n'en voulait.

Montjoie avait beau faire le malin, il avait reçu plusieurs mails menaçants ces derniers temps, ça l'énervait. Il imaginait qu'il s'agissait encore du même type sans pouvoir pour autant le prouver. Il aurait bien fait appel à la police, mais c'était le risque de voir des enquêteurs fourrer leur nez dans des affaires dont il n'avait aucune envie de parler.

Ce qu'il redoutait, et qui était bien plus terrible que les flics – qu'on pouvait contrôler grâce au préfet –, c'était la justice. Avec tous ces petits juges rouges, le pire était toujours à craindre. Il ne manquerait plus qu'ils s'intéressent aux contrats passés entre les grands groupes, les subventions détournées, les accords avec les fournisseurs... Mieux valait rester dans l'ombre.

Pour combattre le stress, il privilégiait une méthode qui avait fait ses preuves : le sexe. Plusieurs mois qu'il avait pour maîtresse une étudiante ayant fait un stage dans son entreprise. Une fille brillante.

Chapitre 9

Juin 2001

André Hamon courait quotidiennement. Il ne se considérait pas pour autant comme un grand sportif. Dans son esprit, pour lui qui passait ses journées derrière un bureau et se tapait des repas d'affaires à midi, cette occupation était l'occasion de s'aérer, de brûler des calories, d'évacuer les toxines et de se bousculer les neurones… En plus, ça faisait sortir le chien. Que des plus ! Le dimanche était un peu différent. Il n'était pas seul avec Tigre, son boxer, c'était le jour de la promenade familiale. Il était accompagné d'Éléonore, sa femme, et Dylan, leur fils âgé de douze ans. Ce dernier était à vélo. Le gamin aimait bien suivre… sauf ce matin. Fait exprès, contrairement aux habitudes, monsieur n'avait pas envie. Il ne voulait pas lâcher son ordinateur. Alors que le père et le chien étaient déjà partis, la mère négociait toujours et ce n'est qu'après d'âpres discussions et d'incessants allers-retours entre sa chambre et le salon que Dylan avait consenti à enfourcher sa bicyclette.

La maman s'énervait :

— Allez, bouge-toi ! Tu passes assez de temps comme ça devant ton ordinateur et tous ces trucs. Si tu ne remues pas tes fesses, tu vas devenir un gros machin. Le ciel, regarde le ciel, ce n'est pas une journée à rester croupir dans ta chambre.

— Ouais, quoi, le ciel ? Ce n'est pas terrible, je suis certain qu'il va pleuvoir.

Le fait est qu'il n'avait peut-être pas tort, que le vent s'était levé et que le temps risquait de changer, mais sa mère se garda d'abonder en son sens.

— La météo annonce du beau ! Ne cherche pas d'excuses bidon. Papa est devant, tu ferais mieux d'essayer de le rejoindre. À cause de toi, on a presque une heure de retard sur lui !

Dylan appuya mollement sur ses pédales, juste de quoi prendre une distance suffisante pour échapper aux récriminations maternelles. L'adolescent grommela. Avec le retard qu'ils avaient pris, le paternel devait être déjà loin, s'il en avait marre d'attendre, il reviendrait vers eux. Il en avait assez de cette sortie familiale qu'on lui imposait chaque week-end. Si son père et sa mère voulaient se promener, c'était leur problème. À son âge, il pouvait avoir un avis différent et qu'on en tienne compte.

André accéléra le pas. L'idée n'était pas tant de distancer sa femme que de lui prouver combien il était en forme et que les repas d'affaires qu'elle lui reprochait n'altéraient pas sa forme physique. Éléonore l'avait bien compris et ça l'amusait, d'autant que de son côté, marcher ou galoper en solitaire lui procurait du plaisir, c'était l'occasion de se vider l'esprit. Elle sourit en faisant le point sur ses deux hommes, entre celui qui gambadait pour démontrer qu'il était toujours jeune et l'autre qui ronchonnait. Elle regarda l'heure. Elle les retrouverait d'ici trois quarts d'heure à l'endroit où ils avaient l'habitude de se reposer face à la mer.

Surprise. Au détour d'un chemin, elle tomba sur Dylan. Bras croisés, le dos calé contre un arbre, il avait l'air furieux.

— J'ai crevé. Ma roue est à plat, en plus, je suis tombé.

L'état de ses genoux et de ses mains confirmait ses dires.

— Tu t'es fait mal ?

— Non, ça va, mais maintenant, qu'est-ce qu'on va faire du vélo ?

Ça changeait la suite du programme. Éléonore commença par évaluer les dégâts. Côté Dylan, rien d'important, des égratignures. Pour la bicyclette, le pneu était sorti de la jante, ils n'avaient ni pompe ni matériel nécessaire pour réparer une crevaison, seul André pourrait arranger ça. S'il ne les voyait pas arriver, il finirait par faire demi-tour. Elle hésita à abandonner le vélo dans un coin de la forêt pour qu'ils viennent le rechercher plus tard.

— On va le pousser, et s'il le faut, je le porterai.

— C'est trop difficile et puis j'ai mal.

La mère tempêta intérieurement. Elle ne se sentait pas d'humeur à marchander.

— Je m'occupe de ta bécane. Toi, tu vas rejoindre ton père et lui dire de revenir à ma rencontre.

— Mais, mes genoux ?

— Allez ! Tu n'as rien, dépêche ! Quand tu l'auras trouvé, tu n'auras qu'à attendre.

Elle dut encore supporter quelques ronchonnements avant que Dylan ne se mette en route d'un pas exagérément boiteux.

Plus il marchait, moins le gosse clopinait. Sans public, il était inutile de faire semblant et il finit par comprendre de lui-même le ridicule de la situation. Sa mère devait en baver à pousser et porter le vélo. En même temps, s'ils n'avaient pas insisté et qu'il était resté à la maison, ils n'en seraient pas là. Il connaissait le trajet par cœur, il ne devait plus être très loin. Il s'étonna que le chien ne l'ait pas senti ou repéré. En général, Tigre venait toujours à leur rencontre.

Dylan siffla, sans entendre d'aboiements en retour. Déçu, il se mit à hurler le nom du chien sans obtenir plus d'effet.

Au bout du chemin, il aperçut la mer. À partir de maintenant, la route longeait la plage ; encore une centaine de mètres, et il aurait à vue le point de rendez-vous où son père et l'animal devaient attendre. Il renouvela le sifflement puis un cri d'appel. Aucun succès. C'était énervant. Soit ils n'étaient pas là, ce qui lui paraissait impossible, soit le chien refusait d'obéir. Décidément, tout le monde lui faisait la gueule. Il s'arrêta d'un coup.

Qu'est-ce qu'il se passe ?

La plage était en proie à une agitation anormale. Plusieurs hommes en tenue de plongée étaient sur le sable et mettaient un Zodiac à l'eau. Il força le pas, autant par curiosité que par inquiétude, une inquiétude sourde qui lui disait dans l'oreille qu'ils étaient là pour son père. Il se mit à courir. Dans les derniers mètres, il vit plusieurs voitures et encore plus de monde.

— Papa !

Le cri attira l'attention des témoins qui se trouvaient là. Une jeune femme en uniforme se détacha d'un groupe pour foncer vers lui.

— Qu'est-ce que tu fais là ?

— Mon père, je cherche mon père.

— Pourquoi, tu ne sais pas où il est ?

— Il est parti courir avec le chien, il devait nous attendre ici.

Le visage de la gendarme se ferma, elle se retourna vers les hommes qui patientaient un peu plus loin.

— Suis-moi, tu as quelqu'un qu'on peut appeler ?

Dylan n'était plus un gosse. Il comprit qu'il ne se trompait pas. Quelque chose de grave venait de se produire.

La militaire s'interrompit pour lever les yeux vers la femme en short et débardeur qui approchait en tenant un vélo d'enfant à la main.

— Dylan, qu'est-ce qui se passe ?

Le gamin répondit par un haussement d'épaules avant de lancer :

— Je ne sais pas où est papa, ils ne me disent rien. Il n'est pas là.

La militaire en uniforme s'adressa à Dylan.

— Ne bouge pas, laisse-moi parler à ta maman.

Dylan voulut suivre, mais Éléonore l'arrêta d'un geste. Même si ça ne lui plaisait pas, il comprit que ce n'était pas le moment de contredire sa mère.

S'il n'entendit pas les échanges entre elles, il en saisit la gravité quand Éléonore fondit en larmes.

On venait de lui annoncer qu'un marcheur avait vu un homme et un animal être recouverts par la marée. Il avait immédiatement appelé les secours, mais n'arrivait plus à localiser précisément l'endroit du drame. L'absence d'André Hamon et de son chien abondait dans le sens du témoignage.

— Il a dû courir sur la plage et faire un malaise. La mer a recouvert le corps avant de l'emporter.

Le monde s'écroulait. Éléonore défaillit, elle chercha un arbre pour s'y appuyer. Cette fois, rien ne put arrêter le gosse, il fonça vers sa mère.

*

Dans les jours qui suivirent, la Manche rendit d'abord le chien, puis André Hamon. Il était en état de décomposition avancée, l'examen ne put déterminer les causes précises du décès. L'hypothèse la plus crédible, et acceptée de tous, fut que Hamon avait succombé à un malaise cardiaque avant que le corps ne soit emporté par la mer. Quant à l'animal, personne ne s'intéressa aux raisons de sa mort, le cadavre ne fit l'objet d'aucune autopsie et la dépouille fut incinérée.

Chapitre 10

La jeune femme entendit une voiture se garer et jeta un œil vers l'extérieur. Son visage s'éclaira, pas longtemps. Arnaud Montjoie avait sa tête des mauvais jours. Celui des conseils d'administration qui se passent mal, celui des soucis d'entreprise, celui aussi des disputes avec madame. Elle lui envoya un sourire doux, réconfortant.

— Ça ne va pas, mon amour ?

— Pas envie d'en parler.

Il est vrai que retrouver sa maîtresse avait l'art de calmer l'homme d'affaires. Elle avait presque quarante ans de moins que lui, mais ce n'était pas que la différence d'âge qui faisait son charme. Des filles jeunes avec une plastique attirante, Montjoie en avait affiché plusieurs à son palmarès de vieux séducteur. Celle-là avait quelque chose qui dépassait la simple beauté ou les performances sexuelles, un domaine dans lequel elle ne manquait cependant pas de créativité. Il lui suffisait de penser à leurs ébats pour sentir un début d'érection le titiller. Non, le plus était que cette fille était brillante. Il pouvait lui parler de sa famille, de son travail, de ses goûts ou des dernières ambitions qu'il avait à l'automne de sa vie. Elle savait l'écouter et l'inspirer. Elle était toujours de bon conseil et le challengeait en lui rappelant sa jeunesse. Lui, le businessman influent, avait trouvé en elle une sorte d'alter ego. Il lui avait même proposé un poste dans son entreprise. Elle avait éludé d'un éclat de rire. L'envie qui revenait souvent à l'homme d'affaires était de vivre avec elle. Dans ses rêves les plus fous, il aurait pu tout plaquer pour cette fille. Le mariage? Pourquoi pas, encore fallait-il divorcer, et là, c'en était terminé du rêve. Rien que l'idée l'épuisait à l'avance. Ce serait une guerre ouverte avec son épouse, sans parler des enfants qui verraient dans la jeune femme un danger potentiel. Il ne voulait pas lui imposer de passer son temps à se battre et être désignée comme une chasseuse de fortune, ce qu'elle n'était pas. Elle donnait le sentiment de se moquer de l'argent. Elle avait jusque-là refusé tous les cadeaux qu'il lui proposait. Même pour le restaurant, elle avait dès le départ institué une règle: à chacun son tour d'inviter l'autre, et ce soir, c'était elle qui régalait. Et pour l'occasion, au lieu de choisir de dîner dehors, elle le recevait à domicile. D'un regard, il remarqua une table superbe. Sa maîtresse avait sorti la vaisselle de famille et des verres en cristal; du champagne baignait dans un seau en métal. Il apprécia tout en étant un peu déçu, il aurait bien attendu avant d'attaquer le repas. Elle l'invita à s'installer, il se laissa faire.

Dès qu'il fut assis, elle lui attrapa une main et se pencha vers lui pour poser un baiser sur ses lèvres. Il n'en fallait pas plus pour qu'il oublie tous ses tracas. Elle avait une robe sexy qui mettait en valeur sa poitrine, des yeux brillants, un léger maquillage. Elle était belle, il se sentait amoureux et il ressentait que ce bonheur était partagé. Elle lui envoya un regard attendri.

— Des contrariétés ?

Il souffla profondément.

— Le travail, rien d'important. Ne laissons pas ça ternir le temps que nous passons tous les deux.

— Mais ça ne gâchera rien. Je veux tout savoir. Tes soucis doivent être les miens. Être avec un homme ne se limite pas à simplement coucher avec lui.

Il hésita et finit par confesser les problèmes du jour et les menaces reçues.

— Un sale con, trop fainéant pour gérer son affaire. Il y a aussi de la jalousie, ces types-là t'en veulent d'avoir réussi alors qu'ils se complaisent dans la médiocrité. Tu ne vas pas te laisser importuner par ce genre d'imbécile. Oublie-le, ces gens sont juste des grandes gueules qui aboient, mais ne mordent jamais. Il a trop besoin de toi.

— Certainement, fit-il.

Il pensa qu'elle avait un tempérament de tueuse. Avec une femme comme elle à la tête du personnel, les employés fileraient doux.

— Tu as peut-être raison. Je ne sais pas pourquoi je fais tout un plat de cette affaire.

Il continua en lui parlant de la conjoncture actuelle peu favorable :

— Un mauvais moment à passer. On aura toujours besoin du monde agricole, le problème est que tu vas devoir te recentrer sur la consommation intérieure alors que tu fais ta marge à l'export. Nos bons petits clients ne pensent plus que vert. Il va falloir t'adapter. Avec le label bio, tu peux vendre plus cher, ça compensera les subventions que vous recevez de l'Union européenne.

Il avait des yeux admiratifs. Il n'y avait pourtant rien d'extraordinaire dans ce qu'elle lui disait. Mais elle, au moins, elle le comprenait. Elle l'écoutait, elle réfléchissait à ses problèmes au lieu de s'en contrebalancer comme le faisait sa femme ou de se contenter d'un « ça s'arrangera bien » qui ne signifiait absolument rien. Il la regarda de nouveau. Il avait changé. Elle lui sourit.

— Quoi ?

— J'ai envie de toi !

Elle se pinça les lèvres, une lueur coquine illumina son visage.

— Maintenant, là, tout de suite ?

Elle se déchaussa sous la table et l'un de ses pieds vint caresser les parties intimes de l'homme d'affaires. Ce contact eut l'effet d'une décharge électrique. Il frissonna. Elle avait les yeux rivés dans les siens.

— Ah oui, je ne sais pas si c'est bien de moi que tu as envie, mais je sens quelque chose.

Elle se tourna vers la cuisine, jeta un œil sur sa montre.

— Le repas peut attendre.

Elle avait tout prévu, tout était fait pour le faire languir. Elle n'avait aucune envie de passer à table, au contraire. Elle poussa sa chaise en arrière, se releva sans lâcher du regard Arnaud Montjoie, et d'un geste souple trouva le moyen de faire glisser sa robe sur le sol. Elle était entièrement nue à l'exception des chaussures qu'elle avait remises. Le cœur du septuagénaire bondit dans sa poitrine. Putain, qu'elle était belle et désirable ! Il se leva à son tour. Cette fois, l'érection déformait le pantalon. Elle fit un pas vers lui.

*

Le téléphone portable de Maryse Montjoie sonnait pour la troisième fois quand elle se décida enfin à répondre. La photo de son mari était affichée à l'écran, elle aurait pu s'inquiéter. Ce ne fut pas le cas, bien au contraire. Agacée d'être tirée du sommeil de la sorte, elle se demanda quel motif absurde pouvait pousser Arnaud à l'appeler à une pareille heure de la nuit. Habituellement, lorsqu'il ne rentrait pas, il se contentait d'un SMS pour la prévenir… Si elle était encore endormie, la voix féminine qui éclata dans le haut-parleur finit d'avoir raison de son sommeil.

— Madame Montjoie ?

— Oui. Qui est à l'appareil ?

— Je suis… la maîtresse de votre mari.

Le sang de Maryse Montjoie se glaça. Cette fille ne manquait pas de culot pour la réveiller en pleine nuit en utilisant le téléphone d'Arnaud. Ça puait déjà le vaudeville ridicule. Qu'elle se fasse sauter, d'accord, mais qu'elle ne vienne pas lui jouer les gourgandines amoureuses au milieu de la nuit. Arnaud allait lui payer ça. À quoi s'amusait-il avec cette nouvelle garce ? Elle voyait bien depuis quelque temps qu'il n'était plus le même, les femmes n'ont pas leur pareille pour sentir ça. Son mari faisait plus attention à ses vêtements, se parfumait exagérément, il avait même repris le sport, et depuis peu surveillait sa ligne. Ces idées ridicules n'étaient certainement pas pour le plaisir de son épouse, mais bien pour une autre. Elle avait l'habitude de ce comportement stupide. Et puis un jour, il revenait au bercail la mine désappointée parce qu'il s'était fait larguer.

Maintenant, bien réveillée, Maryse s'apprêtait à envoyer une bordée cinglante quand la voix se brisa.

— Il est mort.

— Quoi ? Qui est mort ?

— Arnaud, votre mari…

— Où est-il ? Qu'est-ce qui… ?

— On était en train de…

Comprenant que de cocue elle venait de passer à veuve, Maryse Montjoie fut submergée par une vague de colère.

— Épargnez-moi les détails !

— Il allait bien, on parlait, et tout d'un coup il s'est écroulé.

La fille éclata en sanglots. Maryse Montjoie grinça des dents, ses mains serraient le portable avec une telle force que les jointures de ses doigts avaient blanchi. En même temps, les rouages de son cerveau tournaient à tout rompre. Il n'était pas question qu'elle soit ridiculisée par cette histoire et qu'on en fasse des gorges chaudes à ses dépens.

— Vous avez contacté qui avant moi ? Qui est au courant qu'il est mort ?

— …

— Je te parle, connasse ! T'as téléphoné à quelqu'un d'autre ?

— Personne, madame. Je ne savais pas qui joindre et de toute manière on ne pouvait plus rien pour Arnaud.

— Bien. Calme-toi et donne-moi ton adresse. Je te rappelle, et d'ici là, tu ne bouges pas de chez toi. Tu ne touches pas à ton portable. Tu as compris ?

— Oui, madame.

Maryse fut ravie d'apprendre qu'ils n'étaient pas dans un hôtel. Sauver la réputation d'Arnaud, c'était aussi sauver la sienne. Elle n'avait aucune envie qu'on se souvienne d'elle comme de la cocue de service.

— Bien, je vais venir. Toi, tu vas l'habiller pour qu'il soit présentable.

— Mais…

— Bon sang, fais ce que je te dis, mets-lui ses vêtements, et arrête de geindre.

Maryse resta un long moment à réfléchir dans la pénombre. Elle ne devait pas rater son coup. La mort de son mari allait faire la une des journaux. Si les médias apprenaient qu'il était passé de vie à trépas entre les cuisses d'une pute, ça ferait les gros titres. La solution lui paraissait évidente, encore faudrait-il que tout le monde accepte ses requêtes. Elle fouilla dans son répertoire téléphonique jusqu'à trouver les coordonnées qui l'intéressaient. Le visage du correspondant s'afficha dans sa tête. Petite indécision. Ce n'est pas parce qu'elle avait déjeuné ou dîné plusieurs fois avec lui qu'ils étaient amis. Elle se souvint tout de même la séance de charme qu'il lui avait faite lorsqu'il lui avait tendu sa carte avec ce « N'hésitez pas à m'appeler ; je serai toujours disponible pour vous ». Elle allait vite savoir s'il ne s'agissait que de mots en l'air. Elle composa le numéro, entendit le téléphone sonner dans le vide avant qu'une voix ensommeillée ne lui réponde et qu'elle en fasse de même.

— Monsieur le préfet, Maryse Montjoie.

Chapitre 11

Week-end passé dans le sud Finistère, les trois filles étaient à l'Île-Tudy, en train de prendre un pot au bar de La Balise, sur la place de la Cale, lorsque l'attention d'Élodie fut attirée par un titre dans le journal « *Disparition d'Arnaud Montjoie, le monde agricole en deuil* », une photo d'un sémillant septuagénaire faisant la première page. Léanne jeta un œil sur les premières lignes.

— Ben, dis donc, lui aussi, une crise cardiaque. On a le cœur fragile dans le monde agricole.

Plongée dans l'article, Élodie n'écoutait pas. Elle fit défiler tout ce qui avait trait à la vie de l'homme d'affaires. Elle se moquait de sa biographie, ce qu'elle voulait savoir ne concernait que les conditions de sa mort. Décédé à domicile.

— Il a fait une attaque chez lui. Le reste doit être du bla-bla, juste pour justifier son transfèrement à l'hôpital. Les secours font souvent comme ça.

L'intérêt de la légiste pour l'article déchaîna un ton railleur de la part de la policière.

— Tu ne vas pas te mettre à trouver dans cette affaire des trucs bizarres et faire un parallèle avec Armel Le Bihan ?

Élodie était si absorbée qu'il fallut que Léanne se répète pour qu'elle entende enfin la moquerie.

— Je regarde, c'est tout. Je vois qu'il habite dans le Finistère, je suis juste étonnée qu'on ne m'ait pas prévenue de son arrivée chez nous.

— Une mort naturelle, tu n'aurais pas pratiqué une autopsie. Le médecin a dû délivrer le certificat de décès sans trouver matière à un examen particulier.

— Oui, probablement. Vous avez raison.

Philippe, le patron de La Balise, les interrompit en apportant deux douzaines d'huîtres qu'il déposa sur leur table. Vanessa leva ses lunettes et apprécia.

— Finalement, on va survivre à la fermeture du Winch. On est pas mal ici, en terrasse, face au soleil, au port et à Loctudy. Il y a pire.

Léanne l'admit, tout en étant traversée par des pensées plus sombres. Elle adorait la place de la Cale, qui lui rappelait toute sa jeunesse, mais pas que. Depuis qu'elle y avait vécu une interpellation houleuse[5], le souvenir de cette aventure venait régulièrement la hanter.

Élodie lâcha enfin le journal. Elle apprécia aussi les deux assiettes qu'elles allaient se partager. Léanne avait raison. Il fallait qu'elle passe à autre chose, même si les conditions de la mort de Le Bihan continuaient de tarauder son esprit. Ce n'était pas le résultat des analyses qui avait changé les choses, bien au contraire, et ça, il n'était pas question d'en parler à ses amies sous peine de subir les railleries

5. *Voir* Haines, *même auteur, même collection.*

de Léanne. Comme le disait sa copine, elle n'était pas flic et n'avait pas à enquêter, il n'empêche qu'il n'y avait aucune justification logique à trouver des résidus d'algues sous les ongles de Le Bihan… et jusque dans ses narines comme le prouvaient les documents transmis par le laboratoire qu'elle avait sollicité. Des indices irréfutables, qui n'avaient aucun intérêt juridique, puisqu'elle avait pratiqué ces recherches en dehors de tout cadre légal. Si elle en parlait, on la prendrait pour une dingue. Il s'agissait d'un sacré mystère. Comment un type terrassé par une crise cardiaque dans sa voiture pouvait-il avoir ces résidus ? Il n'y avait qu'une explication logique : il était mort à la fin d'un périple qui l'avait conduit au bord de l'océan. Sauf qu'à cet endroit, comme elle avait pu le vérifier en allant refaire la promenade potentiellement effectuée par la victime, l'Odet était loin de charrier autant d'algues qu'il pouvait y en avoir dans le nord Finistère ou la baie de Saint-Brieuc. Même si elle attrapa une huître dans l'assiette, les pensées d'Élodie l'éloignaient de nouveau de ses amies. Léanne s'en rendit compte.

— T'as la tête ailleurs. Si ça t'emmerde d'être ici, dis-le, ou partage tes ennuis avec nous. T'as des problèmes avec Christian ? Il te manque à ce point ? Je suppose que si tu as trouvé, exceptionnellement, le moyen d'être là, c'est parce qu'il ne pouvait pas aller jouer au golf ce week-end…

Elle n'allait pas avouer que si elle était à l'Île, c'était justement parce qu'elle désirait aller vérifier la présence d'algues au bord de l'Odet.

— Non, non, enfin oui. Il avait une invitation à laquelle il ne pouvait déroger.

— Avec son officielle ? voulut savoir la flic.

— Oui, avec sa femme. Il est marié ! Mais je t'arrête tout de suite, ce n'est pas un problème pour moi. Je ne compte pas le faire divorcer. Et pour dire vrai, plus je le connais, plus je suis heureuse qu'il soit casé. J'aime être avec lui, mais je n'attends rien de plus de cette relation que ce qu'elle me donne.

— Tu veux me dire que j'ai bien fait de couper les ponts. Quand je suis entrée dans la police, il me proposait le mariage.

Vanessa décida de se mêler de la conversation entre les deux ex du beau golfeur. Elle éclata d'un rire moqueur.

— Si tu l'avais épousé, aujourd'hui il te tromperait avec Élodie.

— Peut-être. Qui sait ?

Habituellement, ces discussions de filles plaisaient bien à la médecin. Ce n'était pas le cas aujourd'hui. Tout d'un coup, elle n'avait plus le cœur à papoter sur des sujets frivoles comme elle aimait le faire. Et puis parler de Christian lui avait donné envie de le voir, ou plus exactement de faire l'amour avec lui. De baiser. Elle ne savait plus où elle en était en ce moment. Peut-être qu'elle se mentait à elle-même, elle était « *in love* ». Après leur repas, elle résolut de planter ses copines et de rentrer à Brest, en se demandant si la voiture n'allait pas décider d'aller beaucoup plus loin pour tenter de retrouver son amant. Il lui était déjà arrivé de se mettre en planque dans la rue de sa résidence intra-muros à Saint-Malo, juste pour le voir entrer chez lui… Une connerie d'ado, dont elle n'était pas fière, mais qui démontrait son état d'esprit du moment…

Sauf qu'il y avait aussi le mystère Le Bihan.

Chapitre 12

Le lendemain, lorsque Élodie arriva à La Cavale-Blanche, elle constata que l'hôpital faisait encore l'objet d'une agitation particulière. Plusieurs représentants des médias avaient investi les lieux ou tentaient de le faire. La raison de cet intérêt était la présence du corps d'Arnaud Montjoie, un *bis repetita* du décès d'Armel Le Bihan. Des hommes politiques de tous bords étaient attendus pour se recueillir devant sa dépouille. La venue de deux ministres était prévue. Pour l'occasion, un service d'ordre avait été déployé. Rien de tel pour agacer les membres du personnel, dont certains devaient montrer leur badge pour pouvoir accéder à leur poste de travail. La légiste s'en amusa en prenant une tasse de café dans la pièce de repos jouxtant les salles d'autopsie.

Un des assistants abonda en son sens et donna des précisions.

— Les pompiers l'ont emmené au milieu de la nuit. Il était décédé à son arrivée, et depuis, c'est le cirque. Le préfet a fait le déplacement avec la directrice des polices urbaines. Le patron aussi s'est levé pour accueillir le corps.

— Même *ad patres*, les puissants continuent de bénéficier d'un traitement particulier et d'emmerder le monde. À titre posthume, il aura tout de même réussi un tour de force, celui d'obliger « Fantômette » à bosser. Elle a dû râler.

L'information concernant la « grande flic » finistérienne ne pouvait que faire sourire la médecin. Fantômette était le surnom attribué à la cheffe du commissariat central de Brest, où œuvrait la DDSP[6]. Son personnel la comparait à un spectre dont les rares apparitions étaient en général dues à des invitations ou à quelques cérémonies préfectorales ou mondaines, seules obligations professionnelles qu'elle ne ratait sous aucun prétexte. L'important était de se vendre et ça marchait vu le nombre de photos d'elle dans la presse. Léanne et ses hommes s'inquiétaient de la réforme prévue au sein de la police judiciaire. À terme, la directrice était censée devenir leur patronne. Ils redoutaient d'être placés sous la coupe de quelqu'un ayant le sens policier d'un bulot. Ils se voyaient déjà en train d'abandonner les enquêtes contre la criminalité organisée pour chasser le Gilet jaune ou s'occuper de violences conjugales et de *dealers* de barrettes dans le but de satisfaire à des préoccupations statistiques.

La légiste s'étonnait de tout ce branle-bas provoqué par la mort de Montjoie.

— Pas d'autopsie ?

— Non, une mort naturelle, le médecin a délivré un certificat de décès. Il a diagnostiqué un

6. *Direction départementale de la sécurité publique.*

infarctus. Montjoie a passé l'arme à gauche chez lui en présence de sa femme. C'est elle qui a appelé les secours.

— Parfait, jugea Élodie en regardant le planning de travail de la journée. On a suffisamment de clients comme ça pour nous occuper.

Ils furent rejoints par deux fonctionnaires de la police technique et scientifique qui venaient assister à la première autopsie, celle d'une victime d'une rixe au couteau dans les rues de Brest. Le coupable était déjà interpellé, il avait reconnu les faits, une affaire sordide comme les flics avaient l'habitude d'en traiter. Nouvelle tournée de café et nouvelle discussion concernant le mort. Les arrivants semblaient bien le connaître. Cette fois, c'est son passé qui était évoqué, celui du chef d'entreprise, mais aussi du politique. Montjoie avait longtemps milité à gauche ; membre du PS, il s'était rangé dans le parti présidentiel. Propriétaire terrien, il était également apprécié pour son engagement dans le monde agricole en tant que représentant syndical.

Un des policiers modéra les déclarations de son collègue.

— On ne parlait que de lui, mais c'est surtout sa femme qui détient les surfaces agricoles et le pognon.

— Il a tout de même fait prospérer le capital, non ?

— C'est vrai, il devait bien avoir des qualités pour qu'elle le garde, parce qu'il était plutôt volage et ne se cachait pas toujours. Des collègues l'ont surpris plusieurs fois en charmante compagnie. Une chance pour lui que la presse n'ait jamais mis son nez là-dedans. Faut dire que lorsqu'on a comme amis les

Bolloré, Bouygues et autres François Pinault, on ne risque pas grand-chose de ce côté-là. La presse est aux ordres.

Élodie claqua des mains pour mettre fin à la récréation.

— Bon, messieurs, on n'est pas là pour parler d'Arnaud Montjoie, il me semble qu'on a du travail. Allons chercher votre client.

Ils se dirigèrent vers la salle où étaient conservés les cadavres. Tout un mur était constitué d'un ensemble de casiers frigorifiques aux portes en inox. Le hasard fit que des préparateurs étaient en train de sortir le corps de l'homme d'affaires. L'ouverture du sac mortuaire surprit tout le monde à tel point que l'un des employés des pompes funèbres, pourtant habitué à côtoyer la mort, eut un mouvement de recul.

— Putain, qu'est-ce qu'il pue !

Si Élodie plissa nez, lèvres et sourcils, ce ne fut pas tant par dégoût que par l'étonnement que lui provoquait l'odeur dégagée. Surprenant pour un cadavre fraîchement décédé. Et ce n'était pas tout, le visage de la victime était entièrement bleu, comme cyanosé. Elle s'approcha. Un des thanatopracteurs se mit à râler.

— Le patron parlait d'un boulot facile. Tu parles ! Je voudrais bien le voir. Il y a du travail pour le préparer et le nettoyer, il va falloir le maquiller pour le présenter à la famille et aux visiteurs et limiter cette odeur.

Ils avaient maintenant ouvert l'ensemble de la housse. Le corps nu était entièrement cyanosé.

Les policiers de la scientifique intervinrent pour attirer l'attention d'Élodie.

— On peut peut-être récupérer notre client et passer à côté. On n'est pas obligés de supporter cette puanteur. Notre cadavre a des allures de bébé sortant du bain comparé à Montjoie, autant en profiter. On n'a pas tous les jours cette chance.

La légiste ne pouvait pas dire le contraire. Elle laissa ses assistants mettre la dépouille sur une table mobile et la déplacer vers la salle de dissection. En retrait du groupe, poussée par une intuition, une sorte de fulgurance, une idée folle venait de germer dans sa tête. Elle s'intéressa à un tiroir dans lequel était entreposé du matériel et fit glisser dans une de ses poches deux tubes contenant un kit de prélèvement cutané. Une chance, l'opportunité qu'elle attendait se présenta dans la foulée, lorsque les employés des pompes funèbres quittèrent la pièce, un pour rendre compte à son patron, les deux autres pour aller chercher l'équipement nécessaire à la préparation du corps. Seule, elle ne perdit pas de temps et en profita pour s'occuper des ongles du mort, anormalement sales pour un chef d'entreprise soigné. Pareil pour la plante des pieds. Elle entendit des pas dans le couloir et fit disparaître les écouvillons. Un flic de la PTS était à la porte.

— Qu'est-ce que tu fais ? On t'attend. T'es quand même bizarre comme fille, comment tu peux supporter cette odeur ?

Un instant, elle eut le sentiment diffus qu'il l'avait surprise. Elle rougit comme une gamine prise en faute.

— Pas du tout. Mais je dois dire que je suis intriguée par l'état du corps.

— Il fait chaud, il a peut-être fallu un moment jusqu'à ce que sa veuve le découvre. Je me souviens d'une mort naturelle qui nous avait paru étrange à tel point que la femme de la victime avait été placée en garde à vue. Bien que vivant sous le même toit, le couple ne se parlait plus depuis des années. Elle avait mis plusieurs jours avant d'oser ouvrir une porte et de trouver le cadavre de son époux. Il était pourtant dans son bureau, mais elle n'y allait jamais.

— La vie des gens mariés ! Ça fait rêver !

Elle faillit répondre que maintenant qu'elle avait comme amant régulier Christian Autissier, elle en apprenait quotidiennement sur le sujet. Elle ne le fit pas et se décida à s'occuper de son patient.

La journée s'écoula sans qu'Élodie arrive à sortir de sa tête Arnaud Montjoie. Il faut dire que sa présence était pour le moins encombrante. Entre le temps nécessaire à le rendre présentable, puis les visites qui suivirent, les employés ne risquaient pas de l'oublier. Le soir, la légiste avait regagné son bureau, et à l'heure habituelle de fin de service, sa collègue s'étonna de ne pas la voir s'en aller.

— J'ai plusieurs rapports en retard. Je n'ai rien prévu ce soir, je vais en profiter pour me mettre à jour.

La raison semblait crédible et une fois que le personnel administratif eut quitté les lieux, elle se retrouva seule. Le problème, pour réaliser son plan, était qu'un hôpital est une grande usine qui ne ferme jamais. Dans ces conditions, quelle que soit l'heure, il est difficile de ne voir personne, et sa présence n'étant pas indispensable, elle ne manquerait pas de surprendre en cas de rencontre. Tant pis, elle était prête à prendre le risque. Il était aux environs de minuit quand elle s'enfonça dans les sous-sols de La Cavale-Blanche pour rejoindre la morgue. Les couloirs s'allumèrent au fur et à mesure de sa progression. Elle ne croisa personne. Une fois arrivée dans son service, elle commença par se munir du matériel nécessaire à la réalisation de ce qu'elle voulait faire. Elle hésita. Une petite voix intérieure, celle de la sagesse, ne cessait de lui répéter qu'elle était en train de faire une connerie. Si elle était surprise, elle risquait ni plus ni moins que de perdre son job. Elle la fit taire et se dirigea vers le casier qui l'intéressait. Le bruit métallique de l'ouverture la fit tressaillir en lui donnant l'impression qu'il se répercutait sur des centaines de mètres. Elle se calma avant de baisser le zip de la housse. Les employés avaient fait du bon travail. Le corps d'Arnaud Montjoie avait recouvré une certaine fraîcheur, visage maquillé, vêtements propres, même l'odeur s'était estompée. Il était présentable. Nouvelle tempête intérieure. Élodie avait le sentiment de se retrouver au bord d'une falaise. Sauter ou pas. Elle se lança, s'attaqua aux boutons de la veste, puis de la chemise. Elle écarta les tissus pour découvrir le torse. À cet endroit, la couleur bleutée était toujours présente. Elle prit une photo avec son portable et se décida à sortir la seringue qu'elle avait dans sa poche. Elle visa le cœur.

Elle était en train de retirer l'aiguille lorsqu'elle entendit des bruits se répercuter au fond des couloirs. La pompe lui échappa des mains et roula sur le sol carrelé. Merde. Tout en gardant un œil nerveux sur le prélèvement sanguin dont quelques gouttes tachaient la faïence, Élodie réajusta les vêtements du mort avant de remonter la fermeture Éclair de la housse. Elle repoussa le tiroir en prenant garde d'être discrète et se précipita enfin sur la seringue qui disparut dans sa poche. Les bruits de pas se rapprochaient. On ne devait pas tomber sur elle, pas à cette heure. Le cœur battant, elle décida de se planquer dans un réduit où était entreposé du matériel. Les visiteurs s'arrêtèrent devant la pièce où elle se trouvait.

— Voilà, encore un endroit où les consignes d'économie d'énergie ne sont pas appliquées ! Ils sont partis en laissant tout allumé. Ce n'est pourtant pas difficile d'éteindre !

Le rayon lumineux qui s'infiltrait sous la porte du local disparut, plongeant Élodie dans le noir le plus complet. Elle attendit de longues minutes avant de se décider à sortir de sa planque. Les sens aux aguets, à tâtons, elle navigua vers l'interrupteur en priant pour ne rien heurter qui fasse un bruit d'enfer. Le chemin jusqu'à son bureau se passa sans encombre, elle avait maintenant le matériel qu'elle désirait, restait à l'analyser.

Chapitre 13

Les résultats d'analyses étaient là, tout aussi mystérieux que les précédents. Les prélèvements effectués révélaient qu'Arnaud Montjoie, comme Armel Le Bihan, avait bien sous les ongles et sous les pieds des résidus d'algues. Ça ne pouvait pas être un hasard.

En revanche, contrairement à ce qu'aurait pensé la légiste, à la différence de ce qu'elle imaginait, l'examen sanguin de la seconde victime ne démontrait pas la présence d'H2S. Loin d'y voir une preuve irréfutable, elle resta un long moment à confronter les documents envoyés par le laboratoire avec diverses études scientifiques. En 2010, dans un cas d'accident domestique survenu en Alsace, le décès de la victime par intoxication à l'H2S ne faisait aucun doute. Pourtant, si la présence du gaz était avérée dans les tissus pulmonaires, elle ne l'était pas dans le sang. Les experts ayant pratiqué l'examen en concluaient que l'H2S, par nature très instable, avait dû se dégrader en thiosulfate, plus stable, soit avant l'autopsie, soit dans les flacons[7]. C'était peut-être la même chose pour Arnaud Montjoie.

Silencieuse, elle réfléchit longuement. Une voix lui disait que ces deux morts étaient liées et que la présence d'algues était un début de piste… Elle frissonna.

Mais, bon sang ! Qu'est-ce qui lui prenait de remettre en cause les conditions du décès de ces deux personnalités ? Élodie ne se reconnaissait plus elle-même et s'en voulait de farfouiller ainsi. Elle ferma les pages ouvertes sur son écran d'ordinateur. Ce soir, elle partait pour Saint-Brieuc, où elle avait rendez-vous avec Christian. Elle avait fait le choix de cette destination en prétextant qu'ils seraient bien plus libres qu'aux environs de Saint-Malo et qu'ils pourraient sortir sans risquer de tomber sur des amis de son amant. Dans son for intérieur, elle savait bien qu'elle se mentait. Ce qui l'intéressait dans cette région était la présence d'algues vertes. Des recherches sur le Net, ainsi que la lecture d'*Algues vertes, l'histoire interdite*, une enquête de la journaliste Inès Léraud illustrée par Pierre Van Hove[8], désignaient la baie de Saint-Brieuc comme étant l'endroit de Bretagne le plus touché par ce phénomène.

Son amant la retrouva dans l'hôtel qu'elle avait réservé. Élodie l'attendait pour partir avec lui en balade. Christian était à mille lieues d'imaginer ce programme, il aurait, sans nul doute, préféré passer la matinée au lit, mais il cacha sa déception et se plia bon gré mal gré aux désirs de la légiste. Il s'était

7. *Voir sur le Web :* Intoxication aiguë accidentelle par l'hydrogène sulfuré : à propos d'un cas inhabituel - (ata-journal.org)

8. *Publiée aux Éditions Delcourt dans la collection La Revue dessinée.*

levé tôt, prétextant une tournée de ses clients les plus lointains auprès de sa femme. Il pensait surprendre sa maîtresse dans sa chambre ; raté, elle était déjà debout en train de prendre le petit-déjeuner. Si encore il avait été en costume et chaussures de ville, il aurait eu une excuse toute trouvée pour tenter de faire changer Élodie d'avis, mais ce n'était pas le cas. En jean, pull et Barbour, il avait la tenue adaptée pour la sortie. L'évaluant d'un coup d'œil, elle le remarqua tout en lui envoyant un sourire radieux avant de lui dévoiler ses projets matinaux.

— On ne va pas se voir juste pour passer notre temps au lit et traîner les clubs de golf.

Même si cette version de leurs rendez-vous lui paraissait tout à fait suffisante, il eut la bonne idée de ne pas le lui dire. Il faut reconnaître qu'il la trouvait craquante avec ses longs cheveux d'un roux étincelant sur le pull irlandais qu'elle portait à même la peau. Il imaginait déjà une après-promenade ou une occasion champêtre. Quand elle fut debout, il apprécia également le jean slim et les bottines de marche. Leurs regards se croisèrent. À ce moment-là, Élodie, elle-même, hésita à remettre son projet. Elle résista à ses pulsions. Calculatrice, elle savait le risque qu'il y avait à faire monter Christian jusqu'à sa chambre. Joueuse, au lieu d'éteindre sa flamme, elle l'embrassa sur les lèvres et se fondit contre lui, avant de lui annoncer sur un ton canaille :

— Je vais finir de me préparer et enfiler un manteau. Prends un café en m'attendant.

— Tu n'as pas besoin que je t'aide ?

— C'est gentil, mais je vais y arriver toute seule.

Elle le planta sans lui laisser le temps d'argumenter plus.

*

Il ne faisait ni beau ni mauvais, le ciel était d'un gris uniforme, mais la météo ne prévoyait pas de pluie pour la journée et la température était plutôt clémente. Signe qu'elle savait déjà précisément où elle voulait se rendre, Élodie décida d'autorité d'utiliser son véhicule. Christian s'amusa mentalement de la manière dont il la laissait prendre les choses en main. Il est vrai qu'il ne pensait plus qu'à leur retour.

Elle s'arrêta chez un loueur de vélos où elle avait réservé deux bicyclettes électriques. Christian s'en étonna.

— Habituellement, je trouve que c'est un moyen de locomotion pour fainéants et il n'y a rien qui m'énerve plus que de voir des gens avancer sans donner un coup de pédale. Mais là, je me suis dit qu'on irait plus vite et que tu ne râlerais pas.

C'était plutôt bien vu. Son amant laissa encore faire d'autant que, finalement, l'idée d'une longue balade à vélo lui plaisait. Il partit derrière elle. Une quinzaine de kilomètres plus tard, ils étaient à Hillion. Alors qu'il voulait lui parler, Élodie accentua le coup de pédale et s'engagea en direction de la plage de l'Hôtellerie.

— Pas là, la plage est fermée et interdite d'accès.

Elle n'écouta pas et se laissa entraîner dans la descente pour s'arrêter face à la Manche.

— C'est un des endroits qui m'intéressent.

Face à la barrière interdisant l'accès à la plage, à l'arrêté municipal affiché et aux différents panneaux concernant les algues vertes, pas besoin d'en dire plus. Il leva les yeux au ciel et raffermit le ton.

— Toujours cette obsession des algues vertes ! Tes copines n'ont pas tort, tu te prends pour une flic. À croire que tu cherches à démontrer quelque chose à Léanne.

Elle encaissa et serra les dents pour conserver son calme. Oui, il ne fallait pas qu'elle se mente, il y avait peut-être derrière tout ça une question d'ego. N'empêche qu'elle savait qu'elle ne se trompait pas, et ça, c'était un motif suffisant pour justifier son action. Il n'y avait rien de condamnable à vouloir faire jaillir la vérité, même si elle n'avait aucune idée de quelle vérité il s'agissait. Elle afficha une mine boudeuse, tout en se concentrant sur ce qu'elle voyait. Les écriteaux et explications concernant le danger à s'approcher des algues en putréfaction ne manquaient pas. Pourtant, ça faisait presque envie. Comme pour mieux cacher le danger, la croûte d'algues desséchées par le soleil avait pris en surface la couleur du sable. Difficile d'imaginer qu'en dessous se dissimulaient par endroits des nappes d'H2S pouvant être mortelles. Sans tenir compte des récriminations de son compagnon, elle fit volte-face vers la rue et montra du doigt un pylône équipé de panneaux solaires destinés à alimenter une sorte de boîte.

— C'est un capteur d'hydrogène sulfuré. J'ai lu qu'il y en avait une douzaine d'installés sur des plages bretonnes, dont la moitié dans la baie de Saint-Brieuc.

— Oui, tu devrais être rassurée, avec ces équipements, il n'y aura pas d'accidents. Ça prouve que la région fait ce qu'il faut. Et puis, regarde, il y a des habitations. Si c'était aussi dangereux, tu crois que les gens habiteraient là ?

Elle doutait que ce soit aussi simple. Les drames se produisaient lorsqu'une poche de gaz éclatait à proximité d'une présence humaine ou animale, un incident limité dans le temps et pas forcément détectable par les capteurs. Elle se garda cependant de donner son avis, reprit son deux-roues vers de nouveaux sites en alternant bicyclette et marche. Difficile de ne pas succomber au charme du coin, surtout quand on commence son périple par la fameuse Maison de la Baie et la vue magnifique de la réserve naturelle, offerte au visiteur depuis la terrasse panoramique.

Élodie se lança dans une longue marche en entraînant Christian derrière elle. C'en était drôle, son amant avait adopté une mine de gamin boudeur à qui l'on imposait une activité à laquelle il ne voulait pas participer. De peur d'envenimer les choses, elle se tut et se contenta de lui serrer la main un peu plus fort. Elle finit par obtenir un sourire de sa part. Cela suffit à décrisper la situation. Elle se planta devant Christian et l'embrassa à pleine bouche pendant un long moment avant de repartir. L'itinéraire qu'elle avait prévu allait d'Hillion à Saint-Quay-Portrieux, en longeant la côte par la *Vélomaritime*. Sur le chemin du retour, alors que Christian imaginait son calvaire s'achever, la légiste avait une nouvelle surprise.

Chapitre 14

Yvan Perrin se demandait ce que cette femme pouvait lui vouloir. Au téléphone, elle lui avait paru plutôt mystérieuse, il n'avait pas bien saisi la raison de son intérêt pour les algues vertes. Depuis qu'il avait créé une association œuvrant pour la défense des côtes et la qualité de l'air, il était certes devenu un spécialiste dans le domaine, mais c'était dans le passé, au temps d'une autre vie. Fatigué d'être la cible de différentes organisations agricoles, ou de commerçants, son militantisme s'était émoussé avec les années. Il faut dire qu'il en avait subi des choses. Des intimidations, des appels intempestifs en pleine nuit, des dégradations sur sa voiture, des animaux crevés lancés dans son jardin, des chargements de fumier déversés devant sa porte… Même le proviseur du lycée où il était professeur l'avait mis en garde. Interdit de recevoir des journalistes dans l'établissement. Il serait viré s'il continuait de s'adresser aux médias. Sa femme et ses enfants n'en pouvaient plus. Ils avaient bien failli l'abandonner.

Face à l'ultimatum de son épouse, il était rentré dans le rang et ne faisait plus parler de lui. Il y avait longtemps que les officiels l'avaient oublié et, finalement, il n'en était pas mécontent. Se battre seul contre des moulins à vent lui était passé. Un nouveau plan algues vertes avait été mis en place par l'administration, cette toubib fonctionnaire pouvait très bien consulter la préfecture. Toujours est-il que c'est plus par curiosité que par utilité pour sa cause qu'il avait accepté cet entretien.

Il l'attendait dans une brasserie du centre-ville de Saint-Brieuc. Quand elle entra dans l'établissement, la médecin repéra sans difficulté son « rendez-vous ». Il était assis à une table au fond de la salle. Ils ne s'étaient jamais vus, mais la réaction de chacun démontra qu'ils avaient dû se *googliser* mutuellement avant cette rencontre. Perrin avait déjà devant lui un verre vide. Christian suivait à quelques mètres, au lieu d'accompagner Élodie jusqu'au bout. Redevenu boudeur, il se dirigea vers le comptoir et attrapa un journal avant de se poser sur un tabouret.

— Prends ton temps, je te laisse, je ne vais pas vous déranger.

La réaction surprit la jeune femme ; cette entrée à deux pour se séparer la foutait un peu mal, mais d'autre part, elle aurait les coudées plus franches pour discuter.

Perrin se demanda ce que signifiait cette présence masculine. Il pensa un instant à un flic ou un journaliste, sans cogiter plus. Élodie était plantée devant lui, souriante, elle lui tendait la main. Comprenant le questionnement de son vis-à-vis, elle envoya un coup de menton en direction de Christian.

— Mon ami ne s'intéresse pas à ma petite enquête. Il préfère attendre.

La légiste remarqua une sacoche posée sur une chaise voisine. Ils échangèrent une mimique entendue en guise de présentation et elle s'installa en face de son interlocuteur.

Perrin avait une soixantaine d'années, le teint blafard, un corps décharné, les cheveux filasse tombant sur les épaules. Elle imagina un adepte inconditionnel de régimes végétariens ou végétaliens. La veste trop grande, sur une chemise d'un blanc douteux, lui donna l'impression qu'elle avait en face d'elle un épouvantail. Le point positif était le visage malicieux et les deux yeux brillants qui s'étaient fixés sur elle.

Avant qu'ils n'aient pu placer un mot, un serveur était à leur côté. Élodie hésita, regarda le verre de bière et opta pour un expresso, quand son interlocuteur demanda un autre demi. Le garçon parti, elle se concentra sur le militant écologiste.

— Merci d'avoir bien voulu me rencontrer.

— C'est avec plaisir, bien que je n'aie pas trop compris quel était le but de vos recherches et votre curiosité pour le phénomène des algues vertes. En quoi cela peut-il intéresser une médecin légiste finistérienne, c'est bien votre profession ?

L'experte se mordit les lèvres, il n'était pas question pour elle de tout dévoiler, d'autant qu'elle connaissait mal son interlocuteur et n'avait pas envie qu'il se répande dans la presse en sortant du bar.

— Disons que j'ai des doutes concernant les circonstances dans lesquelles un de mes patients est décédé. On a retrouvé dans ses vêtements des résidus végétaux qui se sont révélés être des algues vertes.

Perrin s'étonna.

— Il est mort par suffocation ? Un empoisonnement à l'H2S ?

— Non ! Je ne peux pas dire cela, je n'en ai pas les preuves et ça paraît hautement improbable, compte tenu des conditions de découverte du corps.

Le visage du professeur se ferma.

— Je vois, vous faites partie de ces sceptiques qui ne veulent pas croire aux intoxications par les algues vertes. Mais, bon Dieu, combien faudra-t-il d'accidents pour qu'on regarde la vérité en face ?! Après tous les cadavres d'animaux qu'on a retrouvés et les gens qui sont morts, on continue à nier les faits. Quant à l'origine des algues, j'espère que vous n'êtes pas de ceux qui pensent que leur prolifération est due aux marées noires de la fin des années soixante-dix et à la disparition des bigorneaux[9]. Je peux vous assurer, que ça plaise ou non, que c'est bien l'usage immodéré des pesticides qui est en cause. Dans le cadre du nouveau plan algues vertes, des mesures de précaution sont prises en nettoyant les plages avant l'arrivée des touristes, mais c'est tout. Ces histoires de capteur d'air sont une vaste fumisterie. Ça ne sert à rien si l'on ne regarde pas la réalité en face et qu'on ne s'attaque pas aux vraies causes.

En même temps qu'il parlait, Perrin fouilla dans sa sacoche et tendit un lot de documents à Élodie.

---

9. Les bigorneaux étant de grands consommateurs d'algues, certains considèrent que leur quasi-disparition due aux marées noires est en partie responsable de la prolifération des algues. Parmi les tenants de cette théorie, un certain Christian Buson, ingénieur agronome, dont les démonstrations loufoques recevaient un écho favorable au sein de la FNSEA (Fédération nationale des syndicats d'exploitants agricoles).

— Vous n'aurez qu'à lire tout ça. J'ai fait une compilation d'informations. Il y a plusieurs décès suspects ou des découvertes d'animaux. J'ai aussi constitué un dossier sur l'importance de l'usage des engrais par les agriculteurs et les réponses apportées par l'État. Tout est là-dedans. Je fais le point sur les lobbies, tout ce qu'on refuse de voir et d'entendre.

Elle le remercia.

— Je ne suis pas sceptique, mais, comme vous, je suis une scientifique, j'ai besoin de faits pour pouvoir échafauder des hypothèses ; or il est tenu pour une certitude que la personne que j'ai examinée n'a pas été en contact avec des algues vertes dans les heures qui ont précédé sa mort.

Perrin fit un petit sourire fier qui augurait d'une parfaite maîtrise du sujet. Élodie comprit que la machine allait se mettre en route et que son interlocuteur s'apprêtait à débiter un texte maintes fois répété devant des auditoires divers.

— Comment expliquer la prolifération des algues dans notre région ? Il faut remonter à la fin de la Seconde Guerre mondiale.

La mimique que fit la médecin imposa un court silence au spécialiste. Il aurait pu en prendre ombrage, ce ne fut pas le cas.

— Rassurez-vous, je ne vais pas partir dans de longues digressions et je vous promets d'être succinct.

D'un regard, elle l'encouragea à poursuivre.

— Après la guerre, les Américains ont lancé le plan Marshall destiné à remettre sur les rails l'économie européenne. Le modèle américain s'est imposé dans tous les domaines, avec comme credo la productivité et la rentabilité. Ce phénomène, s'il a été remarqué dans l'industrie avec la naissance de grands pôles, gourmands en main-d'œuvre, a eu également des conséquences importantes dans le monde rural. La taille des parcelles, qui étaient jusque-là travaillées à la main ou grâce à des engins agricoles tirés par des bêtes, s'est adaptée au modernisme et aux machines. L'État mit en œuvre une politique de remembrement. Il en découla la disparition de nombreux arbres ; fini les haies, bosquets et autres talus qui séparaient les terres. Certaines rivières furent asséchées pour gagner du terrain. Il fallait produire plus, exporter, être concurrentiel. Même phénomène concernant l'élevage. Terminé les exploitations familiales, avec des animaux vivant en liberté. Ce fut la naissance des élevages de porcs et de volailles hors-sol, sous des hangars dont les occupants ne sortiraient que pour partir à l'abattoir.

Si Élodie écoutait, son attention diminuait, elle se demandait où Perrin voulait en venir et à quel moment il allait évoquer le cœur du sujet.

— Je vois bien que tu t'impatientes. Rassure-toi, j'en ai presque fini.

Ça y est, il devait la considérer comme une alliée, la preuve en était le passage au tutoiement.

Le prof était lancé.

— Pour être rentables, les cultures ont nécessité l'utilisation intensive d'engrais azotés et de pesticides. Les mêmes qui sont également employés pour produire le soja et le maïs indispensables à l'alimentation des animaux dont les déjections terminent dans la terre et la nappe phréatique. Bilan : comme dans le sol, l'azote se transforme en nitrates, par ruissellement, le taux charrié par les rivières bretonnes a été en augmentation constante des années soixante à la fin du siècle dernier. Boostées par l'apport de ce super fertilisant, les algues n'ont cessé de progresser et c'est pour cette raison qu'on assiste à leur prolifération, tout est intimement lié. Le problème est que les pouvoirs publics et le monde agricole ne l'entendent pas de cette oreille. Les syndicats d'exploitants et d'éleveurs refusent d'être les boucs émissaires. Le lobbyisme de ces corporations est assez puissant pour influencer les politiques. Dans ces conditions, il ne faut pas compter sur nos parlementaires ou, plus exactement, sur nos élus dans leur immense majorité, qu'ils soient maires, députés, sénateurs, conseillers régionaux ou départementaux, pour faire changer les choses. Il en est d'ailleurs de même pour l'administration. De peur d'avoir à affronter des mouvements sociaux, les préfets cachent les problèmes sous le tapis. Tous ces gens sont intimement liés et se tiennent par la barbichette.

Élodie écouta Perrin avec la plus grande attention. Si son esprit cartésien voulut bien croire la partie purement technique, elle doutait des conclusions, qu'elle jugeait simplistes. Elle connaissait déjà tous ces types qui versaient dans le conspirationnisme en imaginant la patte des politiques et de l'administration derrière tous les maux de la terre. Perrin devait être un des leurs. Elle devait le penser si fort que son interlocuteur dut s'en rendre compte. Il poursuivit avec un sourire indulgent collé aux lèvres :

— Je vois bien que tu doutes. Fais des recherches, vérifie par toi-même, tu verras que nos élus font tout pour nier le problème. Il y a deux impératifs : protéger le lobby agricole et ne pas faire peur aux touristes. Dans ces postulats, il n'y a pas de place pour les algues vertes.

La légiste fit une moue. En même temps, ses pensées s'en allèrent vers Le Bihan et Montjoie. Elles entraient dans les catégories de personnes dénoncées par Perrin. Était-ce un hasard ? N'était-elle pas en train de se fourvoyer dans des théories stupides, quand elle imaginait qu'ils aient pu être assassinés ? Tout cela signifierait qu'on voulait cacher les vraies raisons de leur disparition. Elle avança leur nom comme si elle posait des cartes sur une table de jeu. Son interlocuteur leva un court instant les sourcils.

— On est en plein dedans. Armel Le Bihan a toujours défendu l'élevage intensif. Il était lui-même producteur de porcs, si l'on peut parler d'élevage quand on possède des milliers de bêtes prisonnières de leur naissance à leur mort, gavées de produits phytosanitaires et d'aliments industriels.

Le spécialiste secoua la tête de dégoût.

— Des mecs comme lui ne sont que des salopards qui n'ont plus de morale dès lors qu'il y a de l'argent à gagner. Et en plus, ils palpent des subventions ! Le capitalisme pourrit tout…

Entraîné par sa véhémence, Perrin se tut un instant, comme s'il devait reprendre son souffle. Cet intermède lui permit surtout de prendre conscience de la nécessité pour lui de se calmer s'il voulait être crédible. Il poursuivit sur un ton plus mesuré :

— J'insiste. Si tu penses que j'invente, vérifie par toi-même. Tu verras que Le Bihan a tout fait pour faire passer au second plan les responsabilités du lobby agricole sur la prolifération des algues. C'est difficile à prouver, mais je suis persuadé qu'il avait des journalistes dans sa poche. C'est sans compter tout ce qui est troublant dans ces affaires d'algues vertes. Pas de chance ! Les prélèvements disparaissent, les analyses sont impossibles ou se contredisent ; quand des victimes décident de saisir la justice, tout le monde traîne des pieds…

Pour la légiste, Perrin persistait dans des affirmations sans fondement ou invérifiables. Elle répéta le nom de Montjoie.

— Oui, j'y viens. Lui aussi a tout fait pour nier la dangerosité des algues. À sa décharge, il n'était pas le seul, il a été soutenu par le Conseil régional et le président de Région. Bien qu'il y ait eu des victimes sur sa circonscription, il a tenu des conférences de presse pour minimiser le problème. En faisant jouer ses relations parisiennes, il a même organisé une espèce de show médiatique avec l'appui de plusieurs membres du gouvernement venus se promener sur la côte pour déclarer devant une forêt de micros qu'il s'agissait d'un des plus beaux endroits de Bretagne.

Élodie le coupa :

— Il n'est pas normal pour un maire de défendre sa commune ?

— C'est normal de cacher des cadavres pour s'assurer la présence de touristes l'été ?

— J'ai constaté que des panneaux avaient été déposés sur les routes d'accès au littoral pour prévenir les accidents, et les villes se chargent à grands frais du nettoyage des plages pendant la haute saison.

— Un peu tard. Tout ça a été mis en place grâce à des groupes écologistes comme celui que j'ai fondé. Mais ils font tout pour nous déconsidérer, nous sommes des empêcheurs de tourner en rond.

Il plongea son regard dans celui d'Élodie, comme s'il cherchait à voir dans ses pensées.

— Mais pourquoi tu me parles de ces deux-là ? Ils viennent de mourir, non ? Et puis, quel rapport avec le cadavre que tu as examiné ?

La légiste sentit ses joues s'empourprer. Elle bafouilla :

— Aucun rapport. C'est juste que j'ai lu des trucs sur eux dans la presse dernièrement et comme on y évoquait aussi les algues vertes, je voulais avoir ton avis là-dessus.

Il se tordit les lèvres dans une grimace remplie de perplexité.

— Et tu ne veux pas me dire qui est la personne que tu as examinée ni où le corps a été trouvé ?

Elle essaya de rester naturelle et convaincante.

— Non, ça tient du secret professionnel. Tu le comprends, j'en suis certaine.

— Pas vraiment, mais je vais faire comme si.

Ils parlèrent encore un moment, mais l'ambiance s'était transformée. Tout d'un coup, il leva les yeux et demanda :

— Vous êtes réellement légiste, pas flic ?

Elle haussa les épaules.

— Il me semble que tu as fait des recherches sur moi. Je suis sur Internet. Une légiste n'est pas une flic.

— Oui, mais comme tu travailles avec les policiers, je me disais que tu es peut-être un peu des deux côtés. Médecin légiste, c'est un peu un flic spécialisé, non ?

Elle eut un petit rire sans joie.

— N'imagine pas de bêtises. Par ma profession, je suis proche des enquêteurs et des magistrats, mais ça ne fait pas de moi une membre des forces de l'ordre.

— Une auxiliaire.

Les traits s'étaient durcis.

— Ne sois pas stupide. Et je ne comprends pas où tu veux en venir. Quand bien même je serais dans la police, tu n'as rien à te reprocher, alors, qu'est-ce que ça changerait ?

Il bredouilla :

— Non, oui, non... Non, je n'ai rien à me reprocher. C'est juste une question que je me posais.

Élodie jeta un regard sur l'heure, récupéra ses affaires et laissa l'argent nécessaire pour payer les consommations. Elle se releva.

— Je suis désolée, je vais devoir y aller. Merci pour les informations.

— C'était avec plaisir.

Les yeux, tout comme le sourire nerveux, disaient pourtant le contraire.

Chapitre 15

Retour à l'hôtel. Le mot « ENFIN » donnait l'impression de s'imprimer en lettres de feu sur le visage de Christian. Même si, finalement, la balade que lui avait infligée Élodie n'était pas désagréable et qu'il en garderait de bons souvenirs, il avait toujours envie d'elle et voyait l'heure s'écouler avec l'obligation de regagner le bercail qui approchait à grands pas. Il prit un ton rempli de frustration.

— Il va falloir que je rentre.

— …

Elle regarda sa montre. La légiste n'était pas loin de réagir de la même manière. En entrant dans la chambre, elle regrettait de ne pas avoir choisi un jour où elle était seule pour effectuer son repérage et prendre rendez-vous avec Yvan Perrin. Elle avait gâché une occasion, elles n'étaient pas si nombreuses, de profiter pleinement de son amant. Comme si elle voulait se faire pardonner, elle jeta sur un coin de table le dossier du professeur et se pressa contre Christian. Ce fut l'étincelle qui alluma le feu. Elle se débarrassa elle-même de son pull pour mieux lui offrir sa poitrine. Il ne se fit pas prier. Christian prit son temps et mit de côté l'horaire. Leur étreinte fut passionnée, presque violente, comme s'il se vengeait des exigences de sa maîtresse. Loin de s'en plaindre, Élodie apprécia de laisser à son homme le contrôle de l'action. À cet instant, elle n'avait plus envie de faire l'amour, mais bien de baiser, d'être baisée.

Quand Christian l'abandonna pour repartir vers Saint-Malo, elle resta un long moment nue sur le lit à recouvrer ses esprits, à repenser à leurs ébats et à leur relation… jusqu'à ce que son regard se pose sur le dossier. Il n'en fallut pas plus pour qu'elle en revienne à ce qui était devenu son autre obsession.

Elle demeurait incapable de déterminer ce qui la tourmentait dans les morts de Le Bihan et Montjoie. Juste un sentiment diffus que ça ne s'était pas passé comme tout le monde voulait l'imaginer. Mais quoi alors ? Ils avaient en commun des résidus d'algues sous leurs ongles.

Et donc ? Qu'est-ce que tu veux en tirer comme conclusion ? S'il est possible d'être intoxiqué par l'H2S provenant de la décomposition des plantes, il ne peut s'agir de meurtres. On ne tue pas avec des algues !

Elle devenait dingue… Elle regarda encore le dossier, hésita, mais la curiosité fut la plus forte. Elle avait envie de voir ce qu'il lui avait laissé. Elle se leva pour récupérer les documents et se recoucha en se mettant cette fois sous les draps.

Yvan Perrin avait collecté bon nombre de renseignements. Elle commença par survoler des résumés d'études scientifiques diverses, puis parcourut un chapitre sur l'histoire récente du monde agricole en Bretagne, l'évolution de l'usage des engrais et pesticides. Elle en arriva à une sorte de répertoire des entreprises et groupes impliqués de près ou de loin dans ces dérives… Il y avait aussi les lobbies et organisations qui, sous couvert de faire la promotion de la Bretagne, fermaient les yeux quand ils n'encourageaient pas les activités les plus polluantes. Le constat suivait, avec la liste des plages touchées et les accidents connus. Des cadavres d'animaux, sauvages ou domestiques, et des hommes. L'affaire dont elle se souvenait pour avoir assisté à l'autopsie était mentionnée. Il y en avait d'autres. Elle s'arrêta sur le cas d'un camionneur et d'un joggeur. Des gens morts dans la force de l'âge, sans aucune comorbidité. Il y avait tout, les rapports et constatations effectuées sur place, les examens médicaux, les coupures de presse, des déclarations de témoins. Elle lut aussi les réactions de mouvements écologistes qui désignaient les algues vertes comme responsables. À l'inverse, des représentants de l'administration, du monde agricole et politique, parmi lesquels Le Bihan et Montjoie. Tous deux fustigeaient les militants dont les supputations ne reposaient sur aucune donnée scientifique sérieuse et se prévalaient des théories de Christian Buson, cet ingénieur agronome qui réfutait toute corrélation entre le développement des algues et les exploitations agricoles. Yvan Perrin et les membres de son ONG étaient décrédibilisés et raillés. *Pas étonnant que Perrin en ait gros sur la patate*, pensa la légiste.

Le lien entre les deux victimes était clair. Mêmes idées politiques, mêmes liens avec le monde agricole, mêmes ralliements au sein de lobbies bretons… mêmes morts. Et cette mystérieuse présence de résidus d'algues? Elle ne croyait pas au hasard. La raison de leur décès était là.

Elle mâchonna le stylo qu'elle avait à la main. Même si elle ne pouvait en parler à personne et surtout pas à Léanne, il fallait bien qu'elle finisse par admettre que ce qu'elle était en train de faire n'avait qu'un seul but: prouver que les morts de Le Bihan et Montjoie étaient des crimes. Si elle avait raison, ça signifiait que derrière ces décès il y avait des criminels à identifier.

Qui pouvait en vouloir à ces deux hommes?

Ça ne servirait peut-être à rien, mais d'instinct, elle eut envie d'en savoir plus sur les victimes d'intoxication à l'H2S et de rencontrer les médecins qui avaient travaillé sur les cas supposés. Puisque, au final, rien n'avait été démontré et qu'on en était toujours resté à des morts naturelles. Ses collègues devaient bien avoir une bonne raison de privilégier une hypothèse au lieu d'une autre. De par sa formation, elle ferait plus confiance aux gens du corps médical et à ceux qui connaissaient parfaitement un dossier, plutôt qu'à des braillards habitués des réseaux sociaux et de toutes les thèses complotistes.

Elle se releva pour récupérer dans son sac un bloc de papier ainsi qu'un stylo et commencer à préparer ce qui serait son futur programme d'enquête. Elle se remit sur le Web et fit un travail de comparaison entre les différents cas mentionnés par Yvan Perrin, ceux qu'elle avait elle-même identifiés, et d'autres, trouvés sur le Net.

Après avoir éliminé les accidents et les noyades de baigneurs, il ne demeurait que quelques cas suspects, souvent dus à de l'inconscience, tels les membres de cette famille emportés par une lame alors qu'ils voulaient photographier au plus près une tempête.

Un dossier capta à nouveau son intérêt. Il figurait dans la liste du militant. Il s'agissait du coureur et de son chien. Le témoin qui avait signalé les faits était un promeneur, son attention avait été attirée par un homme et un animal couchés sur la plage, alors que l'eau était en train de les recouvrir. Il s'était approché, sans pour autant oser aller jusqu'à eux. La mer était agitée, il n'était pas bon nageur. Interrogé par des journalistes, il expliquait également que pendant un instant, il avait cru à un meurtre. C'était une des raisons pour lesquelles il avait décampé au plus vite pour s'enfermer dans sa voiture et appeler les secours.

Il n'y avait rien de précis ni d'évident, mais elle sentait que cette affaire correspondait à ce qu'elle cherchait.

Elle en trouva une seconde déjà mentionnée par l'expert, celle du camionneur. Il s'agissait d'un employé municipal chargé de la récupération des algues.

Les autres étaient des pêcheurs à pied ou de simples promeneurs.

Chapitre 16

Cette médecin légiste ne plaisait pas à Yvan Perrin. Peut-être s'agissait-il d'un peu de parano, mais il ne comprenait pas pourquoi elle s'intéressait à ce point aux algues vertes. Il en conclut qu'elle lui avait servi un bla-bla qui n'avait pour autre raison que de le contrôler. Les autorités voulaient déterminer s'il était encore actif et s'il fallait se méfier de lui. Il regretta d'avoir constitué le dossier qu'il lui avait remis. C'était la preuve que même s'il ne faisait pas de bruit, il était toujours dans le circuit. En fait, il avait été victime de son ego et de son enthousiasme à défendre une cause qu'il savait importante. Si cette salope rapportait leur entretien, il allait revivre l'enfer. Il imagina de nouveau les appels nocturnes, son portail bloqué par des bottes de paille, ses murs et sa voiture tagués. Sa femme ne le lui pardonnerait pas. Rien que d'y penser lui donnait la migraine. Alors qu'il était au volant, il dut s'arrêter sur le bord de la route pour se calmer et remettre ses idées en place. Il avait besoin de parler et de partager ses appréhensions. Ce n'est pas à la maison qu'il pourrait le faire. S'il évoquait, ne serait-ce que de loin son rendez-vous, ce serait un drame.

Il fouilla dans son répertoire téléphonique à la recherche d'une oreille attentive. Son correspondant répondit à la première sonnerie.

— Tu as retrouvé mon numéro. Je croyais que tu me faisais la gueule.

Il est vrai qu'ils ne s'étaient pas contactés depuis longtemps. Yvan n'était pas seul à avoir décidé de se mettre en retrait de leurs activités militantes, ils étaient plusieurs dans ce cas.

Après avoir pris des nouvelles l'un de l'autre, il en arriva à ce qui le chagrinait et raconta en détail sa rencontre avec Élodie.

— Elle ne t'a pas appelé ?

— … Non. Pourquoi elle l'aurait fait ?

— Je ne sais pas, une idée comme ça. Toi aussi tu connais bien le sujet. Elle aurait pu se renseigner auprès de toi.

— Non. Elle ne l'a pas fait.

Perrin se mordit les lèvres. Il en était certain, c'est bien de lui que tout le monde se méfiait. Tout allait recommencer. On cherchait à le pousser à la faute, c'était toujours lui la cible…

— Vous, vous avez tout arrêté, vous ne faites plus rien ?

Le ton de son correspondant se fit plus nerveux.

— Pourquoi tu m'appelles ? Tu sais bien qu'on a tout laissé tomber. Ça ne sert à rien de se battre quand on n'a aucune chance de vaincre. Les gens sont sourds et aveugles. Dans ce pays, tout est vicié par avance. Je bosse, je m'occupe de la famille. Ça me suffit. Passe à la maison un de ces jours, si tu veux. Mais arrête de te faire du mouron pour un simple rendez-vous.

— Tu es peut-être dans le vrai.

Quand il raccrocha, le professeur n'était pas plus tranquille. Il resta longtemps, pensif, avant de redémarrer sa voiture.

Il était loin de se douter des répercussions que sa communication allait avoir. Son correspondant était beaucoup plus jeune que lui. Debout, le portable à la main, il était dubitatif. Comme si la paranoïa Yvan Perrin se transmettait à la manière d'un virus, il se demanda s'il n'y avait pas une autre raison à cet appel. Était-il possible qu'il essaye de le pousser à la faute en le faisant parler au téléphone ? Car des gens comme eux devaient être régulièrement placés sur écoute par les services de renseignements. Et pourquoi mentionner Le Bihan et Montjoie ? Ce n'était pas anodin. Des voyants rouges s'allumèrent dans sa tête. À partir de maintenant, il allait non seulement falloir être plus prudent, mais peut-être aussi, et c'était antinomique, accélérer les choses. Il désactiva le portable et se dirigea dans son jardin. À la lisière de sa propriété, caché sous une sorte de cabanon, il récupéra un second téléphone. Son cellulaire de guerre, celui qu'il utilisait depuis qu'ils étaient passés en mode combat. Il n'avait pas d'autre choix que de prévenir ses compagnons pour qu'ils prennent les précautions qui s'imposaient et qu'ils se retrouvent tous. Il n'était pas question que les flics leur tombent dessus. Pas si tôt. Pas tant qu'ils n'auraient pas mené une action d'éclat qui dépasserait de loin ce qu'ils avaient réalisé jusqu'à maintenant.

Chapitre 17

Parler des algues vertes, c'était bien, mais en se limitant à demander leur avis à des militants ou à lire les positions de professionnels du monde agricole et de l'industrie agroalimentaire, la légiste se dit qu'elle ne recueillait que des arguments partisans. Sachant que l'Ifremer[10] avait un bureau à Dinard, un coin qu'elle fréquentait régulièrement depuis qu'elle s'était mise au golf avec Christian, elle décida de s'y rendre. Là-bas, elle aurait au moins un avis impartial sur le sujet.

Initialement basé à Saint-Malo, le laboratoire côtier de l'Ifremer était maintenant rue du Port-Blanc à Dinard, non loin de la plage du même nom, dans les locaux du CRESCO[11]. Il s'agissait d'un joli bâtiment en brique rouge avec de belles colonnes blanches où était également hébergée la station marine de Dinard.

---

10. Institut français de recherche pour l'exploitation de la mer.

11. Centre de recherche et d'enseignement sur les systèmes côtiers.

Elle avait téléphoné à l'avance et fut reçue par un trentenaire barbu, aux allures de *geek*. Lunettes couleur écaille, cheveux bruns coiffés en arrière, pull marin et pantalon beige, l'homme était avenant. Il tendit à la légiste une main chaude et l'invita à le suivre jusque dans une salle de réunion. Il avait déjà préparé un dossier sur la question et Élodie eut droit à un PowerPoint explicatif sur le développement des algues, le lien entre leur prolifération et les nitrates issus des exploitations agricoles, ainsi que la localisation des lieux les plus touchés de Bretagne. Des Côtes-d'Armor au Finistère, les plages atteintes par le phénomène ne manquaient pas.

Quand il en eut terminé avec les données empiriques, le chercheur recula la chaise sur laquelle il s'était installé et posa la télécommande de son projecteur pour plonger son regard dans celui de la légiste et poursuivre sur un ton moins docte :

— Vertes, elles ne sont pas toxiques. Elles se dessèchent au soleil et forment un dépôt, une croûte blanche imperméable sous laquelle les algues en décomposition fabriquent du sulfure d'hydrogène. C'est ce gaz qui sent l'œuf pourri. Son inhalation peut tuer un animal ou un être humain. Dans des vasières, il y a un effet piège, on peut s'enfoncer dedans, crever une poche de gaz, et c'est l'empoisonnement assuré. Un danger mortel. Sur les grandes plages, les autorités font de leur mieux pour évacuer les algues vertes. L'État et les collectivités locales dépensent un million d'euros par an pour que les touristes puissent se baigner dans ces zones et faire de belles photos. Malheureusement, tout ça, c'est juste pour l'image ; je ne vais pas dire que c'est du vent, mais les algues continuent de coloniser des surfaces moins connues par le public et inaccessibles aux engins de ramassage. Allez voir l'estuaire du Gouessant, elles ont formé des vasières. Toute forme de vie a disparu. C'est impressionnant.

— Il y a un nouveau plan antialgues mis en place par l'État. Ça n'a aucun résultat ?

— C'est vrai. Ce n'est pas inutile. Dans les années quatre-vingt-dix, il était observé des concentrations de nitrates qui pouvaient aller jusqu'à 100 mg/litre, on est tombé à une moyenne de 25, il faudrait qu'on ne dépasse pas 10. Le problème est que le département est en tête en matière d'élevage. Selon la Cour des comptes, pour chaque hectare, il y a dans les Côtes-d'Armor un bovin, vingt-deux cochons et deux cent quarante-huit volailles, alors que nourrir une vache et supporter ses déjections nécessite déjà un hectare. Tant qu'on n'aura pas décidé de limiter l'élevage, on pourra faire tout ce qu'on veut pour lutter contre les algues vertes, rien ne changera. Ce n'est pas en les ramassant tous les matins, juste parce qu'il faut que les touristes puissent aller poser tranquillement leur serviette sur les plages, qu'on réglera cette situation. Faire comme ça équivaut à cacher le problème sous le tapis.

Le chercheur ne parlait pas la langue de bois. Il cita un cas qu'il avait en tête.

— Habituellement, à la fin de l'hiver, la luminosité est réduite. Cette année, l'époque a été ensoleillée. Par ruissellement, des pluies importantes ont alimenté les cours d'eau et entraîné une hausse du taux des nitrates dont les algues profitent. Une conjonction de conditions qui a provoqué une prolifération de leur présence dans la baie de Saint-Brieuc. À Hillion, il s'en échoue en moyenne cinq mille à six mille tonnes, cette année il y en a eu onze mille. Le problème de la plage de l'Hôtellerie est qu'il est impossible d'y opérer un ramassage mécanique, le sol est trop rocheux par endroits et vaseux à d'autres, d'où le danger.

— Ben alors, que faire ? Il n'y a aucune solution ? J'ai vu que le gouvernement avait nommé un sous-préfet dédié comme expert eau, algues vertes et transition. Ce dernier assure que l'État va mettre le paquet. Le montant de l'enveloppe attribuée annuellement dans le cadre du plan « algues vertes » qui a débuté en septembre va doubler en passant à dix millions d'euros.

Le chercheur fit une petite moue, tout en haussant les épaules.

— Là, on dépasse mes compétences. Je peux tout de même vous indiquer ce que je sais par la presse et des documents sur le sujet. Je ne vais pas dire qu'il s'agit juste d'un effet d'affichage, mais je vous le répète, sans une diminution drastique de l'utilisation des nitrates, on n'arrivera à rien. L'État le sait. On nous serine qu'il y a un nouveau plan pour les cinq ans à venir. Les coopératives agricoles vont devoir réduire leurs émissions d'azote. Des contrats portant sur trois années leur seront proposés ainsi qu'aux producteurs pour qu'ils limitent l'usage de pesticides. Il est prévu d'élargir les aides, comme les mesures coercitives, pour atteindre ce but et cela en généralisant le champ d'action de la réforme à des exploitations qui, jusqu'à maintenant, n'étaient pas touchées. On verra ce que ça donne.

— Il y a l'inertie du monde agricole qui traîne des pieds pour changer ses habitudes et derrière lui les syndicats et les politiques qui le soutiennent.

Élodie avança les noms de Le Bihan et Montjoie.

— Je sais qu'ils étaient en faveur du développement de l'élevage, mais ils n'étaient pas les seuls. Tout cela ne me… ne nous concerne pas. Ici, on se borne à constater et à analyser des faits. C'est à l'État de faire ensuite des choix… éclairés ou non, conclut le spécialiste avec un sourire rempli de malice.

— Et les cas de décès par empoisonnement aux algues vertes ?

Nouvelle moue, mais plus gênée celle-ci.

— On est dans le sujet tabou.

Il sourit et lança un coup de menton vers la légiste.

— Mais c'est à des gens comme vous qu'il faut poser la question. Les causes de la mort sont déterminées par les médecins légistes, non ?

— Oui, vous avez raison. Ce n'est pas si simple, l'H2S produit par les algues l'est aussi par les corps en décomposition. Pour avoir une certitude, il faudrait effectuer une prise de sang dès qu'il y a un décès ou un malaise à proximité d'une plage polluée.

Et qu'on nous laisse faire notre travail, pensa la légiste sans le dire.

Chapitre 18

Le docteur Charon avait pas loin de soixante-dix ans, son cabinet était installé dans une maison en pierre pourvue d'une petite tourelle qui donnait à la bâtisse des allures de gentilhommière. Grand, de belle corpulence, le collègue d'Élodie paraissait être un amateur de bonne chère, et certainement aussi de chair fraîche, compte tenu du regard évaluateur qu'il lança à la jeune femme, avant de faire entrer un malade dans son bureau. Elle sourit en faisant mine de ne pas s'en être aperçue. Après lui avoir téléphoné, elle s'était présentée et avait pris place dans la salle d'attente au milieu des patients. Elle s'arrangea pour être la dernière et se retrouva seule après le passage de l'ultime client. Elle se redressa quand il ouvrit la porte pour la faire entrer.

— Élodie Quillé, c'est moi qui vous ai contacté ce matin.

Elle poursuivit en indiquant sa spécialité.

— Oui, vous avez appelé au sujet de Jérôme Morvan.

Charon afficha un air soupçonneux.

— En quoi cette mort, qui a dans les vingt ans, peut-elle vous intéresser ?

Peu habituée à mentir, Élodie s'était préparée à cette question. Pour ne pas se trahir, elle avait envisagé la réponse comme s'il s'agissait d'un exercice théâtral, une activité qu'elle avait pratiquée quelque temps au sein d'une association brestoise et dans laquelle elle n'était pas mauvaise. C'est en tout cas ce que disaient ceux qui avaient eu l'occasion de la voir jouer.

— Un cabinet d'avocats, spécialisé dans le recouvrement de dommages et intérêts, cherche à identifier des causes dans lesquelles il pourrait plaider et attaquer en réparation l'État ou des collectivités locales.

Les soupçons s'atténuèrent. Charon fit une moue. Il réfléchissait. Élodie considéra que c'était bon signe, il croyait à son histoire. Elle en rajouta une couche :

— Il n'y a pas vraiment eu d'autopsie, ce décès a tout de suite été classé en mort naturelle. Ça ne vous a pas surpris ?

Le praticien allait répondre quand il s'aperçut qu'ils étaient toujours debout dans la salle d'attente.

— Je manque à tous mes devoirs.

Il invita sa collègue à entrer et lui désigna un fauteuil en face de son bureau. Au lieu d'aller s'asseoir à sa place habituelle, le généraliste tira le second siège et s'y installa. Il était d'une corpulence telle qu'Élodie se demanda s'il arriverait à ressortir du moule dans lequel il se posait. Le cabinet donnait dans le vintage. Papier peint délavé à grosses fleurs, meubles en bois massif, rideaux épais, rien n'avait dû bouger depuis un demi-siècle, date à laquelle Charon avait pris ses fonctions. Les dossiers s'entassaient en plusieurs piles à l'équilibre précaire. L'ordinateur et le téléphone, seules touches de modernisme, dépareillaient avec leur environnement.

— Je n'ai plus de secrétaire. Je travaillais avec ma femme. Elle est décédée voilà deux ans et je n'ai pas eu le cœur d'employer quelqu'un pour la remplacer. Je sais, c'est un peu le bordel, mais j'arrive à m'y retrouver.

Pour le prouver, le docteur se releva, c'était donc possible… Et s'en alla vers un des tas de dossiers dont il extirpa celui de Jérôme Morvan.

— Oui, tu as raison, commença-t-il, adoptant spontanément le tutoiement entre confrères. Sa disparition m'a surpris. C'était un sportif, pas un type qui faisait des excès… Après, il n'est pas le premier à être mort prématurément. Tu penses aux algues vertes, c'est ça ?

La soudaineté de la question fit rougir Élodie. Charon se mit à rire.

— Je ne suis pas idiot, quelle autre faute peut avoir commis l'État dans cette affaire, sinon de ne pas avoir pris toutes les mesures de sécurité pour procéder au transport d'algues en décomposition ?

— C'est vrai. Mais l'important est de déterminer si elles peuvent être à l'origine de la mort de ce camionneur employé municipal. D'autant que l'autopsie n'a rien pu prouver, on a laissé entendre qu'il avait des antécédents alcooliques. Ce n'était même pas le cas.

Charon répondit d'abord du tac au tac :

— Ce sont les assurances qui ont laissé courir ce bruit. Comme le malheureux avait été contrôlé positif par les gendarmes lors d'une soirée de pot, elles ont foncé dans la brèche, alors que Morvan ne buvait quasiment pas.

Le docteur prit son temps avant de poursuivre.

— Mon sentiment n'a aucune valeur. Tu sais aussi bien que moi qu'il sera impossible de connaître les causes de la mort. On ne fera que des supputations et les experts qui seront nommés par l'État auront tôt fait de moquer ce que peut penser un simple généraliste de ville comme moi.

— Ton avis a tout de même son importance. Tu le suivais, tu étais leur médecin de famille.

— Je le répète, Morvan était en excellente forme. Il voulait d'ailleurs s'attaquer à un triathlon. Quand il m'en avait parlé, je lui avais conseillé de prendre rendez-vous avec un cardiologue pour passer un test d'effort.

Charon fouilla dans le dossier qu'il avait dans les mains et tendit à Élodie l'examen en question.

— Tu peux voir, c'était parfait. Ce type avait un cœur d'athlète. Ce qui, encore une fois, ne prouve rien.

Le médecin s'arrêta de nouveau, cherchait ses mots.

— Les algues vertes, puisque c'est le sujet, sont un vrai problème dans la région, et même s'il y a eu un plan gouvernemental et qu'un autre est en préparation, le phénomène est loin d'être endigué. Plusieurs plages de la baie sont touchées, et plus ça va, moins ça va. Maintenant on en a aussi en hiver. Toujours est-il que l'année de la mort de Morvan, je me souviens qu'il y en avait partout sur la côte. À cette époque, on ne vérifiait pas le taux d'H2S, l'hydrogène sulfuré qui est produit par la décomposition des algues. J'ai régulièrement des cas de nausées, de céphalées, des irritations oculaires ou même d'arythmies cardiaques dont ont été victimes des promeneurs qui se trouvaient le long des plages durant des périodes d'échouages massifs d'algues. Fort heureusement, il ne s'agit que de troubles bénins qui disparaissent en quelques heures ou quelques jours.

— Et ça donne quoi, en ce moment, ce taux d'H2S, tu le sais ?

Sourcils en accent circonflexe, le médecin leva la tête en balayant le plafond du regard.

— Depuis 2020, plusieurs capteurs ont été installés dans la baie à l'initiative du groupement de communes. C'est bien, encore faudrait-il qu'on en connaisse les résultats, car la transparence n'est pas à l'ordre du jour.

— On ne veut pas faire peur aux touristes et à la population, c'est ça ?

— Oui, je suppose. Il y a déjà les analyses de la qualité des eaux de baignade ; si l'on rajoute la pollution de l'air, ça ne s'arrête jamais. Les syndicats de communes sont composés d'élus, ils n'ont aucune envie de se mettre à dos les commerçants et encore moins de désigner le monde agricole à la vindicte populaire parce que nous savons tous quelle est l'origine du problème. Sur la baie, on a eu cette année soixante-quinze pour cent de surface touchée par les marées vertes. C'est bien plus que d'habitude.

— Et ça, sans qu'il y ait pour autant des accidents graves, constata Élodie, désireuse de se faire l'avocate du diable.

— C'est vrai, mais ce n'est pas parce qu'on passe à côté de la catastrophe qu'il faut nécessairement s'en féliciter.

Elle ne put qu'en convenir et décida d'attaquer sur ce qui l'intéressait le plus.

— Après la mort de Jérôme Morvan, tu as continué de suivre la famille ?

La question ne manqua pas de soulever des réticences du côté du praticien.

— On touche au secret médical.

— Tu n'es pas obligé de m'en dire plus. Je ne te demande pas de détails.

La réponse vint plus aisément que la légiste aurait pu le supposer.

— Je peux t'en parler, et cela d'autant plus que ce n'est pas un secret. Un drame comme celui qu'a subi cette famille a laissé des traces indélébiles. La mère est tombée en dépression, elle a été longtemps suivie en psychiatrie, avant de se suicider. Elle s'est noyée en mer. Elle disait qu'elle voulait rejoindre son mari. La fille n'est plus dans la région. Je ne sais pas ce qu'elle est devenue.

— J'avais dans l'idée de rencontrer la famille, ça va aller plus vite que je ne le pensais.

Élodie eut le sentiment de respirer mieux lorsqu'elle se retrouva dans la rue. Bluffer et jouer les enquêtrices n'était pas aussi aisé qu'elle l'aurait cru.

Elle en était là de ses réflexions et s'apprêtait à s'installer dans sa voiture quand son téléphone se mit à sonner au fond de son sac. Le temps qu'elle mette la main dessus, l'appel passa en messagerie. Christian. Elle hésita à rappeler dans la foulée, mais se l'interdit. Être la maîtresse d'un homme marié l'obligeait à rester dans l'ombre. Après tout, elle ne savait pas d'où il la contactait. Cette situation l'amusait autant qu'elle la dérangeait.

L'oreille collée à son téléphone, le cœur battant comme une gamine, elle entendit la voix de son amant lui dire qu'il pensait à elle. Son visage s'éclaira sur un beau sourire. Elle avait hâte de le revoir.

Chapitre 19

Le soir même, elle était au TGI de Saint-Brieuc. Évelyne, une ancienne greffière de Brest, l'accueillit avec un sourire surpris.

— Qu'est-ce que tu fous là ? Tu n'aimes plus Brest ?

— J'ai besoin de toi. Je voudrais voir un dossier d'autopsie.

Les sourcils de la fonctionnaire se soulevèrent.

Élodie avait prévu une réponse qu'elle lança sur le ton de la confidence en arborant un visage grave.

— Je vais te dire la vérité, je suis mandatée par le ministère pour procéder au contrôle de mes collègues. La justice veut savoir si tous les dossiers sont traités avec sérieux et s'il y a des réformes à envisager. Je compte sur toi pour n'en parler à personne, je n'ai pas envie de me mettre mal avec des gens qui sont souvent des amis.

— Bien sûr, tu peux avoir confiance. Motus. D'ailleurs, entre nous, j'ai appris des trucs, ça n'a peut-être rien à voir avec ton enquête, mais il y a un légiste qui est connu pour avoir la main baladeuse avec ses assistantes…

Élodie sourit. Elle qui trouvait son stratagème stupide fut satisfaite de constater qu'il marchait parfaitement avec Évelyne, pas certain cependant que la discrétion tienne bien longtemps. Elle écouta d'une oreille peu attentive les rumeurs que la greffière colportait jusqu'à ce que cette dernière se décide à lui faire une copie du rapport d'autopsie.

— Tu peux aussi me photocopier le rapport de synthèse du service enquêteur ?

La greffière tiqua.

— Pourquoi t'as besoin de ça ?

— Pour voir si le travail du légiste a eu une influence importante sur l'orientation des investigations.

L'argument sembla convaincre la fonctionnaire, et en quelques clics, elle fit jaillir de l'imprimante les documents sollicités.

En descendant les marches du palais de justice, Élodie se demanda ce qu'elle devait faire. Rentrer à Brest ou rester dans le coin. Elle opta pour la seconde solution et se mit d'abord à la recherche d'un hôtel.

*

Rapport de son collègue à la main, Élodie décida de l'appeler. Elle le connaissait un peu pour l'avoir déjà rencontré lors du départ en retraite d'un de leurs amis communs. Il lui avait paru plutôt sympa.

Le docteur Jules Merlin était à son bureau. Après quelques banalités, la Brestoise en arriva au but de son appel. Un long silence lui répondit.

— Pourquoi ces questions ?

— Je me demandais…

Et puis, zut, elle joua cartes sur table.

— Tu ne crois pas que son décès aurait pu être lié aux algues vertes ? Il y en a toujours eu dans la région et c'est à cette époque qu'on a trouvé les dépouilles d'une harde de sangliers…

— … Oui, enfin, les sangliers ce n'était pas exactement au même endroit, il y a une dizaine de kilomètres de différence. Tous les gens qui meurent en bord de mer ne sont pas intoxiqués par des algues vertes !

La légiste comprit que si elle voulait s'assurer les bonnes grâces de Merlin, elle allait devoir faire preuve de diplomatie.

— J'en conviens, je sollicitais seulement ton sentiment.

— De mémoire, le corps qui m'a été amené avait dû passer pas loin de dix jours dans l'océan et peut-être autant avant d'être découvert dans un endroit isolé. Alors, déterminer les causes du décès tenait de l'exploit. Ce que je peux dire, c'est qu'il n'avait aucune fracture, qu'on n'a pas relevé de traces laissant supposer qu'il avait pu être victime d'un tir ou d'une attaque avec arme. Pas d'eau ni de présence d'algues ou de sable dans les poumons, l'estomac ou ce qu'il en restait. Les analyses toxicologiques n'ont rien apporté. Dans ces circonstances, tout n'est que supputations. Le témoin qui a appelé les secours a dit qu'il avait vu le corps d'un homme gisant sur la plage à côté de son chien.

— Et le chien ?

— Quoi, le chien ? Personne n'a sollicité son examen.

— Ça ne te paraît pas étonnant, un animal et son maître qui meurent en même temps ?

Élodie regretta le ton critique dans sa voix. C'était trop tard.

— Je ne doute pas que tu aurais certainement fait mieux que moi.

— Je t'en prie, ne le prends pas mal. Il ne s'agit pas de reproches.

Il s'ensuivit un long moment de silence avant que Jules Merlin ne reprenne la conversation.

— La mort d'André Hamon a fait l'objet de nombreux commentaires. Je vois très bien où tu veux en venir.

La légiste ne répondit pas ; d'ailleurs ce n'était pas une question, mais plutôt une hypothèse et un sujet que son collègue avait lui-même envie d'aborder.

— Le témoin n'a pas mentionné la présence d'algues. Je vais être franc avec toi. Je me souviens qu'à cette période on manquait de personnel et ce cas n'avait rien de particulier. C'est par la suite que j'ai réalisé qu'il y avait des enjeux importants autour.

— …

Cette fois, l'étonnement fut du côté d'Élodie. Elle pressentit que la suite serait intéressante.

— Tu as fort bien compris à quoi je fais allusion. Les algues vertes, je ne suis peut-être pas un génie, mais j'y ai pensé. Tu sais comme moi que c'est difficile à mettre en évidence, d'autant que sur un cadavre décomposé, le sulfure apparaît naturellement.

Le spécialiste se tut un long moment avant de reprendre.

— Là où a été trouvé le corps, la présence d'algues est un sujet quasi tabou pour les élus, les commerçants et tous ceux qui vivent du tourisme. Une mort due à un malaise cardiaque arrangeait tout le monde.

— Tu as reçu des pressions ?

— Non, ne me fais pas dire ce que je n'ai pas dit ! Personne n'est intervenu pour guider mes conclusions. Qu'est-ce que t'aurais voulu que je dise ? Je peux échafauder une théorie : le chien prend de l'avance, il va sur la plage, il gratte un peu partout dans les algues et libère une poche de gaz, ce qui lui fait perdre connaissance. Son maître s'aperçoit que le cabot a un problème, il s'approche, et cette fois c'est lui qui fait un malaise. Ça s'est peut-être passé comme ça, mais je ne vais pas l'écrire. Je ne vais pas me ridiculiser en faisant des supputations qui donneront lieu à d'autres, totalement inverses, et me balanceront en première page des médias.

Élodie écouta sans l'interrompre. Elle comprenait tout à fait la position de son collègue. Elle aurait vraisemblablement agi comme lui.

— Il n'y a pas eu de recherches d'hydrogène sulfuré sur place ?

— Ça ne dépendait pas de moi. Mais on était à marée haute au moment de la disparition, donc ça n'aurait servi à rien d'envoyer des experts se balader sur la côte, le nez au vent, ils n'auraient rien relevé. Il aurait fallu savoir quelle était l'importance de la présence d'algues quand le témoin a alerté les secours. La journée avait été chaude ; s'il y en avait sur la plage, il est possible qu'elles se soient décomposées. On n'était pas encore en période de vacances, la municipalité ne les ramassait pas.

— La victime n'avait pas d'antécédents ?

— Non, mais c'était un sportif du dimanche, un

type qui fumait, et le reste de la semaine il passait pas mal de temps en repas d'affaires.

— Et la famille, qu'est-ce qu'elle en a dit ?

— Ça, ce n'était pas de mon ressort. Je n'ai jamais rencontré sa femme. J'ai entendu dire qu'elle était anéantie par la disparition de son mari. On peut le comprendre. Aucune idée de ce qu'elle est devenue.

Quand la légiste raccrocha, elle était intimement persuadée que le décès du joggeur et de son chien était imputable à une intoxication à l'H2S. L'empressement des autorités à classer cette mort dans la case malaise cardiaque lui prouvait qu'elle n'était pas la seule dans ce cas-là. Personne n'avait eu envie de faire sortir une nouvelle affaire d'algues.

Bonnes gens, venez en vacances l'esprit tranquille, tout va bien ici.

Elle en était là de ses réflexions quand son portable se remit à sonner. Il s'agissait de la puce réservée aux appels de Christian. Un sourire illumina le visage de la médecin. Comme à chaque fois, elle se transformait en adolescente.

— Mon chéri, comment vas-tu ?

— Bien et toi ? Je n'ai pas beaucoup de temps, je rentre chez moi. J'ai envie de te voir, je vais à Brest demain pour le travail, tu y seras ?

Élodie se mordit les lèvres.

— Non, je suis à Saint-Brieuc et je vais y rester la nuit, peut-être plus. Tu ne peux pas venir ?

— … Qu'est-ce que tu fous là-bas ? Ne me dis pas que c'est toujours ton histoire d'algues.

— …

Un long silence s'étendit, qui valait approbation.

— Tu n'as rien de mieux à faire ?

Cette fois, Élodie réagit. Elle avait beau être amoureuse, elle n'était pas une petite fille et n'avait aucun compte à rendre.

— Calme-toi ! Tout cela ne te concerne pas. Si tu le prends comme ça, je ne t'en parlerai plus. Je vais rester à Saint-Brieuc, j'ai des choses à y faire. Si tu veux me voir, fais un crochet par ici et appelle-moi, je serai contente de te retrouver.

Christian comprit qu'il ne devait pas insister. Après quelques excuses, il passa en mode séduction et ils minaudèrent un moment avant qu'il ne signifie qu'il était à la porte de chez lui et devait couper la conversation.

En raccrochant, même si elle était ravie d'avoir entendu la voix de son amant, Élodie était énervée par cette tendance qu'il avait à vouloir régenter sa vie. Ils n'étaient pas mariés, enfin pas ensemble, se dit-elle. Et dans ce cas-là, c'était peut-être mieux, car elle n'était pas certaine de pouvoir supporter les réflexions d'un homme au quotidien. Peut-être qu'elle était libre depuis trop longtemps et qu'elle avait perdu l'habitude de rendre des comptes à quelqu'un. Pour positiver et effacer ses pensées sombres, elle se concentra sur ce qui, finalement, lui plaisait le plus dans le fait d'avoir un compagnon : le sexe. Plusieurs scènes érotiques se bousculèrent dans sa tête. Rien que pour cela, ça valait le coup d'avoir un mec, d'autant que sur le sujet, Christian était du genre créatif. Elle se mordit les lèvres et repoussa son dossier sur le côté du lit. Bien allongée, le corps de son amant à l'esprit, ses mains commencèrent à visiter le sien.

Chapitre 20

De retour à son bureau, Élodie avait placé sur sa table de travail le dossier d'Yvan Perrin. Dès qu'elle avait un peu de temps, elle se plongeait dedans. Une chose qui lui sautait aux yeux était l'importance donnée aux politiques et leaders syndicaux. Le Bihan et Montjoie y avaient une bonne place. Leur soutien actif aux grandes exploitations agricoles était dénoncé à longueur d'articles. Il y en avait un autre qui attirait les foudres des militants écologistes, c'était Jean-Michel Lecointre. Encore un ancien ministre, et pas des moindres, puisqu'il avait eu rang de ministre d'État lorsqu'il était à l'Intérieur puis à la Défense. Un poids lourd du gouvernement, dont l'engagement pour la Bretagne avait toujours été sans faille.

La jeune femme murmura :

— Toi, pépère, tu ferais bien d'aller voir ton cardiologue.

L'idée qu'il puisse s'agir d'une prochaine victime la fit sourire autant qu'elle l'inquiéta. Elle devenait dingue, obsédée par une intuition qui ne tenait sur rien de concret.

Elle s'attarda ensuite sur plusieurs photos prises lors d'une manifestation environnementale devant la propriété bretonne du ministre. Elle put reconnaître Yvan Perrin. Il était entouré de militants, comme un certain Dagorn, président d'une association dont elle n'avait jamais entendu parler. Ils protestaient contre les élevages intensifs et la maltraitance animale. Elle nota le nom de cet autre militant sur un carnet et trouva ses coordonnées sans grande difficulté. Le Web avait du bon. Il faudrait qu'elle discute avec lui. Derrière eux, il y avait plusieurs jeunes garçons et filles. L'un d'eux l'intrigua; le portrait d'André Hamon, le joggeur décédé avec son chien. Elle compara les photos. Si elle n'était pas morte, elle aurait bien juré qu'il s'agissait de la victime. Ça ne pouvait être que son fils. Cette fois, les recherches furent plus longues. Il lui fallut du temps avant de trouver la trace de Dylan Hamon. Il travaillait dans un établissement bancaire de Saint-Quay-Portrieux. La petite trentaine, il n'avait jamais fait parler de lui. Et s'il avait une photo sur le Net, ce n'était qu'en raison de son job. Rien sur Instagram et autres Facebook. Elle dégotta l'adresse de son bureau et un numéro de portable. Il ne restait plus qu'à trouver une occasion de lui rendre visite pour discuter un peu avec lui. Oui, mais de quoi?

Cette simple question la renvoya à ses interrogations sur sa santé mentale. Elle n'allait pas lui dire: « Coucou, j'ai des doutes concernant la mort naturelle de deux personnalités de la région et vous figurez dans la liste de mes coupables potentiels. » Elle devenait grotesque.

Elle tourna l'idée dans sa tête et jugea qu'après tout, l'important était de faire confiance à ses intuitions. Rencontrer Dylan, discuter avec lui, sentir ses réactions, lui en dirait plus qu'un questionnaire par téléphone interposé. Et pour les arguments, une médecin légiste avait tout à fait le droit de s'intéresser à d'anciens dossiers et d'enquêter sur les décès qui pouvaient être attribués à l'H2S.

Elle ne s'était jamais autant absentée de son travail, ce qui finissait par étonner ses collègues. La chance était qu'ils mettaient ça sur le compte de sa relation sentimentale. Se dire qu'Élodie était tombée amoureuse les amusait. S'ils avaient su la vérité, ils auraient moins ri.

Elle arriva quai de la République, face au port d'échouage réservé à la plaisance, un peu avant la fermeture de la banque. La marée était basse et les bateaux reposaient sur le sable. Elle abandonna sa voiture à quelques mètres de l'établissement, à proximité du Comptoir du Vêtement breton. Elle n'avait plus qu'à attendre. Pour se distraire, elle commença par marcher sur le quai où étaient exposés des travaux de Maurice Renoma. L'artiste faisait voyager Cristobal, son poisson rouge, à travers le temps. Cristobal s'introduisait dans des œuvres classiques en substituant sa tête au visage des personnages centraux, tels *Louis XIV* ou *La Jeune Fille à la perle*. Original. La légiste n'en lâchait pas moins du regard son objectif et finit par regagner sa voiture.

Selon les informations qu'elle avait recueillies, Dylan Hamon était le responsable de l'agence. Il serait probablement le dernier à en sortir… Encore fallait-il qu'il soit là. Dans sa précipitation, elle n'avait pas pensé à vérifier ce point de détail qui n'en était pas un. Elle eut de la chance. Il était dix-sept heures passées de seulement quelques minutes lorsque trois personnes apparurent en même temps. Comme elle ne les avait pas vues arriver, il ne pouvait s'agir que des employés. Dylan était avec eux. Le garçon ressemblait à sa photo, cheveux mi-longs, barbe naissante, corpulence athlétique, teint hâlé, plutôt beau gosse. S'il n'y avait pas eu le costume-cravate, elle aurait plus imaginé un marin qu'un banquier. Comme quoi…

La main sur la poignée de sa portière, elle remarqua que Dylan lorgnait en sa direction. Un coup de froid la glaça, comment était-il possible qu'il la connaisse? Il avançait vers elle. Elle n'avait d'autre choix que de descendre de voiture. Elle allait sortir lorsqu'elle comprit qu'elle faisait erreur. Ce n'est pas après elle qu'il en avait, mais après un type qui était sur le trottoir. Elle reconnut Dagorn. S'ils étaient contents de se retrouver, les deux hommes le cachaient bien. Le visage fermé, ils s'arrêtèrent au niveau de la voiture d'Élodie pour parler entre eux. Pétrifiée, elle ne savait quelle attitude adopter, elle ne devait surtout pas croiser leurs regards. Elle tourna la tête vers la plage et fit semblant de s'intéresser à l'écran de son smartphone.

— Qu'est-ce que tu fous là? demanda Dylan.

— J'ai eu Perrin au téléphone. Il est inquiet, il y a une soi-disant légiste qui l'a contacté pour des motifs qu'il juge bidon. Au début, cet abruti la croyait sincère, il lui a remis tout un dossier qu'il a constitué. C'est bourré d'informations, on y apparaît plusieurs fois.

Le banquier éclata:

— Quel crétin ! J'ai toujours considéré que ce type était un imbécile, à moins qu'il se laisse graisser la patte et qu'il nous trahisse.

— Ne fais pas de parano. Non, il est loyal et pas dangereux, d'autant qu'il ne sait rien. Il est juste trop confiant, ou trop enthousiaste parfois. Disons qu'il faut tout de même être prudent. Je pense qu'il y a urgence à passer la vitesse au-dessus.

Tout en discutant, les deux hommes se mirent à marcher en direction du port départemental. Élodie respira mieux. Encore qu'elle regretta de ne pas en avoir entendu plus. Elle hésita à les suivre quand elle se rendit compte qu'ils entraient à L'Écume, un bar-tabac. Elle avait deux solutions : soit se rapprocher d'eux en espérant les espionner, c'était dangereux pour un résultat incertain, soit continuer à les épier et prendre contact avec eux par la suite, comme elle envisageait de le faire. Elle opta pour la sagesse et se contenta d'orienter mieux sa voiture pour avoir une vue parfaite sur la sortie du bar. Les deux hommes restèrent ensemble un bon quart d'heure avant de réapparaître. Souriants, ils semblaient plus tranquilles. Cette apparence paisible était loin de les innocenter aux yeux de l'apprentie enquêtrice.

Vous deux, vous magouillez un truc de pas clair, et je veux savoir de quoi il s'agit. Je ne vais pas vous lâcher.

Elle vit Dagorn monter dans une voiture et partir, tandis que Dylan rejoignait ce qui devait être son véhicule. Impatiente, elle hésita à aller lui parler. Ça aurait été stupide, c'était lui avouer qu'elle était en planque devant la banque. Elle n'avait plus qu'à remettre son projet. Elle grimaça.

Retourner à Brest et revenir demain était ridicule. Elle avait le numéro de portable de Dylan, elle ne risquait rien à l'appeler. Ce qu'elle fit.

— Dylan Hamon ?

La voix qui répondit lui sembla d'abord sur la défensive puis, lorsqu'elle se présenta et lui indiqua son souhait de le rencontrer pour parler de la disparition de son père, elle lui parut plus cordiale.

— Ce sont des souvenirs douloureux que j'aimerais oublier, même si cela est impossible. Tout ce qui pourra être fait ou dit sur les raisons de sa mort ne le fera pas revenir.

— Certes, mais ça peut aider à changer le cours des choses. Le temps est passé, les gens comprennent plus aujourd'hui qu'il y a vingt ans la nécessité de modifier nos comportements. Les consommateurs ont un rôle important à jouer pour obliger les producteurs à revoir leur manière de cultiver ou d'élever leurs troupeaux.

— Je ne m'attendais pas à un tel optimisme de la part d'une fonctionnaire.

Elle le sentit hésiter.

— Vous êtes loin ?

Inutile de mentir, ou pas trop, elle lui indiqua qu'elle se trouvait à Saint-Brieuc et qu'elle était prête à se déplacer s'il était disponible.

— Je ne suis pas certain que ce que je vous dirai puisse vous intéresser ou, en tout cas, vous apporter quelque chose que vous ne savez déjà, mais vous pouvez passer chez moi.

Il continua en lui donnant son adresse. Il habitait au nord de Saint-Quay en remontant vers Tréveneuc au niveau de la plage du port Goret avec au bout la pointe du Bec de Vir. Ils convinrent d'une heure de rendez-vous et elle attendit le temps nécessaire pour laisser croire qu'elle venait de Saint-Brieuc.

L'endroit était ravissant, Dylan occupait une jolie maison en pierre avec des dépendances. Belle vue sur l'océan. Il l'accueillit à la descente de sa voiture. Il s'était changé. Adieu le costume-cravate qu'il avait troqué pour un pull marin et un jean. Il était souriant, mais le ton était réservé, sans être agressif pour autant.

— Je n'ai plus envie de parler de tout ça, ça évoque trop de mauvais souvenirs pour moi, la dépression de ma mère, mon enfance de quasi-orphelin élevé dans des internats…

Il poursuivit :

— Je ne comprends pas ce que vous cherchez.

— Je dirige une étude sur la dangerosité des algues vertes et des émanations d'H2S. Même si le cas de votre père a été classé en mort naturelle, il m'intéresse. Il est probable qu'aujourd'hui on verrait les choses différemment.

Il l'invita à entrer chez lui. C'était une maison accueillante ; des reliquats de repas étaient encore sur la table.

— On a fait dîner les enfants, ma femme est avec eux. C'est mieux, je n'avais pas trop envie qu'ils nous entendent parler de leur grand-père. Inutile de les troubler avec ces histoires.

— Désolée. Je ne vais pas vous importuner longtemps. C'est déjà gentil de me recevoir.

— Je vous propose quelque chose à boire ? Un thé, un café ? Ou un apéritif ?

Elle opta pour un verre d'eau. Pendant qu'il la servait, son regard visita le salon. Il y avait un coin bibliothèque où elle remarqua bon nombre d'ouvrages techniques avec pour thèmes principaux la pollution, l'agriculture, les algues vertes, ou l'agroalimentaire. Elle nota *Les Marées vertes tuent aussi* d'Alain Ménesguen, *Le Lobby breton* de Clarisse Lucas, *On achève bien les éleveurs* d'Aude Vidal.

— Vous êtes devenu un spécialiste par la force des choses.

— Oui, c'est vrai, et en même temps je travaille dans une banque, on peut me reprocher de collaborer avec le système. Finalement, je ne suis pas meilleur que les gens que je critique. Il faut bien vivre.

Élodie poursuivit la conversation concernant les circonstances de la disparition du père de Dylan, ce qu'elle considérait comme une introduction avant d'en arriver à parler de l'hypothèse de l'intoxication par l'H2S. Une évidence pour le fils de la victime, bien que fataliste.

— J'ai décidé d'arrêter de me battre. J'ai compris que je n'étais pas de taille. Je dois mener ma vie et avancer.

La légiste approuva, avant de jeter en pâture les noms de Le Bihan et Montjoie en indiquant que par leur soutien à une agriculture ultraproductiviste, ils étaient en partie responsables de l'usage immodéré des fertilisants et des nitrates. Le regard de son interlocuteur se teinta de surprise, il y eut un imperceptible moment de tension. Elle comprit qu'elle n'avait pas été habile. Trop vite, trop rude. Dylan trouva tout de même le moyen de sourire et de garder une attitude pondérée.

— Ils ne vont pas me manquer, mais je ne souhaite la mort de personne, rétorqua-t-il en citant plusieurs autres personnalités tout aussi coupables de la situation actuelle.

Il haussa les épaules dans un geste fataliste et poursuivit :

— Tous ces hommes politiques et les industriels ont une parade, ils financent le nettoyage des plages. On oublie le problème, alors que rien ne change. Ce n'est pas parce qu'on cache les algues qu'elles n'existent plus.

Élodie comprit qu'elle avait fait le tour du sujet. Insister plus aurait été lourd, elle finit par prendre congé.

Dylan la raccompagna jusqu'à son véhicule. Elle jeta un œil vers les dépendances ; il y avait une seconde voiture, celle de sa femme, une remorque et différents matériels, un bric-à-brac qui ne correspondait pas au banquier. Il voulut se justifier.

— C'était une ferme quand on a racheté, le vendeur a laissé des trucs, il faudra qu'on trouve un moyen de se débarrasser de tout ça.

Le vent s'était levé. Les cheveux en bataille, Élodie le salua et prit place derrière le volant. Un dernier regard vers la maison, elle aperçut une jolie blonde qui les épiait depuis une fenêtre. Ça ne pouvait être que l'épouse de Dylan. Cet entretien lui laissait une sensation étrange.

S'il n'y avait pas eu l'échange de paroles avec Dagorn dont elle avait été témoin, elle se serait dit qu'elle faisait fausse route, que Dylan avait tiré un trait sur le drame qu'il avait vécu pour se consacrer à sa famille. Ça, c'était sa première impression, mais il y avait autre chose. Une impression. Encore ! Il y avait un truc qui n'allait pas. Elle avait perçu quelque chose qu'elle n'arrivait pas à définir. Quelque chose qui lui disait qu'elle était sur la bonne route.

En même temps… une seconde voix, celle de la sagesse, lui disait que dans cette affaire, la scientifique qu'elle était perdait tout sens du rationnel. Elle s'entêtait à vouloir solutionner des crimes qui n'existaient pas.

Chapitre 21

Il faisait nuit lorsqu'ils se retrouvèrent dans ce qui ressemblait à une ferme abandonnée et qui pourtant ne l'était pas. Ils étaient une quinzaine, le visage caché. Ce qui les réunissait était leur colère, leur haine contre cet État qui ne faisait rien pour les protéger et qui, malgré leurs cris d'alerte, continuait d'être à la solde des industriels et des commerçants. Marre d'attendre. Ils avaient compris que les revendications lancées lors de manifestations bon enfant, en famille avec poussettes, et en chansons, le samedi après-midi, n'apporteraient rien. Dans ce pays, la violence était le seul moyen d'attirer les projecteurs. Ils l'avaient bien vu avec les Gilets jaunes. Tant qu'ils occupaient les carrefours, tout le monde se moquait de ces va-nu-pieds. Ce n'était qu'une fois la vitesse supérieure passée, lorsqu'ils s'étaient transformés en combattants de rue, que Paris avait tremblé et que le Souverain s'était décidé à entendre la voix de cette révolte aux allures de 1789.

Cette fois, ils n'allaient pas monter sur Paris. Ils avaient déjà franchi le point de non-retour. Il était temps de poursuivre leur plan, un plan qui était à des années-lumière du pacifisme boy-scout à la José Bové. S'en prendre à des cultures d'OGM, ça aussi, c'était d'une autre époque. Celle où l'on parlait beaucoup sans résultat. Eux, ce qui les inspirait était l'exemple donné par les groupuscules d'ultra-gauche de la fin des années soixante-dix à début quatre-vingt. La victoire de leurs idées ne s'obtiendrait que par le combat et une révolution dont ils seraient les fers de lance.

C'était une réunion de crise qu'avaient déclenchée les cadres du mouvement. Assis comme ils le pouvaient ou debout pour ceux qui n'avaient pas trouvé de chaise, les participants étaient impatients de connaître la raison de leur convocation. Ils n'eurent pas à attendre pour qu'un orateur se lève. Le ton était grave.

— Mes amis, mes compagnons. Nous avons par deux fois fait payer le prix fort à ceux qui dénaturent nos terres, poussent des agriculteurs au suicide et assassinent de malheureuses victimes, tout ça dans le seul but de faire du profit. Jusqu'ici, nous avons préféré rester dans l'ombre, ce n'était pas par crainte pour les répercussions encourues, mais bien pour pouvoir poursuivre notre opération souterraine. Aujourd'hui, il est temps de changer de stratégie. Vous savez tous quel est notre prochain objectif. Dès son accomplissement, nous revendiquerons nos actions. La conséquence directe sera que les projecteurs vont se braquer sur nous et que l'État lancera ses chiens à nos trousses. N'ayons pas d'illusions, certains d'entre nous finiront par être identifiés. Une nouvelle vie nous attend, nous allons entrer dans la clandestinité et taper un grand coup médiatique qui fera trembler les puissants et nous donnera l'occasion de faire parler de nous. Notre violence sera critiquée, même si elle est juste. N'ayons pas honte de ce que nous accomplissons, bien au contraire…

Il poursuivit en mettant au point les détails de l'opération à venir. À ce stade, des groupes se formèrent. Une fois séparés les uns des autres, ils continuèrent à visage découvert, comme ils auraient à le faire au moment d'agir.

Chapitre 22

Après avoir longtemps réfléchi, Élodie en arriva à la conclusion que pour avancer dans ses investigations, elle devait « assurer un minimum de terrain », pour reprendre l'expression employée par les flics qu'elle côtoyait lorsqu'ils parlaient des surveillances et filatures qu'ils effectuaient. Et ça, elle était fort consciente que c'était loin d'être son domaine. Motivée comme elle l'était, il n'était pourtant pas question qu'elle en reste là. Ses connaissances policières, alliées à son goût pour les polars et le cinéma, lui donnèrent quelques idées. Il lui fallait une balise et le nécessaire pour suivre les mouvements. Demander à Léanne, ou même lui en parler, était la certitude de se heurter à ses sarcasmes et de se faire envoyer balader. Il n'en était pas question. Elle prouverait seule qu'elle avait raison. Elle regarda sur Internet ce qu'il était possible de se procurer. Il suffisait de taper « Balises tracking » pour voir du matériel s'afficher ainsi que des propositions commerciales. Elle n'y connaissait rien et trouva cela décourageant jusqu'à ce qu'une nouvelle idée lui vienne, et celle-là avait un visage ainsi qu'un nom : Thierry Bonnot. Ancien officier de gendarmerie, retraité récent, Bonnot avait monté un cabinet de détective privé à Brest. Le hasard avait fait qu'ils s'étaient croisés dans les semaines précédentes, qu'ils avaient parlé et échangé leurs coordonnées. Ils s'étaient toujours bien entendus. Il lui avait donné une carte de visite... Elle n'avait pas enregistré les numéros sur son téléphone, et maintenant elle se demandait ce qu'elle avait pu foutre de ce papier. Elle chercha dans son portefeuille, rien. Au fond du sac à main, dans les différentes poches, pas mieux. Elle s'énerva, se dit qu'elle allait le trouver sur Internet et se souvint qu'elle avait un autre sac avec elle. La carte y était.

Elle l'appela dans la foulée.

— Bonjour, Élodie !

Lui, au moins, avait ses coordonnées en mémoire. Il était disponible pour papoter, mais elle connaissait trop bien les risques inhérents à une communication téléphonique pour tout lui raconter.

— Je peux passer te voir ?

La question le surprit, elle se demanda s'il n'était pas en train de se faire de fausses idées sur ses motivations. Il hésita à répondre et bredouilla un « Oui » timide.

— J'arrive, fit-elle en se doutant que son entrain allait encore augmenter l'étonnement de son correspondant.

Un quart d'heure plus tard, elle était dans le bureau de Bonnot. Quand elle s'aperçut qu'il était installé dans le quartier du port à quelques encablures du domicile de Léanne et Vanessa, elle calcula son coup pour laisser sa voiture à un endroit qui ne soit pas sur le passage habituel des filles et continua à pied.

Rue de Porstrein, une plaque indiquait la présence du détective au second étage de l'immeuble. Il était mentionné plusieurs spécialités en matière d'enquêtes et de discrétion. Cette profession était sujette à fantasme. Elle s'était toujours demandé s'il y avait suffisamment de clients pour faire vivre ces enquêteurs au rabais, qu'elle imaginait surtout traquant les époux volages. Au vu des locaux qu'il occupait, si son affaire tournait bien, Bonnot avait le succès modeste.

Elle n'eut pas besoin de sonner pour qu'il lui ouvre et s'étonna de se retrouver aussi vite face à son correspondant, à croire qu'il l'attendait derrière la porte. Elle rougit comme une enfant.

— Comment tu savais que j'étais là ?

— J'ai un sixième sens, plaisanta-t-il avant de lui montrer un écran qui devait être relié à différentes caméras permettant de visualiser la rue, l'escalier et l'entrée.

— Dans la gendarmerie, je me suis longtemps occupé de tout ce qui était technique. Ça m'est resté et c'est intéressant pour ma nouvelle activité.

Le militaire en retraite s'effaça pour la laisser passer.

Question déco et agencement, Bonnot avait dû baigner dans le cinéma des années cinquante. Volets à demi fermés, la pièce était maintenue dans la pénombre ; bureau ministre en bois massif, fauteuil à bascule, casiers de rangement, lampe-banquier en laiton et abat-jour vert. Elle sourit.

Une porte ouverte donnait sur une annexe.

Si la salle d'accueil était ordonnée, ce n'était pas le cas de celle-ci. Capharnaüm, bric-à-brac, c'était un entrepôt de matériels allant de l'ordinateur à des radios en passant par différents trucs dont elle ne connaissait pas l'usage.

— Alors, quelle était cette urgence qui te poussait à venir me voir ?

Élodie n'hésita pas longtemps. Elle n'avait pas d'autre solution que de faire confiance à Thierry Bonnot.

— Je vais t'en parler, mais il faut que tu me promettes de garder secret tout ce que tu vas entendre. Je te le dis tout de suite, Léanne n'est pas au courant de ce que je suis en train de faire et j'espère que tu n'iras pas tout lui rapporter.

Bonnot leva les sourcils. Le gendarme connaissait les liens étroits qui unissaient les trois filles. Élodie venait d'aiguiser sa curiosité.

Elle se lança en indiquant tout ce qu'elle savait déjà, ou supposait, concernant les victimes et les raisons possibles de leur décès.

— Je croyais qu'il s'agissait de morts naturelles…

— C'est ce qu'on a dit dans la presse, mais je n'en suis pas si certaine.

Pour justifier cette impression, elle parla des algues et de l'ensemble des vérifications qu'elle avait faites.

Il siffla d'admiration.

— C'est une vraie enquête. Donc, tu as des suspects et je suppose que tu comptes sur moi pour effectuer des surveillances ou, au minimum, savoir ce que ces gens font de leurs journées et qui ils rencontrent.

— Oui ! j'ai pensé que tu devais avoir de quoi baliser des véhicules.

Le privé ne s'attendait pas à ça. Il fit mine de s'éloigner de la légiste pour mieux la regarder.

— Je cherche justement un ou une associé. On devrait travailler ensemble.

Ils en rirent, mais Élodie retrouva vite son sérieux.

— Alors, tu peux m'aider ?

— Je dispose du matériel qu'il te faut, mais…

Elle se mordit les lèvres.

— … tu ne veux pas me le prêter.

— Non, pas du tout. Ce n'est pas ça, mais je viens avec toi pour en assurer la pose. Tu ne vas pas faire ça toute seule.

Elle soupira intérieurement.

— Si tu m'aides, c'est avec plaisir. C'est précis, ces machins, et discret ?

— Ne t'inquiète pas de ce côté-là. À moins que le véhicule ne soit dans un parking souterrain, il ne nous échappera pas.

Thierry Bonnot disparut un instant dans son antre. Il y eut un bruit de tiroir et elle le vit réapparaître avec à la main un boîtier de la taille d'un paquet de cigarettes.

— Il suffit de fixer ce truc. Il y a un aimant. On suit sur un ordinateur ou un téléphone. Je peux même sonoriser la voiture, si tu veux. On entendra tout ce qu'il se dit. Attention !

Il baissa la voix et poursuivit sur le ton de la confidence :

— Tout cela est illégal. Il ne s'agit pas qu'on se fasse prendre.

Elle imagina que c'était une des raisons pour lesquelles Bonnot préférait se charger de fixer la balise. Quitte à risquer des emmerdes en étant complice, il aimait autant être présent. Élodie n'allait pas refuser cette aide.

— Une seule chose, promets-moi que tu ne parleras pas de tout ça à Léanne.

— Juré, fit-il en levant théâtralement la main droite.

La légiste réfléchit.

— Tu as suffisamment de matériel disponible pour deux véhicules ?

— Houlà, oui ! Mais je te préviens, une fois les balises posées, c'est toi qui t'occuperas du suivi. Je t'expliquerai comment ça fonctionne. Ce n'est pas sorcier, tu vas t'en tirer. C'est juste qu'en ce moment j'ai d'autres objectifs qui me prennent du temps et que je ne pourrai pas rester avec toi.

Élodie allait devenir une véritable enquêtrice. L'idée l'amusa autant qu'elle l'inquiéta. Si Léanne et Vanessa l'apprenaient, elles seraient comme des folles, sans parler de Christian, il aurait la certitude qu'il sortait avec une dingue. Tant pis, au point où elle en était, elle décida de passer le cap.

— Le premier que je veux surveiller est banquier, je connais sa voiture, elle est stationnée à proximité de son lieu de travail à Saint-Quay-Portrieux. Tu penses que tu arriveras à poser un truc ?

— Ce n'est pas à Brest ?!

Bonnot fit une moue ennuyée.

— OK… L'installation n'est pas un souci, il suffit de quelques minutes, pas plus. En revanche, je te confirme ce que je viens de dire. Impossible pour moi d'assurer le suivi. En ce moment, je suis plutôt occupé vers Douarnenez. Je veux bien me dégager le temps de la pose, après c'est à toi de jouer.

La légiste opina du chef.

— Pas de problème.
— Et la deuxième balise, c'est pour qui ?
— Un certain Samuel Dagorn.

Chapitre 23

Élodie trouva sans difficulté les coordonnées de Samuel Dagorn. Plutôt sympathique au téléphone, le militant écologiste lui donna rendez-vous dans un bar d'Hillion. En ce milieu d'après-midi, il y avait peu de monde dans la salle. Elle le repéra assis au fond en train de parcourir un canard qu'il avait dû récupérer sur place. Il avait une bonne tête, mieux que dans le dossier que lui avait remis Yvan Perrin. Dagorn avait une bière posée devant lui. Elle se demanda s'il avait choisi une marque locale par militantisme ou juste parce qu'elle était à son goût, ou les deux. Il leva les yeux vers elle. Sourire engageant, il se redressa pour lui tendre une main ferme. Une bonne cinquantaine d'années, chemise à carreaux, jean, il était le cliché du prof écolo. Elle s'attendait à des cheveux longs, comme sur les coupures de presse, ils étaient taillés court. L'attaque du temps sur sa chevelure avait dû motiver ce changement. Pas mal, ça conférait à son visage une touche de sérieux, de respectabilité.

Elle prit place en face de lui, il lui proposa de commander quelque chose. Elle opta pour un café, avant de poursuivre en répondant au regard interrogateur qu'il lui envoyait. Elle ne cacha rien de son identité et de sa spécialité, et indiqua qu'elle s'intéressait au phénomène des algues vertes parce qu'elle soupçonnait un de ses clients d'en avoir été victime. Dagorn tiqua. Il devait s'attendre à ce qu'elle lui serve la même histoire qu'elle avait racontée à Dylan Hamon.

— Ah bon ? Je n'ai rien vu de tel dans le journal ni entendu parler d'un cas d'intoxication. C'est ici ?

— Je suis astreinte au secret professionnel, impossible de vous en dire plus, d'autant que mon sentiment sur cette affaire n'est pas étayé scientifiquement.

Il ne comprenait pas ce qu'elle voulait dire et c'était bien normal, elle-même aurait eu quelques difficultés à préciser sa pensée. L'important était de le laisser spéculer sur ce qu'il devait savoir. Et ça marchait, elle avait l'impression désagréable qu'il était en train de voir défiler dans sa tête les cas de décès dont il avait eu connaissance ces derniers temps. Le résultat devait être désespérément vide... S'il était au courant de quelque chose concernant Le Bihan ou Montjoie, l'imagination allait faire son chemin jusqu'à se transformer en inquiétude. Elle l'observa. Elle aurait voulu pouvoir lire dans ses pensées. Elle s'attendait à ce qu'il lui mentionne qu'il connaissait Dylan, il n'en fit rien. Pas question de le laisser cogiter plus que nécessaire. Nouvelle interrogation :

— Pour tout vous dire, je suis loin d'être une spécialiste des algues vertes. Comme tout le monde, j'ai lu des articles dans les journaux et entendu des reportages, mais c'est tout. Il me semble que vous êtes un expert en la matière. Vous pourriez m'éclairer sur le phénomène et les risques encourus.

La demande dérida Dagorn. Il allait être dans son élément. Le militant entama un discours qu'il avait déjà dû sortir des centaines de fois et dont il maîtrisait le moindre mot.

— Présente dans l'océan à l'état naturel, l'algue verte ou laitue de mer, dont le nom scientifique est *ulva armoricana* ou encore *ulves*, peut se développer de manière intempestive sous certaines conditions. Toutes sont réunies dans la baie de Saint-Brieuc.

L'expert écarta son verre pour se mettre à compter sur ses doigts en même temps qu'il les énonçait :

— Des eaux peu profondes, car elles ont besoin de beaucoup de lumière. C'est en général l'été que le phénomène est prégnant. Sauf qu'avec le réchauffement climatique, le problème devrait s'intensifier. Des eaux suffisamment calmes pour retenir les plantes et leurs nutriments. Des eaux riches en azote et en phosphore. Ce dernier point est un des plus importants, les marées vertes sont boostées par l'embouchure des rivières chargées des nitrates utilisés par les agriculteurs pour fertiliser leurs terres. L'azote profite aux algues en les « engraissant ». Il y en a tellement que les marées ne parviennent pas à les repousser, elles finissent par s'échouer en monticules sur les côtes. Ces échouages sont ramassés quotidiennement sur les plages. Mais c'est impossible quand il s'agit de rochers ou de vasières.

En entendant son interlocuteur, Élodie prit une attitude qui ressemblait autant à celle d'une flic que d'une journaliste… ou d'une étudiante. Elle fouilla dans son sac à main pour en extraire un stylo et un carnet. L'expert remarqua qu'elle utilisait un Montblanc ; la légiste aimait les beaux objets. *Une bonne bourge.* Il sourit intérieurement pour ne pas dévoiler son mépris et joua son rôle. Tel un prof attentif à ses élèves, il laissa le temps à son interlocutrice de s'installer et de noter ce qu'elle avait mémorisé. Il poursuivit quand elle releva la tête vers lui :

— C'est à ce moment-là qu'il y a un réel danger pour l'homme et les animaux. En se décomposant, les algues dégagent du sulfure d'hydrogène, H2S. Le gaz a l'odeur d'œuf pourri. Fortement concentré, il est létal.

— Et il a déjà tué plusieurs fois, appuya la médecin, soucieuse d'en arriver aux victimes.

Son interlocuteur leva les yeux vers elle.

— Oui. Il y a presque vingt ans, il y a eu la mort d'un cheval. Son cavalier en est sorti indemne par miracle.

La légiste avança un pion.

— Il y a aussi eu une harde de sangliers.

— C'est exact.

Il eut un air amusé.

— Je vois que vous connaissez tout de même le sujet.

— Je me suis documentée, mais il n'y a pas mieux qu'une discussion pour cerner ce genre de problème.

Cette fois, elle décida de sortir à découvert et aborda les décès d'André Hamon et de son chien, ainsi que de Jérôme Morvan. Le regard de l'expert se fit plus perçant.

— Euh ! Les deux cas que vous mentionnez ne sont pas avérés. Je préfère en rester à des faits moins susceptibles de controverse.

Élodie y alla d'un sourire.

— Nous ne sommes pas là pour nous raconter des histoires et faire dans la langue de bois. Le camionneur a dû être intoxiqué par sa cargaison d'algues. Il y avait des signes avant-coureurs. Depuis plusieurs semaines, il avait des maux de ventre, des céphalées, ne se sentait pas bien. J'en ai discuté avec son médecin traitant.

L'expert se mordit l'intérieur d'une joue. Il ne savait pas quoi répondre. La légiste soutint son regard. Il y avait des choses dont il n'avait pas envie de parler. C'était d'autant plus étonnant que les cas de Hamon et Morvan étaient plutôt emblématiques et qu'à l'époque il avait manifesté pour qu'on établisse la vérité. Ses doigts se mirent à trembler nerveusement, en même temps qu'une goutte de sueur perla sur son front. Elle poursuivit :

— Quant au joggeur et à son chien, ils étaient en parfaite forme. On peut penser que l'animal rôdait près des vasières, il a été en difficulté, son maître a voulu l'aider. Ils ont dû crever une poche de gaz et perdre connaissance avant d'être asphyxiés et emportés par la mer.

Dagorn tenta une diversion.

— J'espère que vos rapports d'expertise sont basés sur des faits vérifiés et non pas des suppositions, docteur.

Le malaise devint évident. Élodie n'avait pas envie de lâcher l'affaire. Quelque chose clochait dans l'attitude de son interlocuteur.

— Je ne comprends pas. Vous luttez avec acharnement contre les marées vertes et ceux que vous estimez en être responsables, et ces deux cas ne vous intéressent pas ? Ou plus ? Il y a pourtant fort à parier que Hamon et Morvan sont au nombre des victimes.

L'expert balbutia :

— Oui, peut-être, certainement… puisque vous le dites.

À vouloir cacher son lien avec Dylan Hamon, il s'était pris à son propre piège. Il était ridicule. Lui qui s'imaginait solide se conduisait comme un gosse émotif.

À l'inverse, Élodie s'emballa, à croire qu'elle venait de revêtir un costume de flic. Cette impression s'accentua quand elle fouilla dans son sac à la recherche d'articles de presse qu'elle posa sur un coin de table. On y voyait des photos de Dylan aux côtés du militant lors d'une manifestation à proximité de la préfecture de Saint-Brieuc.

— Ne me dites pas que vous ne connaissez pas la famille des victimes ? Ce qui leur est arrivé vous a intéressé.

Samuel Dagorn la foudroya du regard.

— À quel jeu vous jouez ? Vous me parlez comme si vous vous adressiez à un suspect.

Elle était encore allée trop vite. Elle tenta de se rattraper.

— Aucun jeu, je trouve normal que vous ayez été aux côtés de ces familles endeuillées. Je suis seulement surprise que vous n'en parliez pas. Vous savez ce qu'elles deviennent ?

Dagorn serra les dents. Il se serait bien levé en l'abandonnant, mais cela reviendrait à jeter le doute sur lui. Ce n'était pas le moment. Il fallait faire bonne figure.

— Non, enfin oui. Il m'arrive de croiser Dylan Hamon, surtout en hiver, la région n'est pas si grande, c'est un village. Je ne sais pas ce qu'est devenue Solène, il me semble qu'elle a quitté la Bretagne après la mort de sa mère.

— Ils s'en sont remis ?

Il eut un mouvement de tête agacé.

— Personne ne se remet de la mort d'un père ou d'un mari. La plaie ne se ferme jamais. Quand je vois Dylan, on n'en parle pas. Inutile d'évoquer ça. Mais… en quoi ça vous concerne ?

— En rien, rien du tout, mentit Élodie, sous le regard perçant de Dagorn.

Cette fois, c'était elle qui devenait suspecte. Au lieu d'en rester là, comme elle l'avait fait avec Yvan Perrin, elle poursuivit en citant les noms de Le Bihan et Montjoie.

La glotte de Dagorn fit plusieurs allers-retours. La gêne était telle, qu'à ce moment, Élodie regretta de ne pas être flic. Un type comme ça ne devait pas tenir longtemps en garde à vue. Il n'était pas habitué à mentir, tous les signaux étaient au rouge. La belle assurance qu'il affichait au départ s'était étiolée jusqu'à ce qu'il n'en reste rien.

Il bafouilla :

— C'est avec l'un des deux que vous avez des hésitations concernant la mort naturelle ?

— Pourquoi ? Je devrais ?

— Je… Je n'en sais rien, comment voulez-vous que je le sache ? J'ai lu la presse. Et vous m'avez dit que vous aviez des doutes concernant un corps que vous avez autopsié. Je fais un rapprochement, c'est tout.

Elle prenait de l'ascendant sur le militant. Il s'en rendait compte et n'aimait pas ça. Le malaise fut interrompu par la sonnerie du téléphone d'Élodie.

Le nom d'Yvan Perrin s'afficha à l'écran. Elle attrapa l'appareil et refusa l'appel. Trop tard, Dagorn avait eu le temps de lire l'identité du correspondant. Il n'en dit rien. Mais il attaqua sous un autre angle. Cette fois, le ton était vindicatif.

— Je ne comprends pas la raison de ce rendez-vous. Si vous avez des doutes concernant une autopsie que vous avez pratiquée, ce n'est pas auprès de moi que vous obtiendrez des précisions. Voyez avec vos confrères ! Faites les analyses qui s'imposent et vous aurez la réponse à vos questions.

Il se leva avant de lâcher :

— Je crois que nous perdons notre temps.

Chapitre 24

La légiste laissa son interlocuteur s'en aller. Son cœur battait un peu plus fort, cet entretien n'avait pas été facile. Ce type savait quelque chose. Quand elle avait parlé de Solène Morvan et du fils Hamon, elle avait fait mouche. Le malaise était patent. Question sentiments, Samuel Dagorn était pire qu'elle, incapable de cacher ses émotions. Elle aurait bien insisté. Un moment, elle avait même failli bluffer et l'accuser d'être responsable de la mort d'Armel Le Bihan et d'Arnaud Montjoie, alors qu'elle n'avait aucune preuve, juste pour voir sa réaction. Elle respira lentement pour se calmer et décida de rappeler Yvan Perrin.

— Je ne veux rien vous dire. Mais sachez qu'il va se passer des choses.

— Quoi ?!

Les quelques clients du bar et le patron s'interrompirent. Elle fut en un instant la cible de toutes les attentions. Elle rougit, gênée, et continua un ton plus bas :

— Dites-en plus ! Quelqu'un va mourir ? Qui est derrière tout ça ? Vous les connaissez ? Je vais venir vous voir.

— Non ! C'est inutile, je ne suis pas chez moi.

— Vous ne pouvez pas laisser faire, si vous savez quelque chose et que vous ne faites rien, vous vous rendez complice d'un meurtre.

— … Je vous rappellerai.

— Allô !

Elle insista, alors que ça ne servait plus à rien. Perrin avait déjà raccroché. Elle balaya des yeux son environnement. On continuait à s'intéresser à elle. Cette situation l'énervait, elle réprima l'envie de leur faire une grimace. En fait, elle enrageait de ne pas pouvoir partager ses sentiments avec ses amies et de n'avoir aucun soutien. Elle regarda sa montre ; cinq bonnes minutes que Dagorn était parti. Elle pouvait s'en aller sans donner l'impression qu'elle voulait le suivre ou repérer son véhicule.

Elle retrouva Thierry Bonnot dans une rue parallèle. Il l'attendait à bord d'un utilitaire Renault. Assis au volant, il avait les yeux fixés sur une tablette et ne leva pas la tête lorsqu'elle s'installa sur le siège passager.

— Alors ?

— Ça marche, j'ai réussi à pastiller sa voiture. Facile. Il est toujours à Hillion.

Le haut-parleur se mit à grésiller et elle reconnut la voix de Dagorn.

— Tu l'as ?

Le visage du détective s'éclaira.

— Tant qu'à être dans l'illégalité, autant faire les choses bien. J'ai sonorisé l'habitacle.

Ils se turent pour écouter le militant. Il était en train de téléphoner.

« *Solène ? … Je l'ai vue, elle est bizarre cette fille. Elle m'a raconté de gros bobards. … Non, elle ne sait rien, je pense qu'elle prêche le faux pour savoir le vrai. Disons qu'elle a des doutes. … Elle m'a parlé de vous. Elle voulait me tester. … Non, il ne faut pas s'inquiéter, juste être prudent. … On continuera d'utiliser ces portables. … Je ne peux pas venir maintenant, j'ai rendez-vous avec des journalistes et des élus. Après je dois aller chez moi. … Je te rappelle.* »

La communication terminée, il y en eut d'autres. Dagorn contactait les reporters qu'il devait rencontrer, puis sa femme, puis ce qui devait être une de ses maîtresses. Quand il se tut enfin, Élodie était surexcitée.

Elle revint à la première conversation. Même s'ils n'avaient entendu que la voix du militant écologiste, elle lui paraissait sans équivoque.

— Il a parlé à Solène Morvan. Elle est là ! Elle est dans le coin. Je suis certaine qu'ils préparent un truc. En plus, il est clair qu'ils ont des portables de guerre pour communiquer. Si ça, ça ne cache pas quelque chose… Ils sont tous liés.

— Doucement, ne t'emballe pas trop vite… Si tu es aussi certaine que tu le dis, il faut mettre la police sur le coup. Et, qu'on soit d'accord, il n'est pas question de parler de mon matériel. Je t'aime bien, mais je n'ai pas envie de perdre ma licence sur cette affaire. Tu n'as jamais entendu cette conversation, elle n'existe pas. Que ce soit clair dans ta tête !

Le recadrage n'était pas inutile, même s'il rafraîchit la jeune femme.

— Oui, tu as raison.

Thierry bloqua la tablette dans un support prévu à cet effet et entama la filature. Une opération sans grand intérêt puisqu'elle les conduisit jusqu'à Saint-Quay-Portrieux, aux abords d'un bar où devait avoir lieu le rendez-vous avec des journalistes. Élodie s'enfonça dans son siège pour ne pas être vue de l'extérieur.

— Je l'ai, annonça Thierry.

La voiture était garée sur une petite place de la rue Jeanne-d'Arc. Élodie se redressa lentement. L'ancien gendarme avait déjà la main sur la portière.

— Je vais grenouiller, il est dans le coin.

Effectivement, il ne mit pas longtemps à revenir.

— Il n'a pas menti. Il est avec deux types dans un bar-tabac un peu plus loin. J'imagine que la bagnole *Ouest-France* parquée à proximité est celle des journalistes.

Ils décidèrent d'attendre. Élodie se demanda quel était le sujet de l'entretien, car cette commune n'avait pas de gros problèmes d'algues, au contraire, elle bénéficiait sans le vouloir des ennuis des plages voisines que les touristes délaissaient pour elle. Ça n'étonnait pas outre mesure son coéquipier.

— Il y a des algues et des vasières sur une bonne partie de la côte, il a dû choisir ce coin par commodité. Tu m'as dit qu'il habitait Paimpol ?

Élodie confirma d'un mouvement de tête, avant de donner son avis.

— Il aurait pu les recevoir chez lui. La plage du Ledano est fermée, le taux d'H2S qui a été relevé ne permet pas de laisser des promeneurs s'y aventurer. Ça aurait été un bon exemple. Je pense qu'il doit vouloir être discret. J'ai entendu dire que dans le coin, les gens étaient à cran dès qu'on abordait le sujet des algues vertes. Il ne doit pas faire bon de s'afficher n'importe où avec des journalistes. Il est bien connu. Il a mené plusieurs actions, à tel point qu'il est la bête noire aussi bien des exploitants agricoles que des commerçants qui bénéficient du tourisme. Je crois qu'il a eu droit au même traitement qu'Yvan Perrin : véhicule abîmé, murs de maison tagués, tas de fumier devant sa porte.

Bonnot eut un petit rire.

— Tout ça pour le faire taire ? C'est devenu une guerre.

— Presque.

Thierry plissa des yeux.

— Attention ! Il se pointe.

La légiste disparut de nouveau pendant que l'ancien gendarme lui indiquait ce qu'il voyait.

— Il serre la main à deux hommes, ce sont bien les journalistes d'*Ouest-France*. Ne bouge pas, il revient vers sa voiture. Voilà, il repart.

Cette fois, ils suivirent de loin sur la D786 jusqu'au domicile de leur suspect. Il habitait à proximité de l'embouchure du Trieux et à seulement quelques dizaines de mètres de la plage du Ledano. Le détective emprunta le chemin du Ledano et se gara sur le parking en bord de plage. Endroit désert à cette heure, la maison de Dagorn jouxtait des champs d'hortensias.

— Tu savais qu'il était là ?

— Non. Pas exactement.

— Tu m'étonnes qu'il soit motivé. La région est truffée d'exploitations agricoles, de maraîchers et de pépiniéristes. Il y a des hectares de serres, les fertilisants, pesticides et autres produits ruissellent jusque dans la rivière. Avec la plage à côté, ton type est aux premières loges ; regarde, il y a des algues à perte de vue. Si elles ne sont pas ramassées, dès qu'il y a du soleil, elles pourrissent vite.

Elle approuva. Début de planque. Élodie réfléchissait. Elle ne pensait plus qu'à Solène Morvan. Thierry Bonnot avait raison. À ce stade, seule la police pouvait faire le job, mais comment fournir ces informations à Léanne sans lui parler de son enquête et du détective ?

— Ce qu'on a entendu ne peut pas nous servir. Par contre, si je le suis et que je vois quelque chose d'important, je ne suis pas obligée de mentionner ta balise.

— C'est vrai, même si tout le monde pensera que tu es sacrément bonne pour quelqu'un qui n'est pas une professionnelle. Il faudra quand même retirer mon truc avant qu'il ne se passe quoi que ce soit.

— OK, ne t'inquiète pas.

Ils attendirent un moment, le temps de se persuader que Dagorn ne partirait plus. Élodie fut la première à décider de lâcher l'affaire, d'autant qu'elle avait rendez-vous avec Christian à son hôtel. Thierry n'y vit que des avantages, lui aussi en avait marre. Avant de se séparer, il prit la tablette pour vérifier la position de Dylan Hamon. Il venait de regagner son domicile.

— Tu me laisses la tablette ? demanda la légiste.

— Oui, c'est ce que j'ai prévu. Je t'ai montré comment ça fonctionnait. N'hésite pas à m'appeler quand il y a du mouvement, au moins que quelqu'un sache ce que tu es en train de faire. Pas de risques inutiles. Si ta théorie est bonne, ces gens sont dangereux.

— Promis !

Chapitre 25

Jean-Michel Lecointre habitait non loin de Paimpol, une belle résidence en bord de mer à la pointe de Traou Plat. Il se fit déposer par son garde du corps à proximité de la statue des *Veuves d'Islandais,* cet hommage à Pierre Loti et aux pêcheurs d'Islande, réalisée par Charly Sallé et inaugurée en 2017. Il aimait ce coin et la vue magnifique sur les îles, dont Bréhat. Il avait d'ailleurs participé au choix du site (le Lann Vras était un endroit qu'il jugeait merveilleux et il l'était) ainsi qu'au financement de l'œuvre destinée à rappeler le tribut payé par ces pêcheurs, des héros, dont le taux de mortalité était quatre fois supérieur à celui des mineurs.

À partir de là, il avait l'habitude d'emprunter chaque matin le même chemin avec son chien briard. Une marche pour entretenir sa forme et aérer ses neurones. Après une vie politique de tout premier plan, maire, député, président du Conseil départemental puis ministre de la Défense, son nouveau quotidien lui paraissait insipide. Pas facile de passer du jour au lendemain d'une activité qui vous occupe à plein temps à celle de retraité. Au gouvernement, dans un poste comme le sien, il vivait dans une perpétuelle effervescence, les téléphones qui ne cessaient de sonner, les notes qui s'amoncelaient, les réunions à la chaîne, les rappels du secrétaire général et toujours des décisions à prendre, dont certaines engageaient la vie d'hommes qui se trouvaient à des milliers de kilomètres de son bureau. Des gens qu'il ne connaîtrait jamais, sauf s'il les avait envoyés à la mort et qu'il avait dû s'incliner sur leur dépouille avant de rencontrer leur famille. Autant il avait aimé le stress de l'action, autant il avait détesté ces moments-là. Il n'était pas rare, durant ses insomnies, qu'il voie défiler sous ses yeux les portraits des soldats tués en opération ; le pire était quand ils se plantaient devant lui pour le saluer. Le comptage des morts était bien différent de celui des moutons, il ne faisait qu'accentuer sa veille. Homme de devoir et profondément croyant, il avait le sentiment d'avoir fait ce qui était juste, il n'empêche qu'il appréhendait l'heure du jugement dernier avec une certaine inquiétude. La rédaction de ses mémoires lui donnait l'occasion de réfléchir à tout ça. Le doute n'était pas absent.

Baskets, jean et polo Lacoste, lunettes Ray-Ban, il abandonna le siège passager avant pour ouvrir la portière arrière et libérer le briard, un chien d'une douzaine d'années. Il avait manqué d'exercice pendant longtemps, la fréquentation des cuisines ministérielles l'avait engraissé. Il fallait qu'il soit attaché à son maître pour délaisser le tapis près du bureau et accepter de le suivre ainsi. En attendant que l'animal veuille bien sortir du véhicule, l'ancien ministre s'adressa à son garde du corps, devenu chauffeur, confident, ou homme de compagnie depuis qu'ils étaient éloignés des responsabilités.

— Les rôles ont bien changé. C'est maintenant lui, le patron. Il est assis à l'arrière et moi j'ai pris votre place pour l'escorter, alors que vous, vous vous retrouvez au volant.

Ce n'était pas loin d'être vrai. Alain Pelache ne rétorqua pas et posa une question dont il connaissait déjà la réponse.

— Je vous accompagne, monsieur le ministre ?

— Non, merci, je préfère être seul. C'est mieux pour penser. C'est maintenant que j'écris mon livre, plus qu'au bureau.

— Bien, monsieur le ministre.

Lecointre rouvrit la portière avant et laissa son téléphone portable sur le siège.

— Vous devriez le garder avec vous.

— Non, je n'ai pas envie de ce fil à la patte. J'ai besoin d'un peu de liberté pour faire remonter en moi des souvenirs ! Si ça ne vous dérange pas, prenez les messages, vous voulez bien ?

Le ton n'avait rien d'un ordre, c'était bien celui d'une demande de service à laquelle on ne peut répondre que positivement. C'est ce que fit le fonctionnaire. Il suivait son ministre depuis presque dix ans. Un vieux couple. Il faut dire que durant ces dernières années, l'homme politique avait vécu avec lui plus de temps qu'il en avait passé avec sa femme.

Le maître et l'animal disparurent. Ils faisaient régulièrement ce circuit en forêt. Le chien n'essayait pas de s'éloigner, il n'avait plus l'âge de batifoler. Lecointre se pencha pour le caresser.

— Mon pauvre vieux. Je t'oblige à me suivre alors que tu préférerais rester à la maison.

Le chien agita la queue. Non, il n'avait pas envie d'être ailleurs, il aimait cette sortie. Il se mit à trottiner ; à soixante-seize ans, le ministre conservait une belle foulée.

*

Seul, le chauffeur passa sur la banquette arrière pour se reposer. Il était tranquille, la promenade durait une bonne heure et demie. Lui aussi n'était pas loin de la retraite. Après le départ de son patron du gouvernement, il avait hésité à s'en aller. Puis, finalement, après réflexion, il avait décidé de poursuivre encore quelques années. Ils étaient trois à assurer à tour de rôle la protection de l'ancien ministre, mais c'est lui qui prenait en général les gardes de jour, quand Lecointre était actif. C'est-à-dire réveillé et prêt à bouger, car, question activité, tout était bien relatif comparé à ce qu'ils avaient connu. Une fois qu'un homme d'État a quitté le devant de la scène, sa sécurité devient un job de préretraité et c'était bien le cas en ce qui concernait Jean-Michel Lecointre. Fini les risques terroristes, tout comme les menaces, les insultes dans la rue, les tartes à la crème. Même s'il fallait tout de même être vigilant, ils ne vivaient plus une sortie comme un parcours du combattant. Adieu les escortes, les véhicules blindés, les opérations de repérage en amont.

Alain Pelache râla en s'installant. Ce putain de clébard avait laissé un paquet de poils qui allaient se coller à son complet. Heureusement qu'il avait une brosse avec lui. Vitre légèrement baissée, il desserra le lacet de ses chaussures et s'avachit sur la banquette après avoir réglé la sonnerie de son téléphone pour être réveillé dans une heure. Si le patron le trouvait en train de dormir, il ne dirait rien, mais c'était tout de même mieux de ne pas se faire remarquer.

Il s'assoupit… Il ne savait pas depuis combien de temps il sommeillait lorsqu'il fut surpris par des bruits de véhicules. Une moto et un fourgon venaient de se garer à proximité. Des claquements de portières suivirent.

— Il va bientôt revenir, tenez-vous prêts !

La voix sortait d'un « storno[12] ». Une décharge électrique traversa la colonne vertébrale du policier. Ne pas bouger ! Avec les vitres teintées, personne ne pouvait soupçonner sa présence. Son arme ! Il l'avait laissée à l'avant, dans la boîte à gants. À force de se dire que rien n'arrivera, on perd les réflexes. Il se redressa suffisamment pour pouvoir hasarder un regard sur l'extérieur. Il y avait du monde, plusieurs hommes et aussi des femmes. Les âges variaient, il pensa que la plus jeune devait être une des filles, il lui donnait tout juste vingt ans. Quant au plus vieux, il approchait la soixantaine. Pas de doute, ils s'apprêtaient à faire un mauvais coup et il n'en imaginait qu'un : l'enlèvement ou le meurtre de son patron. Il regarda l'heure. Jean-Michel Lecointre ne devait plus être très loin. Arrêter la sonnerie du portable ! Le cœur battant, les doigts tremblants, il s'occupa du téléphone tout en essayant d'anticiper la suite. Il devait recouvrer son calme. Pas de réseau, impossible de se signaler, d'appeler des secours, et il ne pouvait tout de même pas rester sans rien faire

---

12. Marque de radios portables employées par le passé dans la police et dont le nom est toujours utilisé par les policiers pour désigner tous les appareils de ce type.

et assister impuissant à un attentat contre le *boss*. Nouveau regard vers l'extérieur. Le groupe s'était réuni autour d'un quinquagénaire qui donnait l'impression d'être le chef. Ces types ne ressemblaient pas à des guerriers, un sentiment renforcé par le fait qu'ils ne paraissaient pas être armés. Il se concentra du mieux qu'il le put pour entendre des bribes de conversation.

« À son âge, il ne devrait pas… » « Le chien… » « Un vieux cabot, rien à craindre. » « Son garde du corps ? » « Il doit être avec lui. » « Non, elle affirme qu'il est seul. » « Peut-être qu'il se promène dans le coin. » « J'avais pourtant dit d'être là quand la bagnole se posait. » « On était en retard, c'est comme ça. »

Pelache en avait mal à la tête d'essayer de comprendre ce qu'ils racontaient. La certitude qui s'imposait était qu'il s'agissait d'une bande peu organisée. Il glissa une main en direction de la boîte à gants, il lui fallait son arme. Les autres semblaient trop occupés pour s'intéresser à la voiture qu'ils croyaient vide. L'ouverture bascula dans un bruit qu'il perçut comme assourdissant alors que le groupe n'en fit aucun cas. Le pistolet s'écrasa sur le tapis de sol. Merde ! Il se contorsionna, le nez collé contre le siège, pour attraper la crosse du Sig et la ramener jusqu'à lui. Pas de chargeur supplémentaire. Il n'aurait que dix cartouches. Contre des gens désarmés, ce serait suffisant, il n'avait pas l'intention de tirer. Ni même de les arrêter s'ils décidaient de prendre la fuite. L'important était de sauver le ministre. Il vit le groupe se disperser. Il devait agir maintenant avant qu'ils ne s'égaillent dans différents endroits. Il compta mentalement jusqu'à trois et poussa la portière.

— Police ! On ne bouge plus !

En une seconde, il capta l'attention de tous les visages sur lui. Ce qu'il vit fut un immense étonnement. Il jouit un court instant de ce qu'il pensa être une victoire. Et puis, à l'image d'un groupe d'oiseaux apeurés, ils se dispersèrent. Il en prit plusieurs dans sa mire.

— Stop !

L'ancien ministre apparut, il s'immobilisa, stupéfait. Le chien se mit à aboyer. Ce fut l'affolement de part et d'autre. Une détonation éclata, créant la surprise. Pelache comprit qu'on le prenait pour cible et que tout était loin d'être réglé. Il braqua son pistolet vers la source du tumulte. Il avait en face de lui celle dont il se serait le moins méfié. La fille la plus jeune, qui ressemblait encore à une enfant, pointait une arme vers lui. Il reconnut un Smith & Wesson 357 Magnum. Malgré la dangerosité de cette arme, il hésita à faire feu sur la femme qui le menaçait. Un sentimentalisme que n'eut pas la tireuse. La balle suivante entra sous son œil droit et ressortit en emportant une partie de sa boîte crânienne. La détonation paralysa tous les témoins de la scène. Il fallut quelques secondes avant que les agresseurs ne réagissent ; quant à Jean-Michel Lecointre, il n'eut pas le temps de recouvrer ses esprits qu'une cagoule lui cacha la vue et qu'il fut projeté dans un véhicule. Le briard aboya, tenta de s'interposer, un coup de pied le rabroua. La bête poussa un hurlement de douleur.

— Ne tuez pas mon chien ! Je vous en supplie !

L'arme se braqua sur l'animal. Il regarda la menace en grognant.

— Laisse-le ce clébard ! cria un des hommes.

La femme tira.

La balle s'écrasa près d'une des pattes, sans que l'animal bouge d'un centimètre. La fille sourit.

— T'es plus courageux que les mecs.

Elle monta dans un des véhicules et ils disparurent en abandonnant le chien et le cadavre.

Chapitre 26

Les heures qui suivirent la disparition de Jean-Michel Lecointre affectèrent bon nombre de personnes. Blocage des routes, ports et aéroports ; police, gendarmerie, armée, alors que les premières constatations étaient encore en cours, tout le monde fut sur le pont. Côté médias, c'était aussi l'effervescence. Des dizaines de journalistes venus de la capitale s'accumulèrent à proximité de la scène de crime. La PJ de Rennes, avec à sa tête Claude Vignon, débarqua dès qu'on eut connaissance de l'identité de la victime. Pour une telle affaire, le directeur sonna le rappel des antennes.

Léanne arriva presque en même temps que le ministre de l'Intérieur. Alors qu'elle se garait, une foule de reporters était en train de se ruer sur le premier flic de France. Ils furent repoussés par un cordon de sécurité hâtivement mis en place.

La commandant se dit que, dans sa carrière, elle avait déjà vu un certain nombre de scènes de crime, mais jamais de cette importance. Il n'y avait qu'un seul cadavre, et tout ce déplacement de force n'était pas pour lui, mais pour celui qui avait disparu. De mémoire, c'était bien la première fois qu'un homme politique était kidnappé en France. À une époque que la flic n'avait pas connue, il y avait eu à l'étranger le rapt d'Aldo Moro, organisé par les Brigades rouges ou celui de Hanns Martin Schleyer, le patron des patrons allemands, enlevé et assassiné par la Fraction Armée rouge, et des meurtres, en France, perpétrés par le groupe Action directe, mais tout cela remontait à la fin des années soixante-dix, début quatre-vingt.

La commandant aperçut le chef en grande discussion avec des autorités. Signe de l'importance de l'affaire, en dehors du procureur de la République, elle connaissait peu de monde. Vignon lui fit signe de patienter. Un ordre qu'elle répercuta à son équipe restée en attente dans les voitures.

— Bon, Léanne, la DZPJ est cosaisie avec la DNAT[13] et la DGSI[14], on se partage la tâche. Des constatations et perquisitions vont être lancées dans toutes les résidences du ministre. Je veux que vous alliez à son domicile avec une dizaine de vos hommes. Vous mettez les autres à la disposition de mon adjoint, il est en train de préparer des plannings.

— On a une piste, une revendication ?

— Non, rien pour le moment.

Professionnel, le ton du patron ne dénotait aucun énervement. C'est au fait qu'il n'envoya aucune de ses plaisanteries habituelles que Léanne eut la certitude que la situation était grave.

---

13. Direction nationale antiterroriste.

14. Direction générale de la sécurité intérieure.

— Extrémistes de droite ou de gauche, islamistes, mouvements autonomistes, nos services n'ont rien. Il est question de lancer un vaste coup de filet dans toutes ces directions, sans avoir pour autant la moindre piste. On va naviguer à l'aveugle.

— Et la piste familiale ou professionnelle, même s'il était retiré des affaires publiques, il me semble que le ministre avait des parts dans de nombreuses sociétés ?

— Tout est possible, c'est pour cela que les perquisitions dans les domiciles sont importantes.

Léanne fit un geste en direction de la tente qui cachait le cadavre. Un légiste venu de Saint-Brieuc était en train d'examiner le corps en compagnie de la scientifique.

— Une chose est certaine, ces types sont déterminés et ne plaisantent pas. Ils n'hésitent pas à tuer.

Le patron approuva d'un mouvement de tête.

— Allez bosser, vous m'appelez si vous avez quelque chose.

*

L'ancien ministre occupait une vaste propriété. Il s'agissait d'un corps de ferme devenu une sorte d'immense manoir entouré de terres agricoles, auquel on accédait par un long chemin faisant face au bâtiment. C'était une journée chaude, il n'avait pas plu depuis plusieurs semaines, l'arrivée des trois véhicules de la PJ souleva un épais nuage de poussière. Un fourgon de la maréchaussée était garé devant la maison. Trois militaires les attendaient. Léanne fonça vers eux. Le chef était un adjudant d'une quarantaine d'années, un type sportif à l'œil vif et au regard franc. Il expliqua que son équipe était affectée à la protection de la villa. Elle remarqua le blason des parachutistes qu'il portait sur son uniforme. Pour ce genre de fonction, la gendarmerie avait dû placer des anciens du GIGN, habitués à gérer des situations extrêmes.

— Vous avez déjà eu des problèmes particuliers ?

— Négatif, fit-il en accentuant sa réponse par un mouvement de tête. Il y a bien eu, il y a quelques mois, un groupe d'agriculteurs en colère qui a cherché à accéder à la maison, mais ils ont été refoulés en aval et n'ont pas insisté. La seule chose qu'on peut signaler, c'est le cas d'un certain Gwenaël Lamarre, il a envoyé plus d'une cinquantaine de lettres au ministre pour qu'il agisse en faveur des animaux. Il voulait faire une grève de la faim devant sa porte. Il s'est laissé évacuer sans heurts. C'était un coup médiatique, sans conséquences graves. Il a été jugé en correctionnelle et a pris une peine avec sursis pour harcèlement.

— C'était quand, cette histoire ?

— Il y a un peu plus de six mois.

— Il n'est jamais revenu ?

— Non.

— Vous savez ce qu'il est devenu ?

— Pas exactement, je crois qu'il est chez lui, il habite un village à côté. C'est un ancien agriculteur, il a perdu ses terres.

— C'est tout de même à exploiter. Il a très bien pu passer à un niveau supérieur.

Léanne se tourna vers François Quentric, le grand type barbu qui gérait habituellement l'antenne de Quimper.

— Tu t'occupes de ça. Note l'adresse, va voir ce que fait ce mec. Attention, s'il y a du monde chez lui ou que quelque chose te paraît suspect, tu nous appelles. Pas question de prendre des risques inutiles. On a affaire à des gens sérieux.

Quentric approuva. Si Léanne l'avait choisi, c'est parce qu'elle le connaissait bien et qu'elle savait qu'il ne jouerait pas au héros.

— Vois aussi s'il lui reste des terres, des dépendances, des endroits qui peuvent lui servir de planque dans la région, on ne sait jamais.

Léanne s'intéressa de nouveau au gendarme.

— On va se tutoyer, ce sera plus facile, si ça ne te pose pas de problème.

L'adjudant renvoya un sourire.

— Aucun.

— Il y a quelqu'un dans la maison ?

— La femme du ministre et une de ses filles. Très éprouvées, comme on peut s'en douter.

— De ce côté-là, tu avais remarqué quelque chose ?

— Tu veux dire des tensions dans le couple ou dans la famille ? Nous ne faisons que la protection extérieure et des bâtiments, mais il est vrai qu'on a tout de même affaire avec eux. Tout le monde est très sympa, je ne crois pas que ce soit une piste.

— Les employés ?

— Pareil, ils sont au service de la famille depuis longtemps et ne se plaignent pas ; eux aussi sont effondrés.

— OK, tu nous accompagnes puisque tu les connais, ce sera peut-être mieux pour aller plus vite.

Léanne trouva Marie-Josée Lecointre, la femme du ministre, dans le salon, une grande pièce à la décoration chaleureuse faite de meubles en bois massif, de tapis aux couleurs chatoyantes et de peintures abstraites sur les murs. Corps mince, cheveux châtains mi-longs, yeux bleus, vêtue d'un pantalon en lin, pull en coton, mocassins, la septuagénaire cachait bien son âge. La fille devait avoir sensiblement celui de Léanne. En tailleur strict, elle donnait l'aspect inverse de sa mère, à croire qu'elle faisait tout pour se vieillir. L'épouse avait dû pleurer, les visages des deux femmes reflétaient leur inquiétude. Après une courte présentation faite par le gendarme, la commandant indiqua les raisons de sa venue.

— Vous pouvez fouiller partout, mais s'il y a quelque chose, c'est dans le bureau de mon mari. Je doute que vous y trouviez quoi que ce soit. S'il avait été menacé, il m'en aurait parlé et en aurait fait part aux gens qui assurent sa sécurité.

Dans ce genre d'enquête, il y a toujours la théorie – on ne laisse rien au hasard – et la pratique : on ne va pas en rajouter à l'accablement d'une famille. Bien qu'elle ait de mauvais souvenirs d'une affaire[15], Léanne voulut se limiter à la pièce de travail du ministre. Elle se fit conduire par la maîtresse de maison. C'était un bureau-bibliothèque dont les murs étaient tous couverts de rayonnages de livres. Beaucoup de témoignages, de récits historiques avec une belle place donnée à la Bretagne. Il y avait aussi de la littérature, classique et contemporaine, et même quelques romans policiers, dont la totalité des Mary Lester. Léanne sourit en voyant une photographie de Jean Failler aux côtés de Lecointre. Un tiers de la pièce était occupée par la partie travail avec un bureau ministre, le reste pour l'accueil, un canapé club en cuir et deux fauteuils assortis.

15. *Voir* Haines, *op. cit.*

La commandant se focalisa sur un ordinateur.

— Isaac, tu t'en charges.

Elle répartit ensuite les rôles, à chacun l'exploration d'étagères basses de la bibliothèque contenant des documents, ainsi que les livres susceptibles de cacher des feuillets secrets. Elle se réserva la table de travail et ses tiroirs.

C'est en ouvrant un classeur qu'elle tomba sur plusieurs courriers, ceux dont avait parlé le gendarme. Elle commença par les parcourir. Gwenaël Lamarre dénonçait les élevages en batterie, avec des bêtes gavées jusqu'à leur abattage. Il exigeait que le ministre mette fin à ce qu'il estimait être des camps de concentration. La teneur était modérée dans les premières lettres, elle l'était moins dans les dernières. L'auteur se demandait s'il ne faudrait pas enfermer Jean-Michel Lecointre avec les animaux pour qu'il se rende enfin compte des conditions de vie de ces bêtes, qu'il s'agisse de porcs, de poulets ou de vaches.

Effectivement, il y avait de bonnes raisons de s'intéresser à Lamarre. Elle relut les lettres d'une manière plus attentive. La rancœur transparaissait. Si, au début, le ton était presque amical, à la longue il devenait menaçant. Il y avait aussi une série de dessins constitués en planches, une sorte de livre graphique dans lequel on voyait des hommes et des femmes nus, enchaînés et parqués dans des cages. Ils déféquaient dans un caniveau, prenaient leur nourriture à base de granulés dans des mangeoires, et les femmes accouchaient dans la paille. Quant aux gosses, ils étaient soumis au même traitement. Léanne sentit un grand froid l'envahir. Elle repoussa le dossier sur un coin de bureau et poursuivit sa fouille. Le reste des documents n'avait pas d'importance au regard de leur investigation. Elle en revint aux lettres et s'en alla retrouver la femme du ministre dans le salon. Elle s'étonna de la présence de Vanessa. En reconnaissant des membres de la BRI, elle comprit que la psy était là pour gérer les négociations éventuelles qu'il pourrait y avoir en cas d'appel des ravisseurs. Tous les téléphones devaient déjà être sur écoute dans l'attente d'une revendication. La commandant interrompit le groupe et exhiba les lettres.

— Je suppose que vous êtes au courant de ces courriers…

Une moue triste se dessina sur le visage de la femme.

— Comment ne pas l'être ? Nous en avons tellement reçu ! Au début, mon mari n'en faisait pas cas. Il a même tenté de dialoguer avec Gwenaël.

L'enquêtrice s'étonna de l'usage du prénom, ce qui ne dut pas passer inaperçu. Madame Lecointre crut bon de préciser :

— Nous connaissons bien Gwenaël Lamarre… En fait, pas si bien que ça, corrigea-t-elle. J'étais à l'école avec lui, en primaire… Ça fait bien longtemps. On le croise parfois. Je suis de la région, cette maison était celle de mes parents, ceux de Gwenaël travaillaient pour mon père. Même si aujourd'hui je crois qu'il habite Pordic, il est originaire de Paimpol, il vient encore souvent dans le coin, il y a de la famille.

Difficile pour les flics de ne pas y voir la possibilité de rancunes tenaces. Alors que madame Lecointre continuait à prendre la défense de Lamarre, Vanessa récupéra les lettres et alla s'asseoir dans un fauteuil.

— Ne perdez pas de temps là-dessus. Gwenaël est exubérant, passionné, mais ce n'est pas quelqu'un de dangereux. Il est inoffensif.

— En dehors de ces courriers, il n'est jamais venu vous menacer ?

— Mais non… Enfin, ce n'était pas sérieux…

— Suffisamment tout de même pour que votre mari dépose une plainte à la gendarmerie.

La femme ne répondit pas, elle semblait chercher ses mots. C'est la fille, témoin silencieux jusque-là, qui intervint :

— C'est moi qui ai insisté pour que mon père dénonce les faits. Vous avez vu les dessins ? Ça fait peur, non ? Je voulais qu'il arrête de nous importuner, surtout après qu'il eut entamé une grève de la faim devant chez nous. C'était ridicule. On reçoit de temps en temps des lettres de menace ou de soutien, mais jamais rien d'aussi durable. Il était temps que ça finisse.

— Et après la plainte, comment il a réagi ?

— Il a été entendu par les gendarmes et laissé en liberté, il a été jugé et condamné à une petite peine. Au lieu d'en rester là, cet idiot a fait appel ; il doit être convoqué prochainement au tribunal. Mon père ne souhaitait pas la mort du petit cheval. On voulait juste que ça s'arrête et c'est ce qui s'est passé, il n'a plus écrit.

Léanne doutait. Elle s'adressa à ses collègues de la BRI.

— Deux de mes gars sont allés au domicile de Lamarre. Ça serait peut-être bien qu'une équipe de chez vous aille aussi y faire un tour.

Chapitre 27

Gwenaël Lamarre habitait une longère à l'écart du bourg de Pordic à la limite avec Binic. La bâtisse nichée au Querré, un lieu-dit à la pointe de Bréhin, semblait être située au milieu d'un terrain vague, impression donnée par les herbes hautes, les orties et les ronces ainsi que par les trois épaves de voiture qui pourrissaient à proximité de la maison et de son hangar dont les portes étaient recouvertes de tags colorés. Le tas d'immondices et de fumier en rajoutait au sentiment général d'abandon, seuls les bruits de bêtes provenant d'un bâtiment voisin laissaient supposer une présence.

François Quentric arrêta son véhicule sur le chemin de terre, face à l'habitation. Il était vêtu d'un jean, la chemise à carreaux qu'il portait sur un T-shirt noir cachant l'étui de son arme. Le barbu ne faisait pas flic, plutôt touriste en balade. D'un regard circulaire, il évalua les environs avant de descendre. La propriété n'était pas entretenue, des plaques de crépi étaient tombées en laissant les pierres apparentes, la toiture était en piteux état. Les lieux n'étaient pourtant pas abandonnés. Les volets étaient ouverts, de la fumée sortait de la cheminée, Lamarre devait être au bercail. Le capitaine hésita sur l'attitude à adopter. Ils venaient pour faire une simple vérification, pas une interpellation ou une perquisition. Il s'arrêta.

— On va y aller cool.

— C'est un peu la zone ici.

— Ça nous change des banlieues.

Descendus de voiture, ils commencèrent à avancer vers la maison avant d'être stoppés par des aboiements.

Quentric remarqua le bout d'un fusil qui pointait à la fenêtre.

— Une arme !

Une déflagration éclata. Leur véhicule fut fouetté par une nuée de plombs. Les vitres explosèrent, François dégaina sans pour autant faire feu, les deux policiers trouvèrent refuge derrière une des épaves. Planqués là, ils furent témoins du déluge qui s'abattit sur leur voiture. Signe que l'occupant de la maison disposait de plusieurs armes, les tirs se suivaient sans qu'il y ait une période d'accalmie nécessaire au rechargement. Pneus lacérés, la Renault s'affaissa, des éclats de verre furent projetés sur les enquêteurs.

— C'est quoi, ce dingue ?

Pragmatique, adossé à l'épave, fesses sur le sol, François Quentric se caressa la barbe.

— Il ne nous prend pas pour cibles, c'est déjà ça. Il se contente de faire la démonstration de sa force. On n'a plus qu'à attendre.

Il ajouta :

— C'est Léanne et le dirlo qui vont être ravis quand ils verront la voiture !

À croire qu'elle l'avait entendu, la commandant était en train de l'appeler. Le capitaine lui résuma la situation.

— Faites gaffe ! Des collègues de la BRI sont partis pour vous rejoindre, leur présence sera un renfort. J'arrive aussi !

Les coups de feu s'arrêtèrent. François coupa la conversation et tenta de jeter un œil vers la maison. Les cliquetis métalliques laissaient supposer que le tireur était à court de munitions. Un bruit de moteur les surprit. La BRI. Freinage dans la poussière, et dans une ambiance de western, les cow-boys jaillirent du véhicule pour venir se tapir derrière la voiture des Brestois. Leur chef, un major d'une quarantaine d'années, se mit à brailler :

— Ils sont combien là-dedans ?

Quentric répondit d'abord par une moue, avant d'être plus expressif.

— Va lui demander. Apparemment, il a un bon stock de bastos et il nous attendait.

— S'il est tout seul, on ne va pas se laisser faire par un plouc avec un fusil de chasse.

— Il va bien finir par se lasser, il sera toujours temps d'aller le chercher.

Le BRiste afficha un air aussi arrogant que dégoûté.

— C'est ça, tu t'imagines qu'on va rester cachés derrière une bagnole ? Un truc comme ça, c'est notre spécialité. On a affaire à un forcené, je vais m'en occuper, ça me revient.

— Je n'ai pas d'ordres à te donner, mais tu ferais mieux de te calmer et de laisser ce mec s'exprimer.

Ça ne sert à rien de prendre des risques inutiles. Tant pis pour la caisse.

C'en était trop pour l'homme d'action. Il fit signe à ses troupes de récupérer des armes et d'être prêtes à se déployer en vue d'un assaut.

— Déconne pas ! objecta Quentric, sans pouvoir arrêter pour autant le fanfaron.

Un intervenant se mit à courir en direction du véhicule administratif.

Le malheur fut que son apparition dut surprendre le tireur au moment où il appuyait sur la détente. Une volée de plombs destinée aux pneumatiques s'enfonça dans les cuisses et les fesses du policier. Il chuta lourdement.

— Merde, l'enfoiré !

François et son collègue n'avaient plus le choix. Il fallait couvrir la récupération du blessé. Ils n'eurent pas besoin de se concerter pour envoyer une salve de riposte en direction de la maison. Leurs balles s'écrasèrent sur les volets et la façade. Il n'y eut aucun tir en retour. Inutile de gâcher leurs munitions. Le capitaine fit signe à son compagnon de cesser le feu.

— À mon avis, il n'avait pas l'intention de toucher quelqu'un, il est le premier emmerdé par ce qui vient de se produire.

François se mit à crier :

— Rends-toi avant qu'il ne soit trop tard ! Notre collègue n'est que légèrement blessé, n'aggrave pas ton cas ! Pose tes armes et sors les mains sur la tête !

Occupé par le tireur, le Brestois n'avait pas vu revenir les hommes de la BRI avec la victime, mais aussi de l'armement récupéré dans le véhicule. Ils avaient enfilé casque et gilet pare-balles lourds et s'apprêtaient à partir à l'assaut. Le major envoya une rafale vers la maison. Des balles de 7,62 emportèrent des plaques de crépi et des morceaux de pierre tandis que d'autres pénétraient par l'ouverture et devaient provoquer leur lot de dégâts à l'intérieur. Un chargeur y passa. Transformé en Rambo, le major s'adressa à ses troupes.

— On va aller chercher cet enfoiré et pas de quartier, il n'est pas question qu'il se retrouve devant un juge qui le remettra en liberté.

Quentric se redressa.

— Arrête tes conneries !

Le chef de groupe cracha sa haine :

— Vous, les officiers, vous n'êtes que des planqués, pas de vrais flics, t'auras qu'à faire un rapport.

Il termina sa tirade en enclenchant un nouveau chargeur, et cette fois, dans un spectacle hallucinant, il marcha vers la maison en faisant feu de tout bois. Les deux hommes valides l'imitèrent. Tout ça suivit par le regard éberlué des enquêteurs brestois.

Ils approchaient de leur but quand un vieux Land Rover apparut avec Gwenaël Lamarre au volant. Le major épaula en direction du 4x4. Quentric ne laissa pas faire, il fonça vers le tireur et le bouscula en déviant son arme, la rafale se perdit dans la nature, alors que Lamarre déboulait sur le chemin et fuyait dans un nuage de poussière. Le gradé avait chuté à terre, furieux, il se releva et voulut s'en prendre à l'officier, un coup de poing en pleine face mit fin à ses velléités. Les témoins s'interposèrent.

— Tu devrais me remercier, cracha le commandant. Je viens de t'épargner la prison et de sauver ta carrière. Si tu lui avais tiré dessus, tu partais au trou.

Sans attendre de réponse, Quentric se dirigea d'un pas résolu vers la maison. Un véritable capharnaüm que la bataille n'avait pas arrangé. Les balles avaient haché les meubles. Du plâtre, du ciment, des morceaux de bois, de verre et de vaisselle jonchaient le sol. Arme à la main, les deux Brestois commencèrent une visite rapide des lieux. Il ne leur fallut que quelques minutes pour s'assurer qu'ils étaient seuls. Rien ne laissait présager la présence d'une ou de plusieurs personnes, encore moins d'un otage. Une impression étrange les envahit en remarquant du matériel médical. François sursauta en ouvrant une porte : il était face à une douzaine de chats et trois chiens, les bêtes apeurées s'étaient toutes regroupées ensemble et se blottissaient les unes contre les autres. Le plus gros était un vieux berger allemand qui leur montra les dents. François s'agenouilla :

— Eh ben, pépère, t'as eu la trouille ? C'est fini, va, tout va bien.

L'animal passa du grognement à une plainte plus aiguë, avant de se lever péniblement et de venir jusqu'à la main que lui tendait le policier. Sur ses gardes, il la flaira un moment puis se mit à la lécher. C'était gagné. Il se laissa caresser, et derrière lui, comme si le reste de la troupe lorgnait sa réaction, les autres commencèrent à bouger à leur tour.

Perplexe, le capitaine se redressa. Avant de s'attarder sur l'endroit, ils poursuivirent jusqu'à la grange. Nouvelle surprise. Ils ne s'attendaient pas à trouver ce type d'occupants. Le bâtiment était une sorte de pension-hôpital vétérinaire. Sanglier à trois pattes, renard et biche dans le même état, cheval efflanqué, vache mutilée, un drôle de zoo duquel l'ancien ministre ne faisait pas partie.

— C'est l'arche de Noé ! Ce gars doit récupérer des bêtes malades, blessées ou maltraitées et il leur procure des soins.

Des bruits de moteur annoncèrent l'arrivée de la cavalerie. Ils sortaient de la grange quand plusieurs véhicules vinrent se garer à proximité de leur voiture transformée en passoire. Léanne fonça vers François.

— Ça a été chaud ?

Il ne pouvait pas dire le contraire et expliqua la suite des événements en envoyant un coup de menton en direction des policiers de la BRI. Léanne ne fut pas réellement surprise.

— On verra ça plus tard.

L'important était de procéder à des constatations, de faire venir les spécialistes de la PTS dans le cas, peu probable, où l'ex-ministre aurait séjourné là, et de lancer toute une série de recherches pour retrouver le fuyard.

Chapitre 28

Arrivée la veille à Saint-Brieuc, Élodie sortait de la douche lorsque Christian frappa à la porte de sa chambre. La serviette entourée autour d'elle ne tint que quelques secondes. L'un à l'autre collés, elle ne resta pas inactive. Les deux mètres de couloir suffirent pour qu'elle débarrasse Christian de ses vêtements.

Depuis qu'elle avait retrouvé l'amant de sa jeunesse, Élodie ne se reconnaissait plus. Christian avait réveillé sa libido. Les fantasmes se bousculaient dans sa tête, à tel point qu'en son absence l'envie qu'elle avait de lui arrivait à perturber son sommeil.

Elle était en train de le chevaucher lorsque son regard s'arrêta un court instant sur l'écran télé. Sans qu'elle le veuille, son esprit enregistra le bandeau qui défilait : « *Enlèvement de l'ancien ministre de la Défense : un suspect échappe à la police judiciaire après une fusillade durant laquelle des enquêteurs ont été blessés.* »

Quelle drôle d'idée que d'avoir une chaîne d'information en marche quand on est en train de s'envoyer en l'air et qu'on a prévu de passer deux jours entiers avec son amant ! Effet tue-l'amour garanti. Elle s'interrompit et abandonna le sexe de Christian.

C'est par France Info qu'Élodie en sut plus sur les événements du jour. Dans la foulée, elle appela Léanne pour avoir de plus amples renseignements. Il n'y avait aucun doute. Tout était connecté avec les morts d'Armel Le Bihan et Arnaud Montjoie. Leur passé était lié à Jean-Michel Lecointre. De peur de subir des réflexions acides de la part de Léanne, elle préféra ne pas lui faire part de son sentiment et l'écouta lui relater leurs mésaventures. Quand la commandant eut terminé, elle lui demanda :

— Vous êtes où ?

— On est en perquisition à Pordic, une ferme à la pointe de Bréhin. C'est la première fois que je viens dans ce coin.

— Je ne suis pas très loin.

— Ah oui ?! Je te croyais vers Saint-Malo en train de passer un week-end de… rêve.

— Oui, enfin… on a un peu bougé. Je vais vous rejoindre.

Léanne s'en étonna mentalement. Même si elle avait dit « week-end de rêve », elle pensait surtout « week-end de cul », la présence de témoins l'avait retenue d'être aussi directe. Elle comprenait les inquiétudes de son amie, mais ce n'était pas la première fois qu'ils se retrouvaient dans une situation houleuse. Il était bizarre qu'elle préfère les rejoindre plutôt que de se consacrer à son amant.

En raccrochant, la légiste croisa le regard de Christian, toujours allongé. Ses traits se partageaient entre colère et surprise. Elle essaya un début d'explication.

— Désolée, c'est important…

Il n'avait aucune envie de l'écouter et de discuter, il pensait à tout autre chose, comme le démontrait son sexe tendu. Il tenta de se redresser pour l'attraper par le bras, elle se déroba et se mit à la recherche de ses vêtements.

— Ne m'en veux pas. Mes copines ont un problème grave et elles travaillent sur un cas qui m'intéresse.

Christian s'assit sur le bord du lit. Il peinait à ne pas laisser éclater sa colère.

— Je suis certain que tu en es encore à tes algues. Bon sang, arrête ça ! T'es en train de faire une fixation. J'aurais dû y penser. Si t'as pris une chambre à Saint-Brieuc, ce n'est pas pour rien. Tu avais déjà une idée derrière la tête. Moi qui ai pensé que tu venais pour moi… Qu'est-ce qui se passe de si grave ?

Elle fit abstraction des soupçons de son amant… d'autant qu'il n'était pas loin de la vérité et se limita à lui résumer en quelques mots la conversation avec Léanne.

— Et c'est si important que ça ? J'ai dû jongler avec mon emploi du temps pour pouvoir passer deux jours entiers avec toi. Ne me dis pas que tu vas me planter dans cette chambre d'hôtel.

Elle eut un sourire qui n'exprimait aucun remords, ses pensées étaient déjà ailleurs. Même si elle regrettait d'avoir interrompu leurs ébats et que son propre corps restait sur sa faim, Christian avait raison, le mystère de la mort de Le Bihan l'obsédait, et maintenant l'enlèvement de l'ancien ministre de la Défense. C'était forcément lié. Elle ne pouvait pas se tromper.

— Je sens qu'il y a un truc derrière tout ça et je veux le trouver.

Il retrouva son caleçon dans le couloir et dissimula son sexe en berne. Élodie tenta de l'embrasser. Peine perdue, il l'évita.

— Ne boude pas. Je reviens dès que je peux. Profites-en pour te reposer.

Un silence nerveux et des yeux noirs lui répondirent. Elle fit comme si elle ne s'en rendait pas compte. Elle était habillée… Moment électrique. Elle était sur des charbons ardents. Elle finit par prendre les devants, quitte à se brouiller avec lui et à le regretter plus tard. Elle le força à accepter un baiser sur une joue et le contourna.

— J'y vais.

Elle claqua la porte avant qu'il ne réponde.

Dans la voiture, elle chercha le numéro de portable d'Yvan Perrin. Elle était certaine que lorsqu'il l'avait appelée il était au courant du projet d'enlèvement du ministre et voulait lui en parler. Il savait !

L'appel sonna dans le vide avant de passer en messagerie. Elle essaya une seconde fois, même résultat.

Chapitre 29

La perquisition dans la maison de Gwenaël Lamarre n'apporta rien susceptible d'être en relation avec l'enlèvement du ministre. Des courriers ainsi que l'examen de son ordinateur permettaient toutefois de cerner le personnage. Ancien chasseur, il s'était fâché avec bon nombre de gens avant de devenir un animaliste militant, sans pour autant appartenir à aucune organisation. Cela avait pourtant été le cas par le passé, mais être dans un groupe ne convenait pas à son caractère. À chaque fois qu'il avait essayé, il avait fini par se brouiller avec des membres dont il dénonçait la frilosité et le manque d'activisme. D'un tempérament bouillonnant, il s'emportait vite. L'une de ses marottes était de prendre la plume pour envoyer des courriers à des journalistes, des élus, hommes politiques, fonctionnaires ou personnalités du showbiz. Soit pour demander leur soutien, soit pour les critiquer vertement pour des raisons diverses : participation à des chasses, safari, port de vêtements en fourrure, etc.

Son engagement n'avait cessé de s'accroître. Il récupérait depuis peu des bêtes blessées, sans avoir pour autant les autorisations et agréments nécessaires pour héberger des animaux sauvages.

— Le mec dit être défenseur de la cause animale et il a des flingues un peu partout, railla un policier.

Vanessa les avait rejoints. Elle venait de parcourir la littérature rédigée par Lamarre, ainsi qu'une sorte de journal intime qu'il tenait.

Pour la psy, le fait d'être armé n'était pas aussi antinomique que cela pouvait paraître.

— Les fusils appartenaient à son père. Pour lui faire plaisir, il a été obligé de chasser avec lui quand il était gamin. Des dessins prouvent qu'il n'a jamais goûté à cette activité. Ce type a l'impression d'être rejeté par la société. Il veut avoir de quoi assurer sa sécurité.

La psy montra plusieurs documents.

— Il a écrit un texte assez étrange, presque surréaliste, dans lequel les animaux ont des armes et peuvent se défendre.

Léanne s'esclaffa :

— Le coup du lapin qui tue le chasseur, il fait du Chantal Goya. Super !

Vanessa fit une moue désabusée avant de poursuivre :

— Je suis certaine que dans son imaginaire, toute son artillerie a pour but d'avoir les moyens de s'interposer aux chasseurs. Il se voit en résistant.

— Ouais, c'est bien ce que je dis, ce type est un dingue ! Et en plus dangereux !

— J'adore ton sens du résumé.

— Merde !

François Quentric venait d'ouvrir un placard

d'où débordaient des revues et des documents. Il en attrapa quelques-unes au hasard et prit un ton étonné.

— Ces trucs sont pour la plupart en anglais. Ils expliquent comment vivre dans la forêt, les plantes à manger, les insectes aussi. Comment se faire un abri, du feu…

— Un survivaliste. Ça ne me surprend pas, ça correspond tout à fait au profil, considéra Vanessa.

— Tu veux dire qu'il est peut-être parti pour nous jouer les Rambo ?

Témoin de l'échange entre le capitaine et la psy, Léanne se rapprocha en soufflant d'exaspération.

— S'il faut aller le débusquer en forêt, on n'en a pas fini ! Sur ce coup, je laisse la place aux gendarmes.

— On va essayer de localiser par son téléphone les endroits où il a l'habitude d'aller, suggéra un des policiers.

Vanessa lui répondit avec un sourire condescendant :

— Je doute qu'il commette la bêtise d'utiliser un portable. Ces types sont au fait de tout ce que la technologie est capable de faire et l'État par-derrière. Toute leur pensée repose sur des thèses conspirationnistes avec comme ennemis les gouvernements et les fonctionnaires.

Un bruit de moteur les surprit : Élodie.

— Qu'est-ce qu'elle fait là ? s'étonna Quentric. Je croyais qu'elle était en congé.

Léanne confirma :

— C'est le cas, mais elle passe ses vacances dans le coin, elle regardait la télé, on parle déjà de nos aventures. Je lui ai dit qu'on était ici, elle a décidé de venir.

— Sympa, fit Vanessa sur un ton dubitatif.

Leur copine débarqua dans la foulée.

— Alors, les filles ? Ça a été chaud, il me semble ?

François éclata de rire.

— Merci pour les filles !

Vanessa fit une moue. Bizarre, ce ton enjoué, quelque chose sonnait faux, ce n'était pas dans les habitudes d'Élodie de prendre à la légère une action de police houleuse. Elle se forçait à faire du Léanne.

D'un regard circulaire, la légiste évalua les lieux.

— Il faisait quoi, ce type ?

Léanne lui résuma ce qu'elle savait et ce qu'ils avaient trouvé.

— Pas grand lien avec le ministre.

Un des flics de l'équipe exprima son avis.

— Vu sa littérature et son comportement, il n'y a pas à chercher de logique. Un barge est un barge.

La médecin n'eut pas besoin de faire un sondage pour se rendre compte que les autres n'étaient pas loin de penser la même chose. Elle se mit à visiter la maison avec un œil qui n'était pas celui de l'amie de passage, mais bien d'une investigatrice. Léanne échangea un regard avec Vanessa.

— Tu connaissais ce gars ?

Élodie sursauta.

— Pas du tout !

C'était loin de convaincre Léanne.

— Ben, dis donc, ça ne donne pas cette impression.

Les joues de la légiste s'empourprèrent. Elle mentait. Gwenaël Lamarre ne lui était pas inconnu. Même s'il n'était pas l'un des plus importants militants mentionnés dans le dossier d'Yvan Perrin, il y était et figurait dans plusieurs coupures de presse.

Elle l'avait vu aux côtés de Dagorn. Question suspects, elle avait peut-être fait fausse route, à moins qu'ils fassent tous partie d'une même bande. Elle chercha à se justifier.

— Mais non, la radio relatait les événements, j'ai juste eu l'idée de venir vous faire un petit coucou.

Insister aurait ressemblé à un interrogatoire. Léanne comme Vanessa ne souhaitaient pas mettre mal à l'aise leur copine, les policiers poursuivirent leur fouille tout en bavardant avec la visiteuse. Retrouvant une contenance normale, la légiste s'appliqua à noyer le poisson sans perdre une miette de ce qui se passait autour d'elle.

Elle sortit un moment pour tenter de rappeler Yvan Perrin. Toujours sans succès. L'envie de parler à Léanne la taraudait, sans qu'elle ose le faire. Elle alla jusque dans sa voiture pour vérifier sa tablette. Rien de suspect concernant les positions des véhicules balisés.

Elle poursuivit en appelant Christian. Une chance, sa colère lui était passée. Les médias ne cessaient de parler de l'enlèvement de l'ancien ministre, il en avait conclu que la présence d'Élodie se justifiait. Il lui souhaita même bon courage. Elle n'en demandait pas tant, mais ça arrangeait bien ses affaires pour le début de soirée.

*

Les constatations terminées, Léanne regroupa ses collègues autour d'elle. Il était temps de faire un point avant d'appeler le directeur et de lui rendre compte. Même si rien ne prouvait que Lamarre ait pu détenir le ministre, au vu de certains documents découverts chez lui, il était un suspect tout à fait crédible. Les rancœurs qu'il formulait à l'égard des autorités avaient très bien pu se transformer en passage à l'acte.

— C'est un survivaliste, remarqua Léanne. Un type comme ça doit connaître du bout des doigts la région. S'il est intelligent, et je pense qu'il l'est, il doit avoir une planque en pleine nature dans un lieu introuvable.

— Tu as probablement raison sur ce sujet, mais je ne suis pas certaine qu'il ait le profil d'un tueur ou d'un terroriste, insista Vanessa.

L'interpellation de Lamarre ayant failli tourner au drame, Léanne n'était pas très encline à lui reconnaître la moindre qualité. Elle répondit sur un ton nerveux :

— On n'a pas d'autres pistes et ce type est dangereux.

— Il a un grain, considéra François, il nous l'a prouvé. Mais je crois qu'il a été dépassé par les événements. J'avais le sentiment qu'il ne voulait pas tirer sur nous. Il gagnait du temps, une sorte de baroud d'honneur pour nous impressionner.

— Oui, peut-être, en tout cas, pour le moment, il est une piste à suivre et notre seul suspect. Il faut tout faire pour retrouver ce type.

Chapitre 30

Quand la commandant rapporta les faits au directeur, ce dernier fut de son avis. En l'absence d'autres éléments, Lamarre était un suspect tout à fait valable. Il fallait se concentrer sur lui. La maréchaussée avait déjà mis en place un plan de recherche. Le véhicule du fuyard n'ayant pas été repéré, l'hypothèse la plus probable était qu'il se cachait en forêt. La chasse incomberait aux militaires. Toutes les vérifications administratives étant en cours, le patron de la PJ considéra qu'il n'y avait pas lieu d'user les troupes plus que nécessaire. Un message que la commandant répercuta à ses hommes, pas mécontents de regagner leur domicile.

Après un court détour par son bureau, Léanne retrouva Vanessa dans le duplex des deux copines. Sous le regard attentif du chat siamois, Hugo, le fils de la psychologue, était en train de jouer dans le salon. Le visage du gamin s'éclaira d'un grand sourire à l'arrivée de la flic, plaisir partagé par le félin soucieux de recevoir sa part de caresses. La commandant sacrifia aux deux et cria un mot à l'attention de Vanessa occupée dans la cuisine.

— Je me douche et je te rejoins!

— Pas d'urgence, le petit a mangé, je vais le coucher. Élodie m'a appelée pour dire qu'elle venait. Elle apporte des sushis et une bouteille de blanc.

— Comment ça, elle vient? Je n'y comprends rien, elle n'est plus en week-end avec Christian? Je croyais qu'ils allaient passer deux jours à s'envoyer...

La policière se mordit les lèvres en regardant Hugo. Il fallait qu'elle corrige son p... de langage de flic. Elle était pareille quand Nasrat, le gamin afghan qu'elle avait quasi recueilli[16], était avec eux, mais lui au moins était adolescent et dans un collège militaire. Ce qui le rendait tout à fait à même d'entendre le vocabulaire fleuri de sa sauveuse.

Vanessa sortit de la cuisine pour continuer la conversation.

— Je ne sais pas ce qu'elle m'a raconté. Christian est occupé de son côté, elle va le retrouver plus tard.

— À Saint-Brieuc?! Elle va se taper la route?

Vanessa haussa les épaules.

— Arrête de te poser des questions et laisse-la vivre sa vie. Elle se débrouille.

La flic eut une moue dubitative. Bizarre, tout ça. Malgré tout, l'idée d'une soirée à trois ne lui déplaisait pas, au contraire. Elle fila se changer. Quand elle réapparut, elle était pieds nus, en short et T-shirt. Elle tomba sur Élodie en train de déposer ses achats sur la table basse du salon. La médecin jeta un coup d'œil envieux sur sa copine.

— Je vais me mettre à l'aise, moi aussi.

---

16. Voir Le Pont du Diable, *même auteur, même collection.*

— Je te prête des affaires et tu peux dormir ici, si tu veux.

— Ça fait un peu soirée d'ados, je ne sais pas, je dois rejoindre Christian.

— Il t'attend à l'hôtel ? demanda Léanne, curieuse d'en savoir plus.

— Oui, enfin non, il avait des trucs à faire de son côté.

Il l'attendait, mais elle préférait mentir, tant cette soirée était importante pour elle. La flic laissa tomber en estimant qu'il devait y avoir de l'eau dans le gaz dans le couple. Ce n'était pas son problème.

C'est ainsi, qu'avec le chat pour témoin, elles se retrouvèrent toutes les trois, baguettes à la main, à partager leur repas tout en écoutant les Rolling Stones qu'elles avaient prévu d'aller voir en concert à Paris.

Si la discussion entre les trois Brestoises débuta par des banalités, le cas de Lamarre ne tarda pas à être abordé et ce fut à l'initiative d'Élodie.

— Tu crois vraiment que ce type peut avoir préparé l'enlèvement du ministre et qu'il est capable de le séquestrer dans un coin ? Ça a plutôt l'air d'un solitaire, non ?

— Depuis quand tu t'intéresses autant aux enquêtes, toi ?

Léanne avait répondu plus sèchement qu'elle ne le voulait. Voyant Élodie rougir, elle s'en excusa aussitôt. Attentive à la réaction de la légiste, Vanessa encouragea cette dernière à dire le fond de sa pensée. La médecin chercha ses mots, elle savait qu'elle allait, sinon s'attirer des sarcasmes, au minimum provoquer l'étonnement de ses copines. Il fallait qu'elle se lâche et dise enfin la vérité.

— Je crois que tout est lié.

— Tout quoi ?! coupa Léanne.

Vanessa fit un signe de main, invitant l'impatiente à se calmer et à laisser leur amie s'exprimer.

— Vous allez penser que je suis folle, mais pour moi les morts de Le Bihan et d'Arnaud Montjoie sont en rapport avec l'enlèvement du ministre.

Léanne fit mine de s'étouffer.

— Oui, t'as raison, deux crises cardiaques sont liées à un kidnapping. Rien de plus logique !

— Et s'ils n'étaient pas morts d'une crise cardiaque ?

— Tes collègues auraient rédigé des actes de décès bidon ? C'est ça, l'idée ? Mais pourquoi ?

Le ton était devenu si agressif que, cette fois, Élodie en fut blessée.

— Tu vas me cataloguer de complotiste, ou penser que je me crois supérieure aux autres médecins. Je n'ai rien de tout ça. J'ai juste un sentiment. Les deux corps avaient une odeur bien particulière qui ressemblait à celle d'un cadavre que j'ai examiné il y a plus d'une dizaine d'années. Mais ça, je vous l'ai déjà dit.

— Un type qui était PEUT-ÊTRE mort asphyxié par des algues vertes, et alors ? Tu te fais une idée sur une simple odeur de cadavre en décomposition, ironisa Léanne.

— Oui, je ne peux pas m'empêcher de faire un parallèle. Mais tu as raison, je suis peut-être folle ! Je me trompe !

La légiste se releva.

— Je ne vais pas vous embêter plus longtemps avec mes divagations.

— Mais non, je ne voulais pas te vexer.

Élodie était déjà dans la chambre en train de se débarrasser des habits prêtés par sa copine.

Vanessa lança un regard noir à la flic.

— T'es contente de toi ?

Élodie traversa le salon, et se retourna vers elles avant de claquer la porte.

— Salut, les filles. La dingotte rentre à la maison.

Chapitre 31

Mains crispées sur le volant, le visage dégoulinant de sueur, mais aussi de larmes, Lamarre filait sans but. Étonnamment, ce qui le perturbait le plus n'était pas tant l'échange de coups de feu avec les forces de l'ordre, mais le futur de ceux qu'il considérait comme étant sa famille. Il les avait abandonnés. Qu'allaient-ils devenir sans lui ? Il s'était conduit en lâche, si encore il était mort, mais il était bien vivant et eux risquaient d'être euthanasiés. Un bon moment que les autorités l'emmerdaient sous prétexte qu'il recueillait et détenait chez lui des espèces sauvages sans en avoir le droit. Ce n'était pas sa faute s'il avait acquis une petite réputation dans les environs et que les gens lui apportaient, ou lui signalaient, des animaux blessés nécessitant des soins. Il avait sauvé la vie de nombre de ses pensionnaires. Une fois rétablis, ils étaient libres, il ne les enfermait pas, ne leur mettait pas de collier et de chaîne ou ne les gardait pas dans un enclos. Que pouvait-il y faire si ses protégés s'étaient attachés à sa personne comme lui à eux? Ce n'était qu'une histoire d'amour entre des êtres qui se vouaient une confiance mutuelle. Une confiance! Une chose qui ne peut pas exister entre humains. Les bêtes ne partaient plus, comme si elles avaient peur d'être confrontées à nouveau à l'état sauvage. Tout aurait pu se passer au mieux si cette situation n'était pas arrivée aux oreilles de quelques Khmers verts qui avaient déposé plusieurs plaintes contre lui. Face à l'administration, il n'avait pas fait le poids, d'autant qu'il n'avait ni la volonté ni les moyens d'engager un avocat et de se lancer dans des procédures juridiques. Depuis gamin il aimait les animaux, il avait vécu une époque durant laquelle détenir un hérisson, une buse, un renard et autres pies n'était pas un crime. Un temps où ce n'était pas la ville qui dictait ses lois aux gens de la campagne. Un temps où quand les gendarmes passaient à la maison, c'était pour boire un verre et savoir si tout allait bien dans le voisinage. Pas comme maintenant. Il avait la haine en pensant à ces jeunes pandores imbus de leur personne qu'il avait vus débarquer chez lui. Des militaires accompagnés d'un représentant de la préfecture et de bobos d'ONG, dont il n'avait jamais entendu parler. Tous le regardaient du haut de leur fonction et de leurs diplômes. Des juges face à un criminel qui maltraitait les animaux. Alors qu'il les adorait. Preuve en était, Bob le sanglier était venu se faufiler entre ses jambes, et Goupil, le renard, était allé se planquer dans le hangar d'où il refusait de sortir.

Lamarre avait eu beau clamer que ceux qui se cachaient dans le bâtiment étaient libres, que s'ils agissaient ainsi, c'était par peur des inconnus, parce qu'ils se méfiaient des étrangers, les gens de l'ONG, sûrs de leur bon droit, y avaient vu des preuves à son encontre. Constatations faites, ils l'avaient désigné à la vindicte de l'administration. Un gendarme avait dressé un procès-verbal.

S'il avait gardé les animaux, c'était uniquement parce qu'ils étaient trop nombreux et que ces salopards de l'administration n'avaient pas prévu le matériel nécessaire pour les récupérer. Les récupérer, c'était les condamner. Les soi-disant amoureux de la faune et de la flore voulaient les euthanasier sous prétexte que les bêtes avaient perdu l'instinct sauvage et n'étaient plus capables de vivre dans la nature. Un système de dingues qui, en guise de liberté, exécute !

Voilà la raison pour laquelle il avait fait appel à Marie-Josée, la femme de Jean-Michel Lecointre. Il les connaissait tous les deux de longue date. Ils avaient été en primaire ensemble. Même s'ils avaient suivi des itinéraires différents (c'est le moins qu'on puisse dire), ils se croisaient de temps à autre au village. Rien que pour ça, Lecointre aurait pu l'aider. Il fréquentait du monde à Paris, des gens de la haute, des gens puissants, capables de mettre fin à toutes ces bêtises... Mais rien ne s'était amélioré.

Lamarre poussa un cri de colère et se tourna vers le siège arrière où plusieurs armes étaient entreposées.

— Ce putain d'enfoiré n'a rien fait ! Il mérite de crever.

Il allait s'occuper de son cas dès que possible. En attendant, le plus urgent était de se planquer. Il n'imaginait pas devoir s'échapper aussi vite, mais il ne manquait pas de ressources. Il repensa aux animaux. Il ne pouvait pas les abandonner comme ça. Cette idée balaya d'un coup tout le reste. Il était en train de traverser un bois. Il pila en face d'un chemin forestier et s'y engagea.

Chapitre 32

Larmes aux yeux, Élodie râlait seule dans sa voiture, en exprimant sa colère à haute voix.

— Putain de Léanne! Quel caractère pourri! J'aurais dû l'envoyer sur les roses et balancer ce que je sais.

Non, elle ne pouvait pas tout dire. En plus, elle se trompait peut-être. Les véhicules de Dagorn et Hamon n'avaient effectué aucun trajet suspect. Le simple fait de repenser à Dylan lui rappela le sentiment étrange qu'elle avait eu en le quittant. Elle savait ce qui avait attiré son attention: une odeur d'algues en décomposition. Ça venait du hangar et ça n'avait rien de normal…

C'était troublant, mais il devait bien y avoir une raison à cela. Elle devenait folle, tout lui paraissait suspect. En définitive, Lamarre, qu'elle avait occulté dans son enquête, faisait un coupable parfait. Une évidence. Sauf qu'elle n'y croyait pas. D'autant qu'il y avait une multitude d'inconnus. Solène Morvan était quelque part dans la nature. Quant à

Yvan Perrin, mystère, il avait disparu des radars et ne répondait toujours pas à ses appels. Après tout, même s'il se disait rangé des voitures, il était peut-être bien l'un des protagonistes de cette histoire.

Elle souffla. Il y avait aussi Christian qu'elle délaissait, il allait finir par en avoir marre d'elle et il aurait bien raison. Avant d'aller chez Léanne et Vanessa, elle lui avait envoyé plusieurs textos préalablement à une conversation. Ses inquiétudes s'étaient dissipées. Il n'était pas parti comme elle l'avait craint ; après une journée de golf, il était juste allé faire un tour, histoire de marcher et de se promener. Il allait revenir à l'hôtel. « Prêt à reprendre là où ils en étaient. » Il avait réussi à la faire rire. N'empêche qu'elle tirait trop sur la corde. Elle avait encore beaucoup de retard sur l'horaire qu'elle avait annoncé pour son retour.

Cette situation continuait d'agacer la jeune femme. Pour une fois qu'elle avait un mec, en jouant les Sherlock Holmes, elle gâchait tout. Elle n'avait pourtant aucun regret sur les raisons. Ce qui lui pesait était de mentir, de n'avoir personne à qui elle pouvait se confier sans se prendre un lot de récriminations.

Elle abandonna sa voiture sur le parking de l'hôtel. Le temps était en train de changer, bien qu'il ait fait beau toute la journée ; la météo prévoyait des orages et elle ne devait pas se tromper. Le vent s'était levé, le ciel s'était couvert. Elle frissonna.

Surprise ! Son amant était garé à proximité et l'attendait dans sa Mercedes. Il descendit en même temps qu'elle. Elle regarda sa montre. Le « un peu de retard » ressemblait à « beaucoup de retard ». Plus d'une heure et demie. Elle minauda :

— Je suis désolée, je suis partie plus tard que prévu, on a discuté avec Léanne.

Elle fit une mimique attristée.

— T'aurais pu monter dans la chambre. Je pensais que tu y étais.

— Je n'avais pas envie de jouer la soubrette qui se morfond en guettant l'arrivée de son amant.

Cette fois, elle eut un rire sarcastique.

— Ah, ces mecs, vous êtes bien tous pareils ! Vous trouvez normal que la femme attende le mâle, mais l'inverse vous est impossible à imaginer.

— Ça va, tu ne vas pas en plus…

— Quoi ! Râler ? Non, je ne râle pas. J'ai eu un problème, je me suis inquiétée pour mes amis, j'ai dû m'absenter et je ne suis pas à l'heure, j'ai un peu de retard. On ne va pas en faire un plat. Toi, c'est facile, tu ne réserves même pas la chambre pour ne pas laisser de trace, tu arrives pour tirer ton coup et tu te casses.

Le ton était monté, elle regretta tout de suite son esclandre, d'autant que Christian avait pâli, elle comprit qu'il était à la limite de reprendre sa voiture et de partir. Ce n'est pas ce qu'elle voulait. Elle sourit, lui attrapa un bras et se rapprocha de lui.

— Pardonne-moi.

La colère, si elle ne disparut pas, retomba. Il avait prétexté une visite à des clients éloignés pour passer deux jours hors de chez lui. C'était exceptionnel, ils n'auraient pas une occasion comme celle-ci avant longtemps, il n'allait pas rentrer à la maison et n'avait aucune envie de chercher un autre hôtel.

Ils traversèrent ensemble le hall de l'établissement. Dès qu'ils furent dans l'ascenseur, Élodie se colla contre Christian.

— Tu me pardonnes ? fit-elle, avant de l'embrasser langoureusement.

Quand la porte s'ouvrit sur le couloir, leur dispute était oubliée. Une douche commune finit de les réconcilier et la soirée se poursuivit au mieux de l'apéritif jusqu'au repas. Il était vingt-trois heures lorsqu'ils regagnèrent la chambre. Après un passage dans la salle de bains, Élodie laissa la place à Christian. Vêtue d'un peignoir de l'hôtel, elle s'attarda un long moment devant la fenêtre, des éclairs scindaient le ciel devenu noir comme de l'encre, mais il ne pleuvait pas encore.

Elle vérifia une dernière fois les positions de Dagorn et Hamon. Toujours chez eux, enfin pas exactement, quelque chose lui parut étrange, l'impression que la voiture de Dagorn était sur la plage du Ledano. Vu la proximité avec la maison de l'expert, elle ne trouva pas ça anormal et mit ça sur le compte d'une imprécision technique. Christian arriva. Elle avait voulu être discrète, c'était raté. Il eut un sourire interrogateur.

— Qu'est-ce que tu regardes ? T'as une nouvelle tablette ?

Bien qu'il n'y ait aucune malice dans la question de son amant, la jeune femme rougit en bredouillant :

— C'est un truc qu'on m'a prêté.

— Je peux voir ?

Elle hésita. Elle n'avait aucune envie de parler de sa journée et de s'expliquer.

— Plus tard, fit-elle en rangeant l'iPad dans son sac.

Elle se débarrassa du peignoir. À genoux sur le matelas, elle s'avança vers Christian.

— On a mieux à faire.

Il n'allait pas lui dire le contraire.

Quatre heures dix du matin, plusieurs *bips* résonnèrent dans la chambre. C'était un son qu'Élodie ne connaissait pas. Il provenait de son sac. La tablette !

Elle se dégagea des bras de Christian et glissa sur le côté pour attraper la fauteuse de troubles. La carte Google était à l'écran, elle signalait que le véhicule de Dagorn était en mouvement. Le cœur de la légiste se mit à battre plus fort. Sans raison impérieuse, personne ne bouge de chez lui au milieu de la nuit.

Elle passa la tablette en mode silencieux.

— Qu'est-ce qu'il se passe ?

Elle réfléchit une seconde et s'entendit répondre :

— Il faut que je parte, une urgence au boulot.

— Quoi ! Comment ça, une urgence ? Tu vas encore partir ? Je croyais que tu étais en repos ?

— Oui, enfin, je dois toujours être disponible s'il y a des cas graves.

Elle était déjà debout dans le noir en train d'enfiler une culotte et de fouiller dans son sac pour prendre un jean. Christian avait allumé, il avait de la peine à contenir une colère naissante.

— C'est quoi, ce cas si important qu'il nécessite ta présence ?

La tête d'Élodie émergea de son pull. Elle envoya sa crinière rousse en arrière.

— Un accident au port de Brest.

Elle regretta à la seconde son mensonge. Trop tard pour inventer autre chose, elle en subirait les conséquences ; à un moment, il faudrait qu'elle se justifie. Ce n'était pas le problème le plus pressant.

Au lieu d'argumenter, elle ramassa le sac avec la précieuse tablette et fila.

— Je reviens au plus vite. Je t'appelle pour te dire.

C'était un *bis repetita*. Et la même journée. Christian n'eut pas le temps de parler qu'elle avait déjà claqué la porte. Au lieu de prendre l'ascenseur, trop long pour elle, Élodie dévala l'escalier et courut jusqu'au parking. À croire que le ciel l'attendait pour se déchirer. Sa sortie fut accueillie par une ondée. Ce n'était pas bon signe. Elle regarda les nuages en espérant que les éléments n'allaient pas se déchaîner contre elle.

Elle chercha à caler l'iPad sur le tableau de bord. Impossible. Elle poussa un « Merde » énervé et posa la tablette sur le siège passager. Une chance, Dagorn était sur la D7 et roulait vers le sud. Il se rapprochait d'elle au lieu de s'éloigner. Elle hésita à l'attendre à l'entrée de Saint-Brieuc, d'autant que maintenant, c'était une mitraille qui s'abattait sur sa voiture et cinglait son pare-brise. Malgré cela, elle se décida à partir à sa rencontre. Bonne idée, il venait de prendre vers l'ouest. La légiste ralentit, le temps d'étudier plus attentivement la carte et la route empruntée par son objectif. Il s'engageait sur la D79. L'excitation la gagna.

— Qu'est-ce qu'il peut aller foutre par là à cette heure-ci et par ce temps pourri ? C'est forcément bon.

Le point bleu qui bougeait sur l'écran s'arrêta au niveau de la commune de Le Faouët, un bourg de quelques centaines d'âmes, pas le genre de coin où l'on va sans but en pleine nuit. Elle bifurqua par la D6 en direction de Trévérec pour le rejoindre. Quelques minutes plus tard, elle était à l'entrée du village. Inutile de dire qu'à cette heure, les rues étaient désertes. Elle suivit les murs du cimetière. En plein jour et sous le soleil, ça devait être un bel endroit, bien campagnard, avec des maisons en pierre et de jolies longères. Là, c'était lugubre, d'autant que les essuie-glaces devaient batailler pour lui offrir quelque visibilité. Sur la carte, Dagorn se trouvait non loin de la D96. Elle s'y engagea. L'impression d'être au milieu de nulle part s'accentua. Le cœur d'Élodie se mit à battre plus vite. Elle se rapprochait dangereusement du point bleu clignotant. Elle le dépassa sans avoir vu pour autant la voiture.

Elle avait remarqué un chemin de terre qui partait sur la droite. Dagorn avait dû l'emprunter et se parquer un peu plus loin. Elle imagina une ferme, un entrepôt, une maison, elle ne savait pas vraiment.

Qu'est-ce que je fais maintenant?

L'entrée d'un champ lui offrit l'opportunité de se garer et de cacher son véhicule derrière une haie. Elle coupa les phares et arrêta le moteur. Elle était bien décidée à découvrir ce que trafiquait Dagorn. La lumière de l'habitacle s'alluma à l'ouverture de la portière. Une bourrasque s'engouffra.

— Merde!

Elle frissonna, mais ce n'était pas dû à la fraîcheur de l'air. Elle n'était pas flic. Seule et sans arme, elle n'avait rien pour se protéger en cas d'agression. Une présence, des bruits de pas, un souffle la firent sursauter. Ce n'était que quelques vaches dont elle avait attisé la curiosité. Elle tenta de calmer ses craintes et commença à marcher sur la route jusqu'à retrouver le chemin où le militant écologiste avait dû tourner.

Elle était trempée, d'autant que sa veste n'était pas imperméable. En quittant le bitume, ses pas s'enfoncèrent dans la terre meuble. Elle ne s'était pas trompée. Quelques dizaines de mètres plus loin, un groupe de bâtiments se dessinait dans la pénombre. Il s'agissait d'un corps de ferme en U avec au centre ce qui devait être la résidence d'habitation et au milieu de la cour la voiture de Dagorn, à laquelle une remorque était attachée. Elle entendit un son métallique et vit des ombres pousser une porte de hangar ; un halo de lumière blafarde éclaira un instant la silhouette de l'expert.

Qu'est-ce qu'ils foutent à cette heure ?

Un éclair la surprit. Elle eut le sentiment que toute cette lumière s'était fixée sur elle, mais ce qu'elle vit lui fit oublier le danger. Ils étaient plusieurs à porter ce qui ressemblait à des vêtements utilisés par les techniciens de scène de crime et s'activaient autour de la voiture de Dagorn.

Élodie s'accroupit, elle avisa un buisson derrière lequel elle pourrait observer sans être vue. Elle allait s'avancer lorsqu'un sifflement la transit d'effroi. Elle crut que son cœur explosait. Un troupeau d'oies, jars en tête, venait dans sa direction. Elle faillit crier et n'eut d'autre solution que de prendre la fuite, d'autant que des aboiements se mêlaient maintenant aux cacardements. Elle qui n'était pas une grande sportive se trouva des ressources de sprinteuse. C'est en mode fusée qu'elle rejoignit son véhicule. Marche arrière, braquage, elle enclencha la première. Merde, les roues patinaient dans la boue, limite de l'enlisement. Elle hurla dans l'habitacle. Elle se remit au point mort et essaya de nouveau de passer la première en calmant la pression sur l'accélérateur. Cette fois, la voiture sortit de l'ornière et arriva jusqu'au bitume pour récupérer de l'adhérence. Commandé par l'enclume qui s'était posée sur la pédale, le moteur vrombit. Elle fila sans se préoccuper de la direction, l'important était de mettre de la distance entre cet endroit et elle.

Le temps de se calmer, la légiste regarda l'heure. Le jour allait se lever et elle était de retour aux environs de son hôtel. La pluie avait cessé, le ciel s'éclaircissait, c'était à croire qu'elle était maudite, que cette saloperie d'orage n'avait éclaté que pour, ou plutôt contre elle. Elle pensa à Christian et à la manière dont elle lui avait faussé compagnie deux fois dans la même journée. Il devait être furieux. Il fallait qu'elle trouve un mensonge crédible et elle n'avait rien en tête. Son esprit préoccupé par les derniers événements manquait d'imagination ou d'envie d'en avoir. Elle y réfléchissait encore en reprenant sa place dans le parking de l'hôtel, lorsqu'elle s'aperçut qu'elle n'aurait pas à mentir. La voiture de son amant n'était plus là. Il ne l'avait pas attendue. C'était presque mieux comme ça. Trempée autant que si elle était allée se baigner avec ses vêtements, elle traversa le hall sous les yeux effarés du réceptionniste.

Chapitre 33

Le visage passé au charbon de bois, vêtements de treillis camouflage sur le dos, Lamarre rampait depuis plusieurs minutes dans un espace qu'il connaissait bien, puisqu'il n'était qu'à quelques centaines de mètres de sa ferme. Il avait remarqué deux choses. C'était l'histoire de la bonne et de la mauvaise nouvelle. La bonne était la présence de ses bêtes. Même s'il ne pouvait pas en faire l'inventaire, il n'avait aucun doute, elles étaient bien là. Il imagina que le renard avait dû se planquer dans un coin, mais il avait vu le sanglier. Pour les autres, elles étaient forcément à l'abri dans le hangar. La mauvaise nouvelle était la voiture de gendarmerie garée à proximité. Les militaires avaient dû penser ruser en la parquant derrière la ferme, mais il l'avait bien vue. Elle était vide, les occupants ne devaient pas être loin. Ils étaient sûrement planqués dans un coin dans l'idée de le serrer s'il montrait le bout de son nez. Il allait prendre son temps et finirait par localiser les enquêteurs. Il fit basculer la carabine qu'il portait sur son dos et cala la crosse contre son épaule en position de tireur couché. L'œil rivé sur la lunette à vision nocturne, il se mit à examiner minutieusement les lieux. Il ne lui fallut pas plus d'une minute pour découvrir son comité d'accueil. Un flic était tranquillement installé derrière une des fenêtres en train de téléphoner. Il imagina que celui-là devait tuer le temps en appelant sa femme ou une copine. Il orienta le canon de son fusil vers la grange, il y avait le second guetteur. Il en chercha un troisième sans rien trouver. Après tout, les poulets vont toujours par paire, pourquoi insister ? Il devait se débarrasser de ces deux-là. Il continua à progresser lentement vers la maison, jusqu'à ce qu'il puisse se redresser et longer un mur en direction du hangar. Un frôlement lui indiqua que si les gendarmes ne l'avaient pas repéré, ce n'était pas le cas des animaux. Ils l'avaient senti et se faisaient une joie de le revoir. Rien d'étonnant, ce n'est pas la maréchaussée qui devait prendre soin d'eux. À un coin de bâtiment, il avait un surveillant à vue. Une chance, le militaire lui tournait le dos. Il l'approcha jusqu'à être à moins d'un mètre. Le type fit volte-face. Trop tard, il l'assomma d'un coup de crosse, sa victime s'écroula à ses pieds. Et d'un ! Restait à le bâillonner et à s'occuper de l'autre. Pour le second, ce serait plus facile. Il n'allait pas faire dans la dentelle.

Une fois son prisonnier entravé et réduit au silence, il partit en direction de l'habitation. Le pandore était toujours au téléphone, il l'entendait faire le joli cœur. Il se saisit de sa carabine. Ça n'allait pas être difficile, la porte était entrebâillée. Arrivé devant l'ouverture, il jeta un regard à l'intérieur. Le gars était de dos. Bras tendu, il visa sa cible et fit feu. Touché, le gendarme lâcha son portable, se retourna dans sa direction et s'écroula. Lamarre sourit. Et de deux! Sa joie fut de courte durée.

En même temps qu'une détonation retentit, il se sentit propulsé en arrière et s'étala à plat dos, grièvement blessé par une balle en plein thorax. Il n'avait pas repéré le troisième garde en train de se reposer sur une couchette installée au fond de la pièce.

*

Réveillée en milieu de nuit, Léanne rejoignit les gendarmes dans la maison de Lamarre. Elle était accompagnée de François et d'Isaac. Elle retrouva sur place Erwan. Le colonel était ravi, ou presque.

— Bon, celui-là, on l'a, mais ça ne nous donne pas le ministre. Il va falloir identifier ses complices.

— Tes hommes, ça va? demanda Léanne.

— Oui, ils s'en remettront. Le premier n'a été qu'assommé, il était K.-O. Il est en observation. Le second a été atteint par une cartouche hypodermique. Lamarre lui a injecté un anesthésiant vétérinaire. Il devait avoir ça pour ses animaux. Mon gars ne pouvait pas savoir qu'il ne s'agissait pas d'une arme létale. Il a fait feu en légitime défense.

— Personne ne lui reprochera quelque chose, remarqua François, mais pour moi Lamarre n'est pas un tueur. Déjà dans l'après-midi, même s'il a blessé un flic, il a tout fait pour ne pas nous prendre pour cibles.

— Il est dans quel état? s'inquiéta la commandant.

— Salement amoché, mais il pouvait parler. C'est là qu'est le problème…

Le colonel fit une grimace.

— Il dit qu'il ne sait rien concernant l'enlèvement du ministre. Il ne savait même pas qu'il avait été kidnappé. Il n'a pas de télé et n'écoute pas la radio. Il pensait qu'on venait uniquement pour s'en prendre à ses bêtes.

— C'est ridicule ! explosa Léanne. Il veut protéger ses complices.

Erwan était de cet avis.

— C'est vraisemblable. Il tente de gagner du temps, et avec sa blessure, il va pouvoir jouer la montre.

Léanne se dit qu'ils étaient loin d'en avoir terminé. Ce qui la chagrinait le plus, c'est qu'après sa dispute ridicule avec Élodie, elle avait parlé longuement avec Vanessa. Même si elle n'était pas convaincue, la psy avait réussi à la faire douter d'elle-même. Après tout, les arguments de la légiste n'étaient pas aussi absurdes qu'elle le disait. Ils méritaient d'être pris en compte.

Chapitre 34

Élodie se réveilla. Son corps fut traversé par une sorte de spasme, elle eut un hoquet nauséeux, envie de vomir, l'impression d'un lendemain de cuite, pourtant elle n'avait rien bu. Sa position était inconfortable, elle ne s'était pas rendu compte que le matelas de l'hôtel était aussi dur. En plus, elle respirait mal. Et quelle odeur ! Dans ce qui lui parut un effort pour sortir du sommeil ou plutôt de ce début de cauchemar, elle ouvrit un œil. Sur rien ! Moment de panique. Elle voulut se redresser, en finir avec ce mauvais rêve. Il y eut un bruit métallique et une douleur lui vrilla la cheville. Elle était entravée, tout comme ses poignets dont elle put sentir les chaînes reliées à ce qui devait être des menottes. Elle comprit la raison de son inconfort, elle avait le visage recouvert d'un tissu. Au lieu de bouger et de hurler, elle resta couchée le temps nécessaire pour réaliser comment elle avait pu se retrouver là.

Elle revit sa soirée avec Christian, l'escapade nocturne derrière Dagorn, le retour à l'hôtel, la chambre vide, les vêtements trempés dont elle s'était débarrassée dans le bac de douche. Elle s'était allongée et endormie... Après ça, elle avait quelques difficultés à reconstituer la suite. Il lui semblait bien qu'elle s'était réveillée dans son lit, elle ne se souvenait pas d'avoir pris, ou non, un petit-déjeuner. Elle essaya de tordre son cerveau pour qu'il lui révèle la vérité. Oui, elle s'était aperçue qu'elle avait oublié son téléphone dans la voiture et elle était allée le chercher. C'est à partir de là qu'il n'y avait plus rien, son esprit ne lui renvoyait qu'une odeur, celle du chloroforme ! Et c'est ce qu'elle retrouvait dans ce maudit sac dans lequel était enfoui son visage. Cette fois, elle se contorsionna et frotta son crâne sur le sol jusqu'à ce qu'elle se débarrasse du morceau de tissu qui l'étouffait et obstruait sa vue. Elle y arriva sans trop de difficulté ; encore un coup de tête pour dégager les cheveux, et elle put découvrir son environnement.

Elle était couchée sur un revêtement de terre et de paille, dans ce qui devait être un box d'écurie. D'ailleurs il lui semblait entendre un peu plus loin un bruit de sabots. Autour d'elle, il n'y avait rien. Sans en avoir la certitude, il lui parut comme une évidence qu'elle était détenue dans un des bâtiments de la ferme de Le Faouët. Elle perçut ce qui pouvait être une présence, un son provenant de la stalle voisine. Elle hésita à parler et préféra coller son visage entre deux barres de bois disjointes. Elle se pinça les lèvres pour ne pas crier : Jean-Michel Lecointre était adossé contre le mur de sa cellule. Il n'y avait que quarante-huit heures qu'il avait disparu, il donnait le sentiment d'avoir pris vingt ans, si tant est qu'il vive aussi longtemps. Elle chuchota :

— Monsieur le ministre…

Pas de réaction en retour. L'homme politique ne dormait pas, mais son visage exprimait une profonde lassitude teintée de désespoir. Il était à bout. Elle réessaya de l'appeler, cette fois il bougea lentement les yeux dans sa direction.

— T'es réveillée toi ?!

La voix forte fit sursauter Élodie. Ce n'était pas Lecointre, elle vit une tête apparaître au-dessus de la demi-porte du box.

— Qui êtes-vous ? Qu'est-ce que vous me voulez ? Vous feriez mieux de me libérer, la police va arriver.

Elle n'eut qu'un rire en retour, l'homme disparut pour être remplacé par Dagorn.

— Alors, comme ça, vous m'avez suivi et vous avez balisé ma voiture. Vous m'avez espionné, menti, trahi, vous allez devoir payer pour ça.

— Réfléchissez avant de faire une bêtise. Vous n'êtes pas idiot, vous savez que vous n'allez pas vous en sortir. Je ne suis pas seule, vous vous doutez bien que j'ai dit à la police où vous étiez.

— Ah bon, et comment ? Pas avec votre téléphone, j'ai vérifié votre journal d'appel, j'ai écouté votre messagerie, j'ai regardé vos mails. Il n'y a rien.

L'estomac d'Élodie se contracta. Il est vrai que personne n'était au courant de sa virée nocturne. Il n'empêche qu'on s'apercevrait de sa disparition, on allait la chercher, Léanne remuerait ciel et terre pour la retrouver. Oui, mais quand ? Il serait certainement trop tard, ses geôliers ne pouvaient pas la laisser en liberté.

— Qu'est-ce que vous allez faire de moi ?

Dagorn fit une moue, à croire qu'il était embarrassé par ce qu'il allait dire.

— Désolé, mais…

— Il n'y a pas à être désolé. Elle nous a espionnés. Elle a cherché à nous nuire. Dans la vie, il y a des décisions à prendre. Elle a choisi son camp, elle est du côté de ceux qui exploitent les terres, usent des pesticides, empoisonnent et tuent. En droit, la complicité de meurtre est passible des mêmes peines que l'auteur principal. Elle doit le savoir par son boulot, non ? Elle va mourir et ça ne sera que justice.

Le sang d'Élodie se glaça. Même si la femme avait vingt ans de plus que la gamine qu'elle connaissait en photo, elle reconnut celle qui venait de la condamner à la peine capitale : Solène Morvan. Cette dernière poursuivit sur un ton amer :

— En plus, c'est une médecin légiste. Plusieurs de ses collègues se sont rendus complices des autorités en ne reconnaissant pas la réalité des intoxications par l'H2S.

Le visage de la jeune femme fixa Élodie. Elle n'y vit que de la haine.

— Je n'y suis pour rien. Au contraire, je suis coupable d'avoir cherché la vérité et je suis la première à comprendre la colère qui vous anime. Mais ce n'est pas en tuant les gens que vous aiderez votre cause et que vous ferez changer les choses.

— Ah oui, parce que toi, tu sais ce qu'il faut faire pour que l'État réagisse ? Tu penses que ton petit avis pourrait modifier quelque chose ? Tu es comme tous les fonctionnaires, tu aurais fermé ta gueule, ou pire, tu aurais menti. Nous, on en a marre d'argumenter. Nous sommes passés à la lutte armée. Les patrons des grosses boîtes du CAC 40 et leurs affiliés, il n'y a que la trouille qu'ils comprennent.

— Parce que vous imaginez qu'en singeant Action directe, la bande à Baader et autres Brigades rouges, vous allez vous attirer la sympathie de la population et faire changer les choses ?

— On s'en fout de tout ça. Notre but est de faire œuvre de justice en condamnant des meurtriers de masse et des profiteurs de la misère humaine.

Élodie réalisa qu'il était inutile de chercher à argumenter, elle n'arriverait à rien avec la jeune femme. Dagorn lui paraissait plus malléable, encore faudrait-il qu'elle puisse s'adresser à lui. Solène cracha sur un ton hargneux :

— Tu as de la chance, tu passeras ce soir devant notre tribunal révolutionnaire avec Lecointre. Vous serez jugés tous les deux.

Les sentiments d'Élodie étaient maintenant dépourvus de toute appréhension. Ce n'était pas de la peur, mais de la colère qui l'animait.

— Quelle perte de temps pour, au final, nous exécuter ! Vous avez besoin de singer les autorités pour vous donner bonne conscience, alors que vous n'êtes que de minables assassins. Vous êtes pitoyables !

— Pense ce que tu veux !

La discussion se termina là. Élodie entendit les pas s'éloigner. Solène donna l'ordre à quelqu'un d'assurer la surveillance, mais la prisonnière ne comprit pas si elle s'adressait à Dagorn ou au type qu'elle avait vu. Il lui fallut quelque temps avant de réagir. Elle regarda ses entraves. Impossible de venir à bout des attaches fixées dans les murs ou de crocheter les serrures des menottes. Elle n'avait aucun outil, et de toute manière, n'est pas MacGyver qui veut. Une seule conclusion s'imposait, sa situation était désespérée. Elle se colla de nouveau contre les planches qui la séparaient de l'ancien ministre. Il n'avait rien changé à sa position, il semblait indifférent à son environnement.

— Monsieur Lecointre, monsieur Lecointre !

Un regard vide se fixa dans sa direction sans qu'il réponde.

— Vous allez bien ? Ils ne vous ont pas brutalisé ?

Elle savait bien que ses questions étaient aussi débiles que dépourvues de sens, mais rien d'autre n'était venu à son esprit.

— Oui, ça va, en dehors de l'enlèvement qui a été un peu violent et des conditions dans lesquelles ils me détiennent, les mêmes que les vôtres. Non, ils ne m'ont pas touché. J'espère juste qu'ils n'ont pas tué mon chien… J'ai entendu une détonation quand ils m'ont enlevé et ça m'inquiète.

Élodie sourit tristement.

Lecointre continua :

— Ces types vont nous tuer. Je souhaite juste pouvoir parler à ma femme, mes enfants, au moins leur écrire, c'est ce que j'ai demandé. J'espère qu'ils vont me le permettre. Je n'ai jamais rien fait de mal, que mon devoir. J'ai tout fait pour mon pays et la Bretagne.

Le corps de l'ancien ministre fut soulevé par un énorme soupir.

— Je vais mourir comme un chien dans ce trou. Ils pourront faire ce qu'ils veulent, j'ai tout de même eu une belle vie et je ne regrette rien. Ils m'accusent de quoi ? De ces maudites algues vertes, ils croient que je suis responsable de tout ça parce que j'ai tout fait pour que l'agriculture se développe dans cette région. Le monde rural, je l'aime et il m'aime, alors qui sont-ils pour me juger ? Si j'ai bien compris, le père de la fille est mort intoxiqué par les algues. Je n'y peux rien, en quoi je suis coupable ? J'ai autorisé l'usage des nitrates dans les exploitations. C'était ça ou se faire doubler par les Espagnols, les pays du Maghreb, l'Amérique du Sud ou encore les Chinois ; eux, ils ne se gênent pas.

En parlant, il devint véhément, sa voix s'affirma en augmentant de volume.

— Qui sont ces tarés ? Des minables qui pensent qu'en me tuant ils vont sauver la planète ou faire preuve d'une quelconque justice. Ils vont finir en prison, ils y passeront le reste de leurs jours.

— Je crois qu'ils s'en moquent, au contraire. Si, au début, ils ont pris quelques précautions pour qu'on ne remonte pas jusqu'à eux, ça n'a plus d'importance à leurs yeux. Tout le temps de leur procès, ils auront une tribune libre, le monde entier parlera d'eux, c'est ce qu'ils veulent, et je doute qu'à ce moment-là vos arguments aient beaucoup de valeur face aux leurs. Même s'ils terminent en prison et sont condamnés à de lourdes peines. Les rois du clavier sur Facebook et l'ensemble des réseaux sociaux vont se déchaîner. Au final, vous et vos amis, et toutes leurs victimes, vous serez désignés comme étant les vrais coupables, et derrière, toute l'industrie agroalimentaire.

— Mais c'est abominable…

Élodie haussa les épaules, sans pouvoir répondre, elle-même n'était pas certaine de savoir qui étaient les bons et les méchants dans cette affaire. Une seule chose était sûre : à cet instant, elle était du mauvais côté, c'est-à-dire de ceux qui vont mourir.

Chapitre 35

L'orage de la nuit avait laissé la place à un grand soleil accompagné d'une chaleur aussi humide qu'étouffante. Il était prévu que la canicule s'installe sur la Bretagne pour plusieurs jours. On leur avait porté de l'eau et des fruits. « Non traités » avait cru bon de préciser celui qui s'en était chargé, un gringalet d'un peu plus de vingt ans. « Pas comme ceux de tes amis », avait ajouté l'homme sur un ton teinté de dégoût envers l'ancien ministre.

— Tu as quel âge ? demanda Élodie en cherchant le regard du jeune.

La réponse fut sèche.

— En quoi ça peut t'intéresser ?

— La cause pour laquelle tu milites est juste, penses-tu qu'elle en sortira grandie en agissant comme vous le faites ? Tu crois que nous assassiner bénéficiera à vos idées ?

— Qu'est-ce qui te dit qu'on va vous tuer ? Vous allez être jugés, la sentence ne sera prononcée qu'après.

— Arrête, je ne suis pas idiote, vos procès ressemblent à ceux des soviets staliniens. La peine est connue avant même qu'ils n'aient commencé. S'il y avait la moindre chance qu'on s'en sorte vivants, tu ne serais pas devant nous à visage découvert. Est-ce que tu es un tueur ? Je suis certaine qu'un type comme toi milite aussi pour la cause animale, contre la chasse, et tu es capable de nous exécuter ? Tu vas avoir du sang sur les mains. Tu sais, nous, demain, nous serons morts. Mais toi, avec tes vingt ans, tout le reste de ta vie tu te souviendras de nous, il n'y aura pas une seule journée durant laquelle tu ne verras pas nos visages. Tu y as réfléchi à ça ?

La glotte du jeune se mit à faire des allers-retours, signe qu'il n'était pas aussi sûr de ce qu'il tentait de montrer. Élodie en profita :

— Et tes parents ? Tu y as pensé à tes parents, à ta famille ? Ils doivent t'aimer. Tu te rends compte de la peine que tu vas leur faire ? La honte pour eux ? Vu ton âge, j'imagine qu'ils doivent avoir à quelque chose près le mien. Ils ont quoi ? Quarante, cinquante ans… Au moment où ils se disent que l'avenir de leur enfant est fait, qu'ils vont pouvoir un peu s'occuper d'eux, tu vas tout leur gâcher. Les longues années qu'il leur reste, ils vont les passer à supporter ton crime. À venir te visiter en prison, parce qu'ils continueront de t'aimer, sans pour autant comprendre ce qui a cloché dans leur éducation pour que tu deviennes un meurtrier. Eux aussi seront condamnés à perpétuité. Jamais plus ils ne retrouveront le sourire. Il n'y aura plus d'insouciance, jamais ! Pour toutes leurs relations, pour tous leurs amis, ils seront les parents du tueur.

— Arrêtez ! Ça suffit ! Taisez-vous !

Un cri les interrompit.

— Qu'est-ce qui se passe ici ?!

Le jeune sursauta, signe qu'il était plus malléable qu'il pouvait le laisser croire. Solène n'était pas loin. Ils entendirent ses pas rapides claquer sur le ciment. Elle lança un regard furieux vers eux.

— Qu'est-ce qu'elle te raconte ?

— Je ne fais que lui dire la vérité, que vous êtes en train de faire de lui un tueur, que vos motivations sont celles de la vengeance, que ce n'est pas avec de la haine et dans cet esprit que vous pourrez faire avancer les choses et réformer la société, encore moins le monde rural.

Solène s'adressa au jeune garçon.

— Sors de là ! Laisse-la tranquille, nous nous occuperons d'elle plus tard, elle aura tout le temps de nous débiter ses histoires. Nous ne sommes pas comme elle et les siens.

L'air penaud, le gamin baissa la tête et fit ce qu'elle lui demandait.

— Vous feriez mieux de préparer votre défense plutôt que de tenter de nous retourner les uns contre les autres. C'est peine perdue. Notre groupe est uni, plus que ne le sont vos amis, toujours prêts à se vendre au plus offrant.

Elle tourna les talons et ils l'entendirent s'éloigner.

Les deux prisonniers passèrent le reste de la journée sans voir personne. Élodie essaya encore de jouer sur les chaînes et ses menottes, sans résultat, si ce n'est qu'en début de soirée, elle avait les poignets en sang. Les sens en éveil, elle était attentive au moindre son, mais rien ne s'était produit. Ils avaient faim, soif… L'idée qu'ils pourraient ne plus voir personne et mourir abandonnés lui traversa l'esprit. Puis la fatigue prit le dessus, et bien que sa situation soit inconfortable, elle s'endormit. C'était la pleine nuit quand ils furent réveillés par des bruits étranges, inquiétants… C'était plus loin dans le hangar, il y avait plusieurs personnes, on parlait d'un ton sec, comme si des ordres étaient donnés, il y eut ensuite des larmoiements, comme des suppliques. L'estomac d'Élodie se contracta, elle eut l'impression qu'on traînait quelqu'un sur le sol… Peut-être un autre prisonnier qu'elle n'avait pas vu. Puis le silence revint, il était encore plus terrifiant tant il laissait place à l'imagination. Elle finit tout de même par s'assoupir de nouveau.

Elle n'avait aucune idée de l'heure quand elle fut réveillée par un coup de pied dans les chevilles. Elle s'aperçut qu'on l'avait détachée.

— Allez, debout !

Maintenus et encadrés par trois gardes porteurs cagoulés, les prisonniers, toujours entravés, furent conduits jusqu'à un vaste espace où avait été préparé ce qui serait leur cour. Une table derrière laquelle siégeaient trois pseudo-juges. Malgré les capuches, la légiste reconnut sans difficulté Solène et Dagorn. En face d'eux, il y avait une quinzaine de chaises où attendaient un groupe de personnes, dont le visage était également caché. Élodie se dit qu'ils avaient peut-être une mince chance d'échapper à la peine capitale, encore que face à ce type de tribunal, il ne devait pas y avoir de sentence intermédiaire. On les fit asseoir sur le côté.

Elle lança crânement :

— C'est là que vous allez jouer cette parodie de justice ?

— Taisez-vous et tenez-vous tranquille.

Jean-Michel Lecointre était absent. Il naviguait ailleurs, dans un autre monde. Ce qui se dessinait sur ses traits n'était même pas de la peur. Il semblait se moquer de cette comédie à laquelle son esprit refusait de s'intéresser. Mutique, il écouta Solène prononcer ce qu'elle devait considérer être comme un acte d'accusation. Il s'agissait de collusion et de complicité avec les multinationales qu'elle dénonçait comme étant les plus grands pollueurs des terres bretonnes. Pour appuyer ses dires, elle fit passer dans l'assistance plusieurs documents et photographies. Elle attaqua par la participation du ministre au Club des Trente, ce groupe parmi lequel figurent les plus importants patrons de Bretagne avec Vincent Bolloré, François Pinault, Louis Le Duff et bien d'autres. Un club d'hommes d'affaires dont les agissements étaient un mystère, mais vu le poids économique qu'ils représentaient, leur puissance en termes de lobbying était évidente.

Elle mentionna ensuite Le Kéreden, appelé jusqu'en 2020 l'Institut de Locarn, ayant pour but de fédérer les sociétés appartenant à des membres influents de la diaspora bretonne à travers la planète, pour mettre en valeur les entreprises locales et bâtir des stratégies communes permettant de développer la région.

Elle termina par Produit en Bretagne, regroupant pas moins de trois cents compagnies dans un secteur géographique calqué sur celui de la Bretagne historique. Les boîtes concernées se révélaient être les fleurons de l'économie nationale, et ce dans tous les domaines, Scarmor, Coopagri, Crédit Agricole… avec un slogan « *Pour une Bretagne belle, solidaire et ouverte sur le monde* ».

Solène eut un rire méchant :

— Une solidarité qui assassine nos agriculteurs et les pousse au suicide s'ils ne marchent pas dans vos combines. Pendant que vous vous bâfriez chez Fauchon avec vos amis des Dîners celtiques, d'autres mouraient. Les petits exploitants qui sont entrés dans le système sont prisonniers des banques et des crédits qu'ils ont dû contracter, ils n'ont plus qu'une solution : l'élevage intensif, alors qu'il faudrait faire exactement l'inverse. Et vous le saviez... Et tu le savais. Les algues vertes qui polluent nos plages et tuent sont le résultat de votre politique... Des pêcheurs à pied décèdent chaque année sur nos côtes, on a vite fait de dire qu'ils se sont noyés et qu'ils ont été emportés par les marées, c'est mieux que de chercher s'ils ont été intoxiqués à l'H2S. Dénoncer l'irresponsabilité des victimes est toujours plus facile que de rechercher la vérité.

Elle poursuivit ainsi pendant presque une heure sans interruption. Jusqu'à ce qu'elle en arrive à son but ultime, à ce qui la touchait au fond de sa chair. La gorge serrée, des larmes dans les yeux, elle asséna :

— Toi et tes amis, vous avez tué mon père. Tu dois payer pour ça.

Elle balaya l'assistance du regard, comme si elle pouvait voir chaque individu derrière sa cagoule.

— Cet homme est coupable et vous le savez. Je vous demande de voter sa culpabilité. Éliminer des personnages comme lui, ce n'est que faire justice. Le monde n'en sera que meilleur. Pensez à vos enfants.

Dagorn se tourna vers l'ancien ministre.

— Vous avez quelque chose à dire pour votre défense ? Vous reconnaissez les faits qui vous sont reprochés ?

Le regard vide s'anima un instant. Jean-Michel Lecointre haussa les épaules.

— Tout ce que j'ai fait, je l'ai fait pour ma région et mon pays, pour que nos entreprises puissent créer des emplois et être compétitives. Vous pouvez toujours critiquer. Vous voudriez que la France devienne le Sri Lanka ? On a vu ce que ça faisait d'arrêter du jour au lendemain les produits agrochimiques et le cent pour cent bio[17].

Il eut une moue de dégoût en regardant l'assistance et poursuivit :

— Non, je n'ai rien à dire, je suis un homme honnête et intègre. La politique ne m'a pas enrichi, j'ai fait ce que j'ai pensé être juste. J'ai peut-être fait des erreurs, mais qui n'en a pas fait ? Je n'ai pas à me justifier devant des tueurs. Allez au diable !

Dagorn reprit la parole.

— Très bien, passons au cas d'Élodie Quillé.

C'est encore Solène qui énuméra ce qu'elle considérait comme des éléments à charge. Pour elle, la médecin outrepassait ses fonctions, elle voyait dans Élodie une espionne qui travaillait pour le gouvernement. Elle avait tenté de les infiltrer et d'obtenir des renseignements pour leur porter préjudice.

— Il n'y a même pas à argumenter. Les preuves de ce que je vous affirme ont été énoncées devant vous, puisque nous avons déjà recueilli les aveux d'Yvan Perrin, ce traître qui était prêt à collaborer avec elle.

Élodie se raidit, elle crut avoir mal entendu, mais c'est bien le nom de son contact que Solène avait prononcé. Il les connaissait, il leur avait parlé de leur

17. En 2021, le Sri Lanka a fait le choix de se tourner vers une agriculture cent pour cent biologique. Selon certains, cette décision aurait plongé le pays dans la crise qui a précipité le départ du président Gotabaya Rajapaksa.

rencontre… Un traître? C'est bien ce que venait de dire Solène. Ça signifiait que…? Elle ne comprenait pas.

Ses pensées s'interrompirent pour entendre la conclusion de Solène tomber.

— Éliminer Élodie Quillé, c'est agir en état de légitime défense. La survie de notre groupe en dépend. Nous n'avons pas d'autre choix.

Alors qu'elle s'était imaginée combative, la légiste sentit une immense fatigue l'envahir. À quoi bon argumenter devant cette assemblée?

— Tous autant que vous êtes ici, vous finirez en prison. Votre impatience et le fait de soutenir une cause juste ne vous donnent en aucun cas le droit de tuer. Par votre action, vous devenez pire que ceux que vous détestez. Vous vous prenez pour des résistants, alors que vous êtes de misérables meurtriers. Vous pouvez penser ce que vous voulez de moi. Je suis fière d'être aujourd'hui du côté de la victime, et comme lui, je vous dis d'aller au diable.

D'un simple coup de tête, Dagorn intima l'ordre à ses complices de s'occuper des deux prisonniers et de les ramener dans leur cellule.

Chapitre 36

Il fallut moins d'une heure pour qu'ils voient Solène Morvan venir leur annoncer qu'ils étaient reconnus coupables par le tribunal populaire et révolutionnaire qui les avait jugés. La cour avait prononcé leur condamnation à mort, sentence qui allait être exécutée sans délai. La jeune femme avait de la peine à cacher la jouissance sadique qui l'animait en s'adressant à eux.

— Vous pouvez rédiger un courrier pour vos proches si vous le désirez, nous le ferons parvenir par la suite.

Jean-Michel Lecointre répondit par un silence méprisant, il n'avait pas envie de perdre en discussions stériles le peu de temps qu'il lui restait à vivre. Élodie voyait les choses autrement. Elle voulait connaître la vérité. Avoir la certitude qu'elle ne s'était pas trompée. Elle apostropha Solène au sujet de Le Bihan et Montjoie.

La jeune femme eut un rire méchant, avant de prendre un ton rempli de vanité.

— Je pourrais te laisser mourir sans que tu saches, mais je vais satisfaire ta curiosité. Ce qui se passe en ce moment est une vengeance que j'ai mûrement réfléchie et mise au point. On m'a volé mon père, tout cela pour faire du profit, produire plus, plus d'élevages, plus de cultures, plus d'argent. Papa a été victime de cette collusion entre les industriels, les syndicats agricoles, les hommes politiques… Si encore ils avaient changé en comprenant les risques qu'ils faisaient courir à la population. Mais non ! Rien ! Au contraire, grâce à tes amis, ils ont tout fait pour cacher les méfaits des algues vertes, résultat direct des excédents de nitrates dans l'eau.

Élodie encaissa, sans pour autant interrompre Solène. Elle voulait juste l'entendre en arriver à ce qui l'intéressait.

— Ils savaient ! Ils n'ont même pas pris les mesures nécessaires pour protéger les gens comme mon père, ceux qui travaillaient sur les plages. Pire, quand il est mort, ils l'ont décrit en alcoolique au cœur fatigué, alors que mon père n'était rien de tout ça. C'était un lion.

Cette fois, Élodie l'interrompit :

— Je conçois ta peine. Mais est-ce que ça te donne le droit de tuer ?

— Oui ! Ils doivent tous payer. Je sais que tu as compris pour les deux autres. Pour Le Bihan, on a fait comme avec Lecointre. Après l'avoir suivi, on connaissait ses habitudes, on l'a enlevé pendant une de ses promenades. Il a été jugé, reconnu coupable et exécuté. Il ne restait plus qu'à ramener son corps dans la voiture.

Elle fut soulevée par un petit rire sec et ses yeux s'éclairèrent.

— Pour Montjoie, ça a été différent. J'ai fait des études de droit.

Certainement pour ça qu'elle se prend pour une procureur, pensa Élodie, sans pour autant interrompre la jeune femme.

— J'ai réussi à être employée comme stagiaire dans son entreprise. Cet imbécile était un dragueur invétéré, je le savais. Il n'a pas été difficile de le séduire. Il me racontait toutes les saloperies qu'il faisait, il m'a toujours dégoûtée, c'était pathétique de l'entendre se confier.

Solène se mit à rire.

— Il a été surpris quand, de mon lit, il s'est retrouvé devant notre tribunal. Quel lâche ! Il a fallu le porter, le traîner, il pleurait sans discontinuer. Ensuite, on a ramené le corps dans mon salon. Et le plus drôle, c'est qu'une fois mort, c'est sa veuve qui a tout manigancé pour éviter le scandale et cacher qu'il était crevé avec sa maîtresse. Ça a bien aidé. En même temps, j'ai compris comment les puissants peuvent mentir autant qu'ils le veulent. Les pompiers ont récupéré le cadavre chez moi, dans la banlieue de Brest, ils étaient avec une commissaire de police. Tout ça pour laisser croire que Montjoie avait clamsé à la maison dans les bras de bobonne.

— Comment t'as fait pour qu'on puisse penser qu'ils étaient morts de crise cardiaque ? J'ai remarqué la présence d'algues…

Une voix les interrompit. Dagorn venait s'assurer qu'il n'y avait aucun problème et rappeler qu'ils étaient tenus par le temps.

— J'arrive ! lança Solène, avant de s'adresser encore à Élodie.

— Tu vas avoir très vite la réponse à cette question, ne t'inquiète pas. Assez parlé, tu ferais mieux d'écrire à ta famille. L'heure n'est plus aux bavardages.

La suite les remplit d'effroi. Élodie ne s'était pas trompée, il y avait un second prisonnier. Si Solène l'avait abandonnée, c'était pour aller s'en occuper. Il y eut une suite de cris... un homme suppliait qu'on ne le tue pas. Il promettait de ne rien dire, il jurait, hurlait, pleurait. Cette voix, elle la connaissait... Le calme revint de nouveau, toujours plus effrayant.

*

Les deux condamnés passèrent leur dernière heure à préparer des courriers destinés à leurs proches. Élodie ne regrettait rien de sa vie, sinon qu'elle s'achève si tôt et dans des conditions qui lui paraissaient grotesques. Elle pensait à ses parents, mais aussi à ses deux amies. Tous seraient dévastés. Ce qui la rassérénait était de savoir que les deux Brestoises restantes remueraient ciel et terre pour faire payer les meurtriers.

*

Une dizaine de personnes se déplacèrent pour venir les récupérer. Cette fois, aucune d'elles n'était cagoulée, signe qu'elles se connaissaient toutes et que Lecointre et Élodie ne représentaient plus aucun danger. Sans qu'ils se soient concertés, les deux condamnés adoptèrent une attitude digne et courageuse ; ils suivirent leur escorte sans prononcer la moindre parole. Sortis du hangar, ils furent agressés par le soleil. C'est là qu'Élodie comprit de quelle manière ils allaient être exécutés et comment étaient morts Le Bihan et Montjoie.

Une caravane était dans la cour, elle brillait sous le cagnard, par une température ambiante de plus de trente degrés. Les ouvertures, à l'exception de la porte, avaient été obstruées et les parois peintes en noir pour ne rien perdre de la chaleur des rayons. Il ne s'agissait pas d'une erreur lorsqu'elle avait constaté, sur carte, la présence du véhicule de Dagorn sur la plage à proximité de chez lui ; il était venu récupérer des algues pour en remplir l'habitacle de la roulotte et qu'elles fermentent sous le soleil. Elle se souvint d'un coup des dépendances de la maison de Dylan, la remorque… une odeur étrange, c'était ça qui avait attiré son attention. Il devait s'en servir pour transporter les algues avec Dagorn.

Ce n'était pas un habitat de vacances qu'ils avaient devant eux, mais une chambre à gaz !

Elle eut un mouvement de recul, mais les hommes qui l'entouraient la saisirent par les épaules. Il fallut quelques secondes de plus à l'ancien ministre pour réaliser quel allait être leur sort. Il s'était préparé mentalement à une pendaison ou un coup de pistolet, jamais il n'aurait imaginé mourir d'une telle façon. Il réussit cependant à réfréner son envie de hurler ou de se plaindre et se signa. Il commença à prier à haute voix, il gesticula pour qu'on le lâche. Loin de lui l'idée de s'enfuir, il voulait être un homme libre qui marche vers l'échafaud.

— Vous allez périr comme ceux que vous avez tués, cracha Solène.

L'ancien ministre s'attarda sur son bourreau. C'est avec une profonde compassion dans la voix qu'il interrompit sa prière pour répondre à Solène.

— Le ressentiment vous égare, jeune fille. Vous le comprendrez plus tard et je suis certain que vous regretterez ce que vous faites aujourd'hui. Si j'ai une quelconque responsabilité dans la disparition de votre papa, je vous en demande pardon et je n'ai qu'un seul espoir, c'est que ma mort puisse vous apaiser.

Lorsqu'on ouvrit la porte de la caravane, l'odeur d'œuf pourri les prit à la gorge. Malgré tout le courage dont il faisait preuve, Jean-Michel Lecointre fit un pas en arrière avant de se ressaisir. Ultime coup de panache à l'attention d'Élodie.

— Vous permettez, madame, que je vous devance?

Elle lui sourit tristement et le regarda entrer. Elle suivit tout aussi vaillamment. Lecointre fut obligé de se baisser, impossible pour lui de rester debout. La porte se referma derrière eux et ils se retrouvèrent plongés dans une semi-obscurité. La légiste buta sur une masse et s'étala sans comprendre ce qu'elle venait de heurter. Ce n'est que lorsque ses yeux se furent habitués à la pénombre qu'elle réalisa qu'il s'agissait du cadavre d'Yvan Perrin. Ces fous l'avaient exécuté. La légiste était responsable de cette mort; en sollicitant Perrin et en permettant à Dagorn de voir le nom sur l'écran du téléphone, elle l'avait condamné.

Les fesses posées sur un tapis d'algues, Élodie se cala le dos contre une paroi. Ses yeux pleuraient. Elle s'adressa à son compagnon d'infortune.

— Asseyez-vous, n'ayez pas peur, ça ne sera pas douloureux. La concentration d'hydrogène sulfuré est telle que nous n'allons pas résister longtemps. Le gaz va s'attaquer à nos voies respiratoires et nous faire perdre tout sens de l'odorat ; en quelques minutes, l'intoxication va s'en prendre à notre système nerveux central et nous perdrons connaissance. La mort surviendra dans les minutes suivantes.

Chapitre 37

Depuis d'interminables minutes, Léanne tournait en rond dans les quelques rues de Le Faouët, pourtant la commune n'était pas bien grande. Elle était en colère, ou plutôt furieuse, et ne faisait rien pour le cacher.

— On ne sait même pas ce qu'on cherche, fit-elle sur un ton nerveux en s'adressant à Thierry Bonnot, assis à ses côtés.

— La voiture de Dagorn, il est peut-être par là. Il a découvert sa balise, elle ne répond plus et je n'ai pas pu interroger les positions passées, tout le matériel était avec Élodie.

— Bon sang, tu es certain qu'elle est venue ici ?

— La technique ne se trompe pas. Comme j'avais peur qu'elle ne m'écoute pas et n'en fasse qu'à sa tête sans faire appel à moi, par mesure de sécurité, j'ai décidé de pastiller la bagnole d'Élodie, au moins pour savoir où elle était en cas de problème.

Léanne grinça, elle avait envie de le frapper.

— Pour un tel résultat, c'était bien la peine. Bravo !

Depuis qu'ils étaient ensemble et qu'il avait avoué son association avec Élodie, l'ancien gendarme faisait profil bas en adoptant l'attitude du gamin penaud après une grosse bêtise.

— Elle a bougé en pleine nuit, je ne pouvais pas imaginer…

— Je te souhaite qu'on la retrouve et qu'il ne lui soit rien arrivé. Dans le cas contraire, je te jure que tu vas me le payer, tu peux dire adieu à ta licence.

— Arrête ! Inutile d'en rajouter. Pas besoin de me mettre la pression.

La commandant se calma et poursuivit sur un ton moins cinglant :

— C'est bon. Je la connais, j'imagine qu'elle a tout fait pour que tu acceptes de l'aider. Il n'empêche que ça me rend folle et que j'ai peur pour elle…

Ils étaient une nouvelle fois sortis du village pour rouler jusqu'à l'une des extrémités, en pleine nature. Le gendarme plongea sur l'écran de sa tablette.

— Elle s'est arrêtée par ici.

— Il n'y a rien, elle avait peut-être une envie pressante.

— Ça a duré plus d'un quart d'heure, sacrée envie !

— Qu'est-ce que tu veux que je te dise ?

Ce n'est pas en s'engueulant qu'ils comprendraient ce qui était arrivé à Élodie. Tout avait commencé dans la matinée, quand la légiste ne s'était pas pointée à l'institut médico-légal pour reprendre le travail. Ce n'était pas dans ses habitudes. Après que ses collègues eurent essayé plusieurs fois de l'appeler sur son portable, l'une d'elles avait fini par joindre Léanne pour savoir si elle était au courant de quelque chose. Surprise elle aussi par cette absence, sans nouvelles, elle s'était décidée à téléphoner à Christian Autissier qui lui avait raconté les conditions dans lesquelles il avait quitté la chambre où il se trouvait avec la médecin.

— J'espère qu'elle n'a pas fait de bêtises, avait-il dit.

L'idée qu'Élodie ait pu attenter à ses jours, surtout pour une histoire de cœur, n'avait pas effleuré une seconde la flic. Elle avait poursuivi son enquête en contactant l'hôtelier. C'est là qu'elle avait compris que quelque chose d'anormal se passait. Alors qu'elle devait partir la veille, elle avait laissé toutes ses affaires, n'était pas réapparue. Étonnant, son véhicule se trouvait toujours sur le parking. La commandant n'avait pas hésité une seconde. Toute affaire cessante, elle avait pris la route de Saint-Brieuc pour constater par elle-même qu'Élodie avait quitté les lieux précipitamment. Il y avait absolument tous ses effets personnels, son sac à main, ses cartes de crédit... et sa voiture était ouverte. Les clés traînaient à proximité. Un examen plus minutieux des affaires de la légiste lui fit mettre la main sur la tablette. L'inscription sur la page d'accueil de l'appareil et sur l'étui ne pouvait qu'être en rapport avec la disparition. Elle ne s'était pas adressée à l'agence de détective Thierry Bonnot pour rien. Contacté, malgré les risques encourus, l'ancien gendarme n'avait rien caché de la vérité. Il pouvait retracer l'itinéraire de la nuit précédente, lorsqu'elle avait quitté sa chambre. Même si les informations enregistrées avaient presque quarante-huit heures, elles pouvaient servir. Depuis, ils patrouillaient entre Saint-Brieuc et Hamonet sans savoir précisément ce qu'ils cherchaient. Mais il devait bien y avoir une bonne raison pour qu'Élodie soit allée traîner à Le Faouët à quatre heures du matin pendant un orage.

Léanne tenta d'ordonner ses idées à haute voix.

— Elle t'a demandé de baliser les voitures de Dagorn et Hamon parce qu'elle est persuadée qu'ils ont quelque chose à voir avec Armel Le Bihan et Arnaud Montjoie, tous deux décédés de mort naturelle, fit-elle en levant les yeux au ciel. Elle pense aussi qu'il y a une relation avec l'enlèvement du ministre… Même si je ne comprends pas les liens qu'il peut y avoir et que tout cela me paraît trop gros pour être vrai, je suis obligée d'imaginer que sa disparition est en rapport avec tout ça. J'hésite à lancer un avis de recherche… Donnons-nous encore quelques heures pour ça.

Descendus de voiture, ils scrutèrent ensemble les environs sous l'œil étonné d'un troupeau de vaches. Une pensée stupide traversa l'esprit de la flic, elle se dit que ces bêtes étaient peut-être les dernières à avoir vu sa copine. Bonnot lui confirma qu'elle devait avoir raison.

— Regarde !

Il désignait des marques de pneus imprimées dans la terre meuble. Un véhicule avait manœuvré là jusqu'à la limite de l'enlisement. Les deux enquêteurs firent un parallèle avec les taches de boue qu'ils avaient constatées sur la voiture d'Élodie. Tous deux portèrent leur attention sur les environs immédiats.

— Il y a aussi des traces de chaussures, nota Léanne.

La pointure pouvait correspondre à celle de sa copine. Elle avait quitté son véhicule pour rejoindre la route bitumée et était ensuite revenue sur ses pas. La policière dégaina son iPhone et prit plusieurs photos.

— Si on ne trouve rien, je ferai venir une équipe de la PTS pour relever les empreintes.

— Qu'est-ce qu'elle a bien pu voir ? se demanda Bonnot. Il n'y a rien dans les environs. Pas de maison. Pas de…

La flic interrompit le détective.

— Si ! Il y a une baraque un peu plus loin en retrait, elle est cachée par les arbres.

Si l'habitation n'était pas visible de la route, elle apparaissait sur Google Maps. Léanne jeta un regard vers Bonnot.

— On va voir ?

L'emballement pour cette idée était plus que mesuré, le privé oscilla néanmoins la tête de manière positive. Son attitude ne calma pas les intentions de Léanne, mais cela eut l'avantage de lui faire prendre conscience que des précautions s'imposaient avant de se lancer. Elle décrocha son téléphone pour joindre son adjoint, lui résumer la situation en quelques mots et lui donner sa localisation géographique.

— Contacte Rennes, les collègues auront plus vite fait et c'est leur circonscription. Si dans un quart d'heure on ne s'est pas rappelé, c'est que j'ai besoin de la cavalerie. Sollicite Erwan, les gendarmes seront peut-être plus rapides.

— Attends avant d'y aller. Pas de conneries !

— C'est juste une vérif, autant ça n'a aucun rapport, la maison est vide. On va pas venir avec une armée pour que dalle. Ne t'inquiète pas. À tout à l'heure.

Elle raccrocha sans laisser à son collègue la possibilité d'argumenter plus et se consacra de nouveau à Thierry. Ils n'eurent pas besoin d'échanger pour poursuivre le long de la route et trouver le chemin qui conduisait à la ferme. Léanne tendit un doigt vers une plaque boueuse.

— Il y a encore les mêmes traces de pas et dans les deux sens.

La tension monta d'un cran. Ça sentait bon. Tels des chiens pisteurs, ils avancèrent le regard collé sur le sol. La contrepartie était que ça fleurait surtout les problèmes. La flic laissa sa main droite caresser la carcasse de son arme. Elle savait qu'elle était chambrée. Balle dans le canon, prête à l'usage, le Sig lui fit l'effet d'une présence rassurante. Encore quelques pas et la ferme apparut. Le détective fut comme traversé par une décharge électrique.

— C'est la voiture de Dagorn.

Cette fois ils y étaient, ils ne se trompaient pas. La commandant hésita sur la conduite à tenir. Avant même d'en savoir plus, elle appuya sur le bouton d'envoi d'un SMS qu'elle avait déjà préparé pour Lionel. « *Fais rappliquer du monde d'urgence !* » Puis ils s'avancèrent à découvert, comme deux simples pékins en promenade. Plusieurs individus étaient regroupés autour de ce qui semblait être une caravane. La chose étrange était la peinture noire qui la recouvrait et le fait que les fenêtres soient condamnées. S'ils n'avaient pas été remarqués jusque-là, c'est parce que la demi-douzaine de personnes présentes dans la cour se focalisaient sur ce drôle d'habitacle.

— Ils sont tous là ! Il y a Dagorn avec Dylan Hamon et je pense que la fille est Solène Morvan, Élodie m'a déjà parlé d'elle, indiqua le détective. Son père est mort d'une intoxication aux algues vertes. Elle la soupçonne d'être mêlée aux morts de Le Bihan et Montjoie. Cette fille avait complètement disparu de la circulation et elle se retrouve ici.

Un chien se mit à aboyer, et l'un des membres du groupe les repéra. Tous les visages se tournèrent vers eux. Il y eut toutes sortes de réactions : étonnement, peur, colère, haine. Léanne voulut tenter de les aborder sur un ton calme, presque badin.

— Police, nous…

Ils n'attendirent pas le reste de la phrase. Ils n'auraient pas agi différemment si le diable leur était apparu. À l'exception de Solène, ils coururent en direction des bâtiments, alors que la fille se précipitait vers la caravane. Elle cadenassa l'entrée avant de filer rejoindre les autres. Une évidence : quelqu'un était enfermé là-dedans. Mais pourquoi avoir perdu du temps à fermer cette porte ? C'était une réaction stupide qui ne retarderait que de quelques minutes l'accès. Plutôt que de poursuivre les fuyards, la commandant se rua vers la roulotte et frappa de toutes ses forces contre l'ouverture.

— Élodie ! Tu es là-dedans ? Élodie !

Elle n'eut aucune réponse en retour. Aucun mouvement. Rien qui puisse suggérer une présence intérieure. Elle cogna encore sans plus de succès. Planté aux côtés de la flic, Thierry Bonnot scrutait les alentours. L'idée que le groupe avait pu prendre la fuite était la possibilité qui lui paraissait la plus favorable. Il comprit que ce n'était pas le cas lorsqu'une volée de chevrotines souleva des mottes de terre à leurs pieds.

— Merde, ces cons nous tirent dessus !

Léanne n'écoutait pas, elle cherchait autour d'elle un outil, quelque chose qui puisse libérer l'ouverture. Elle dégaina son Sig. Tirer dans le corps du cadenas était dangereux, pour un résultat sans garantie ; en revanche, les deux œillets métalliques traversés par l'anse étaient dans un acier plus souple. Une balle les transpercerait aisément. C'est ce qu'elle visa. Une détonation, puis une seconde, et les projectiles déchiquetèrent les deux pièces soudées. La porte s'ouvrit et une odeur épouvantable s'échappa de l'habitacle. Dans l'ombre, trois silhouettes gisaient sur un tapis d'algues en décomposition. Léanne lança un regard vers le détective. Il était à genoux en position de tir, un Beretta à la main. Une surprise pour la flic, dans les circonstances ; même si Bonnot n'avait pas le droit d'être armé, elle n'allait pas s'en plaindre.

— Viens m'aider !

Un second coup de fusil se fit plus précis. L'ancien détective hésita. Léanne ne le laissa pas réfléchir.

— Il faut les sortir de là !

Sans attendre, elle retint sa respiration et plongea dans la fournaise de la chambre à gaz. Les corps étaient inertes. Elle attrapa la légiste sous les épaules et la traîna jusqu'à la sortie. Bonnot entra à son tour, il se saisit de Lecointre.

— Le troisième est Yvan Perrin, un type qu'Élodie a déjà rencontré.

Plusieurs tirs cinglèrent la caravane.

— On s'en fout des autres. Couvre-moi que je puisse l'extraire de ce trou avant qu'on crève tous !

— Mais… les autres…

Les regards des sauveteurs s'affrontèrent. À eux seuls, ils ne pourraient pas s'occuper des trois victimes. Encore une fois, la flic prit les devants. Bonnot abandonna le ministre et bondit à l'extérieur en faisant feu vers l'origine des tirs. Il dut faire mouche comme le laissèrent supposer un cri et l'accalmie qui suivirent. Léanne apparut. Elle n'imaginait pas que sa copine puisse être aussi lourde. Elle la traîna pour la mettre à couvert à l'arrière de la caravane, hors de la vue des assaillants. Elle la coucha sur la terre, avant de tomber à genoux à ses côtés à la recherche d'un pouls, d'une respiration. Elle hurla son désespoir en attaquant un massage cardiaque.

— Tu vas pas crever là ! Ne me fais pas ça !

La flic pompa de toutes ses forces sur la cage thoracique. Une côte céda sous la pression. Léanne s'interrompit le temps d'un bouche-à-bouche et reprit le massage. En quelques minutes, elle était à bout de force, dans un état proche de l'épuisement.

— Viens me remplacer, moi je n'en peux plus !

Bonnot abandonna sa surveillance pour prendre sa place. Nouveau tir dans leur direction. Il répliqua avant de relayer Léanne et balança un coup de menton vers la caravane.

— Et les deux autres ?

— Je m'en branle ! T'as pas encore compris ça ?!

Des larmes plein les yeux, la rage au cœur, la flic envoya plusieurs balles en direction de la ferme. À ce moment-là, si Solène et ses compagnons avaient décidé de se rendre, elle les aurait abattus sans aucune pitié. Ils en étaient là, quand un hélicoptère de la gendarmerie les survola et qu'arrivèrent à la rescousse plusieurs militaires et des urgentistes armés d'un défibrillateur.

Les tirs s'arrêtèrent. Désespérée, Léanne regarda vers son amie et les secours en train de prendre la relève de Bonnot. Les minutes qui suivirent furent les plus difficiles qu'elle n'ait jamais vécues. Résumer ce qui s'était passé, attendre, voir d'autres soignants intervenir, tout ce monde qui s'affairait autour d'Élodie…

Et puis il y eut ce médecin qui, après avoir examiné les deux autres victimes, s'adressa aux forces de l'ordre.

— Le décès d'Yvan Perrin remonte à plus d'une heure, par contre, la mort du ministre n'a que quelques minutes.

Les mots du toubib plongèrent Léanne dans un abîme de culpabilité. Elle croisa le regard de Thierry Bonnot. Elle espérait un soutien, il n'y eut rien, comme s'il ne se sentait pas concerné.

Erwan Caroff donnait des instructions et suivait sur sa radio l'action des militaires qui avaient investi la ferme et les constructions annexes. Ils avaient trouvé un blessé, celui touché par le détective, les autres se cachaient ou avaient réussi à fuir. Des techniciens de scène de crime attendaient que les lieux soient sécurisés pour relever des empreintes et de l'ADN. Les constatations seraient longues.

Il y eut le moment où les gendarmes sortirent du bâtiment avec plusieurs prisonniers, en tête desquels marchait Solène, cheveux au vent, attitude bravache. Elle lança un regard en direction de la caravane. On était en train d'évacuer le corps de Jean-Michel Lecointre. Un sourire éclaira le visage de la jeune femme. Léanne, jusque-là comme insensible à son entourage, surprit tout le monde en fonçant vers elle. Elle s'arrêta à moins d'un mètre de Solène et fit jaillir son Sig pour le pointer sur le front de la fille. Moment d'effroi. Toutes les personnes présentes s'immobilisèrent, un peu comme si l'on avait mis l'action sur pause. Les dents serrées à s'en éclater les mâchoires, bras droit tendu, doigt crispé sur la queue de détente, elle affronta le regard de celle qui était à l'origine de tout ça. Solène ne montrait pas le moindre signe de peur. Elle afficha d'abord un peu de surprise, rien de plus, avant de reprendre le même sourire fanfaron.

— Vas-y, tire ! Tu sais, moi je suis morte depuis longtemps, depuis l'enfance. Ils m'ont tout pris. Alors, si tu as des couilles, fais ce que tu crois juste. Presse cette putain de détente et qu'on en finisse.

L'index se fit plus lourd, le marteau du pistolet entama son recul. Autour d'elle, personne ne bougeait, si ce n'est un gendarme qui avait sorti son arme et braquait Léanne, prêt à faire feu. Il n'attendait qu'un signe de la part d'Erwan. Le colonel s'avança lentement vers la commandant.

— Léanne, arrête tes conneries. Si tu la flingues, c'est elle qui aura gagné. Ça ne calmera pas ta colère.

Le bras de la flic s'amollit.

— Ne l'écoute pas, fais-toi plaisir. Venge-toi. J'ai tué ta copine, elle était comme toi, elle faisait partie du système. Elle ne méritait rien d'autre.

Léanne refusait d'en entendre plus. Il fallait faire taire cette salope. Elle pressa sur la queue de détente.

Au lieu de heurter le percuteur, le marteau s'abattit sur le pouce d'Erwan. Il récupéra le pistolet de Léanne en même temps que deux de ses hommes se saisissaient d'elle. Sans comprendre qu'elle venait de passer à un doigt de la mort, Solène explosa d'un rire de démente.

— Elle n'aurait jamais eu le cran de le faire. Pour tuer, il faut être forte, elle a beau être flic, elle n'outrepassera jamais les lois. Ces lois qui protègent les tricheurs et les menteurs !

Le colonel s'adressa encore à ses troupes.

— Emmenez cette fille et ses amis. Ils n'ont plus rien à faire ici.

Les voix furent couvertes par l'atterrissage et le décollage presque immédiat de Dragon 29, l'hélicoptère de la Sécurité civile finistérienne venu évacuer Élodie vers Brest.

Erwan se renseigna auprès des secouristes et de ses hommes avant de rejoindre Léanne. Il la trouva prostrée, assise sur le marchepied de leur camion d'intervention, deux gendarmes patientant à ses côtés. D'un coup de tête, Erwan leur fit signe de les laisser seuls.

— Bien que son pronostic vital soit engagé, Élodie est vivante. Tu as fait ce que tu as pu. Si tu n'étais pas arrivée, elle serait morte.

— J'ai tué Jean-Michel Lecointre.

— Il fallait prendre une décision. Vous ne pouviez pas sauver les deux. Ce n'est pas toi la criminelle. Tout le monde aurait réagi comme toi.

— Et tu vas m'arrêter pour tentative de meurtre ? Sans toi je la butais, cette garce.

Les sourcils d'Erwan se levèrent dans une mimique étonnée, dont le côté théâtral ne pouvait pas échapper à la commandant.

— Je ne comprends pas de quoi tu parles. Je n'ai rien vu et je suis certain qu'il en est de même pour mes hommes.

L'arrivée des véhicules de la PJ mit fin à leur discussion.

— Tiens, voilà tes troupes. Heureusement que les gendarmes sont plus réactifs.

— C'est pourquoi j'ai demandé à Lionel de t'appeler. Nous n'avons pas d'hélicoptère comme vous.

Elle pointa son regard dans les yeux de son ex-amant.

— Merci d'être venu si vite. Sans toi, je ne sais pas où on en serait.

— Ne cherche pas d'excuses et va les accueillir.

Chapitre 38

Léanne retrouva ses hommes en train de prendre le café dans la pièce commune de la PJ. Si le discours était animé, l'ambiance était morose. On évoquait l'affaire et les auditions en cours, avec dans l'esprit de tous, Élodie, dont l'état était préoccupant.

Il ressortait de leurs investigations qu'ils avaient entre les mains les trois principaux instigateurs des faits et une bande de « suiveurs » dans le rôle de chevilles ouvrières.

Le cas le plus étonnant était celui de Solène Morvan. Partie des Côtes-d'Armor après le drame qui avait coûté la vie à son père, elle avait été élevée par la sœur de sa mère, dans le Midi, jusqu'à sa majorité. C'est à ce moment-là qu'elle avait décidé de prendre comme nom d'état civil celui de sa mère. De retour en Bretagne, personne ne l'avait identifiée, d'autant que la gamine devenue femme s'était inventé un passé qui n'avait rien à voir avec la réalité. Pour Lionel, une chose était claire.

— Elle a tout prémédité. Ce changement d'identité n'avait qu'un seul but, endormir les gens et pouvoir trouver du travail sans risque de faire le rapprochement avec son père. Elle devrait tomber pour assassinat.

— C'est probable, admit Léanne. À l'origine, seuls Dylan et Dagorn connaissaient la vérité sur elle. C'est à eux qu'elle est allée s'adresser dès son retour dans les Côtes-d'Armor. Ils sont le noyau dur du groupe. Les cerveaux.

— Tu penses qu'elle les a manipulés ?

— Je ne sais pas qui a manipulé qui. Dagorn est vicieux. Il a aussi bien pu se servir d'elle. Il y a longtemps qu'il voulait déclarer une guerre sans merci aux lobbies de l'agroalimentaire. C'est le combat de sa vie. En voyant débarquer Solène, il a trouvé l'opportunité qu'il cherchait. Il n'y a pas mieux que quelqu'un qui a la haine pour moteur. C'est bien plus puissant que la politique ou l'idéologie. C'est elle qui a réussi à enrôler Dylan, là où Dagorn avait échoué.

— Et Gwenaël Lamarre dans cette histoire ?

— Rien, personne n'en parle. Ils le connaissaient un peu… ça les a bien amusés d'apprendre qu'il était le principal suspect d'une affaire à laquelle il n'a jamais participé.

Léanne faisait grise mine.

— On est tous partis, comme des idiots, sur ce type. Élodie n'y croyait pas.

Isaac intervint :

— La chance inouïe qu'a eue le groupe, c'est qu'il n'y ait pas eu d'autopsie pour les deux premiers meurtres.

— C'est vrai, reconnut Léanne en se mordant les lèvres. Et moi, comme une idiote, qui me suis moquée d'Élodie, alors qu'elle avait tout compris. Je m'en veux d'avoir été aussi stupide.

— Dans cette histoire, tu n'es pas la seule. Le top, c'est quand même les pompiers et la DDSP[18] qui vont, sur instruction du préfet, récupérer dans le plus grand secret le corps de Montjoie au domicile de Solène et font croire qu'il est mort chez lui. Au final, pour ne pas ternir la mémoire du « grand homme », ils cachent un meurtre. Bravo ! Si ça, ce n'est pas un exemple de police au service de l'État et de ses magouilles… C'est grave, ça préfigure du futur.

Lionel était bien de cet avis.

— Avec la réforme à venir, qui n'a qu'un seul but, tuer la PJ en mettant tout son personnel au service du chef de la sécurité publique, on ira de surprise en surprise. Tu imagines si l'on est commandés par Fantômette ?

Léanne fit une moue. Elle avait d'autres griefs contre Fantômette qu'elle tenait responsable d'avoir brisé la carrière d'un de ses collègues de promotion, mais c'était une autre histoire. La présence de la directrice lors de la récupération du corps de Montjoie avait de toute évidence pour but de cacher une magouille. Ça laissait augurer d'un avenir sombre.

L'arrivée de Vanessa remit l'affaire au centre de la discussion.

— Qu'est-ce que tu fais là ? demanda Léanne.

— Le juge m'a demandé de procéder à un examen psychologique des gardés à vue. J'ai déjà discuté avec Solène, mais je la reprendrai après ton audition. Je ne suis pas certaine qu'elle soit responsable

18. *Directrice départementale de la sécurité publique.*

de ses actes… En ce qui concerne Dagorn, c'est le type parfait du manipulateur narcissique. Avec de belles tendances de psychopathe. Je pense qu'il est le principal responsable de tout ça. Il s'est servi de la douleur des deux gamins pour les manipuler et faire d'eux les personnages emblématiques de leur mouvement. Pour les autres gardés à vue, il s'agit surtout de gogos en mal d'aventure et de cause à défendre. Des esprits faibles qui se sont laissé endoctriner et n'ont fait que suivre… Dans la durée, je pense que le groupe se serait délité. Solène et les deux autres en étaient conscients. C'est en grande partie pour cette raison qu'ils ont exécuté Yvan Perrin. Ils voulaient faire un exemple qui dissuade les plus mous de les quitter.

— Ne me dis pas qu'ils vont tous être déclarés irresponsables de leurs actes ! Ces gens ont tout prémédité. Ils doivent tomber pour assassinat et association de malfaiteurs.

— Je ne sais pas ce que la justice décidera. Je dis simplement qu'en ce qui concerne Dagorn, Solène et Dylan, il faudra faire des évaluations complémentaires.

Il y avait dans le ton de Léanne autant de colère que de découragement. Vanessa s'attendait à cette réaction de la part de sa copine. Elle savait que dans les minutes qui suivraient, la tension retomberait et qu'elle admettrait elle-même ce qui était presque une évidence. Tous ces gens étaient dingues.

Chapitre 39

Pâle, presque livide, Solène était entravée lorsqu'elle entra dans le bureau de la cheffe de la PJ. L'avocat qui l'accompagnait avait tout d'un gamin, une impression qu'accentuaient les boutons d'acné qui fleurissaient sur son menton. Un commis d'office. Léanne imagina que ça ne durerait pas. Dès que les ténors du barreau auraient connaissance de l'affaire, ils se bousculeraient pour prendre la défense des suspects.

— Enlève-lui les pinces.

Le policier qui escortait la jeune femme s'exécuta sans trouver à redire. Le recueil d'aveux nécessite une mise en confiance et une humanité, incompatible avec les règles édictées par une administration qui se couvre en se retranchant derrière un principe de sécurité. Le seul qui donna l'impression d'être surpris par cette décision fut l'avocat. Léanne lui désigna son siège et invita Solène à prendre place en face de son bureau.

— Vous voulez un café ?

Léanne reçut en guise de réponse un simple hochement de tête de la gardée à vue et un « Oui » timide du gamin qui l'accompagnait.

— Tu n'as plus envie de me tuer, tu m'offres le jus. Une nouvelle technique policière, on amadoue la prisonnière pour mieux la faire parler.

Léanne fit comme si elle n'avait rien entendu. Elle s'attela au service, tout en essayant de rassurer la jeune femme. Un jeu difficile, tant les preuves et les aveux déjà obtenus tressaient un solide nœud coulant autour de Solène.

— Je crois qu'en l'état, il n'y a plus à rechercher les confirmations de votre culpabilité, mais plutôt les motivations qui vous ont poussée à tuer ces gens. Il faudra donner aux jurés des explications, c'est ce qu'ils attendront, et c'est aussi ce qui aidera votre avocat à adoucir la peine encourue.

Le genre de discours que le jeune boutonneux s'étonna d'entendre. Il y trouva une bonne raison d'être sur ses gardes. De son côté, Solène eut un rire désabusé.

— Ah, oui, en plus tu me vouvoies ! Lorsqu'on pointe le canon de son arme sur quelqu'un, on devient un peu intime, non ?

Léanne déposa les boissons et s'installa face à son clavier. Il n'était pas question pour elle d'évoquer un incident qui ne s'était jamais passé et qui, dans le cas contraire, pourrait lui attirer un bon gros lot d'ennuis. Conduire cette audition était peut-être une erreur, mais elle n'avait aucune envie de laisser faire quelqu'un d'autre. Elle fixa son regard sur sa prisonnière. Quel que soit le langage qu'elle pourrait lui tenir, Solène n'avait aucune sympathie pour la femme qui lui faisait face. La flic représentait le système, cette administration qui s'était moquée d'elle pendant de nombreuses années, celle qui du haut de sa condescendance jugeait ce qui était bon, ou pas, pour le bas peuple.

Léanne envoya un coup de menton interrogateur.

— Alors ? Quelque chose à dire pour justifier vos agissements ?

Solène la regarda longuement avant de cracher son venin.

— Tu attends quoi ? Des regrets ? De la contrition ? Les gens que nous avons tués étaient des vermines. Ce sont eux, les criminels, pas nous. Ce que nous avons fait est un acte de résistance. Je sais qu'un jour on nous comprendra. J'ai hâte de me retrouver devant un tribunal pour qu'on puisse parler librement. D'ici là… Flics, juges… Je vous emmerde tous !

Léanne préféra ne pas la contredire.

— Mon père n'est pas mort d'un infarctus. Il est décédé à cause de ces saloperies d'algues vertes et tout le monde s'en est foutu. Pire, ils ont caché la réalité.

La moue, peu convaincue, de Léanne, ne passa pas inaperçue à Solène. Une erreur que la flic n'aurait pas dû commettre. Ce sont des yeux lance-flammes qui se braquèrent sur elle.

— Tu ne me crois pas ! Tu dois penser que je verse dans le conspirationnisme, c'est ça ?

Consciente de sa faute, la commandant sentit ses joues s'empourprer, sans qu'elle soit pour autant capable de trouver les mots qui auraient pu apaiser la suspecte et remettre les choses en ordre. Une grimace d'un dégoût dont elle était la cause se dessina sur le visage de la gardée à vue.

— Papa n'avait pas quarante ans. Il était sportif. Il n'avait aucune raison de mourir d'une crise cardiaque. Il ne buvait pas, parce qu'en plus on a essayé de le faire passer pour un poivrot ! Pour le boulot, il avait subi une prise de sang quelques semaines auparavant. Tout était normal.

— Je vous crois…

— Non, tu ne me crois pas, tu mens. L'inspectrice du travail qui a enquêté sur le décès de mon père a eu des doutes, elle ! D'ailleurs, pourquoi tu ne l'as pas entendue ?

— Calmez-vous, vous savez très bien que ce n'est pas moi qui étais chargée des investigations à l'époque. Je le ferai, ne vous inquiétez pas.

— Elle en a référé à ses supérieurs, tout est remonté jusqu'au préfet. Il a bien dû se poser des questions puisqu'il a informé le procureur et que ce dernier a demandé l'exhumation du corps de papa pour ordonner une autopsie.

Léanne attrapa des documents qui étaient à côté d'elle.

— Et ils ont conclu à un infarctus.

La remarque eut valeur d'insulte pour la jeune femme. Le visage tordu par la colère, elle fut comme propulsée par un gigantesque ressort et repoussa le bureau sur la commandant. Surprise par l'attaque, Léanne se retrouva bloquée au sol entre son fauteuil, la table de travail et tout son matériel. L'arme de service valdingua depuis le tiroir où elle était déposée jusque sur le carrelage. Transformée en boule de rancœur, Solène contourna l'enchevêtrement de meubles et d'accessoires pour se ruer sur Léanne. Elle commença par lui balancer un coup de pied dans les côtes avant de remarquer le pistolet.

Il était là qui la narguait. En un éclair, elle entrevit des possibilités multiples. C'était trop tentant pour qu'elle ne le ramasse pas. Les yeux de la flic firent également un aller-retour entre la gardée à vue et le Sig.

— Déconne pas !

L'avocat, témoin de la scène, n'écouta que son courage. Il prit la fuite en laissant la porte ouverte. Hurlement de Léanne. En appui sur les coudes, elle dégagea ses jambes en même temps que Solène saisissait le pistolet.

— Lâche ça !

Lionel était à l'entrée du bureau, mais désarmé. Il évalua la situation d'un coup d'œil et se précipita sur la forcenée. Elle n'eut aucune hésitation, elle braqua le policier et pressa la détente avant d'être propulsée en arrière. Le Sig s'envola. Elle se retrouva couchée sur le sol avec Lionel sur elle. Dans la chute, la tête de Solène heurta un meuble. Groggy, la bave aux lèvres, elle tenta dans un dernier sursaut de se libérer. Trop tard.

Léanne était aussi sur elle.

— Et si mon pistolet avait été chargé ?

Les mains sur les poignets de la prisonnière, son collègue lui envoya un sourire bravache.

— J'ai vu que le chargeur n'était pas engagé.

— J'aurais pu laisser une balle dans le canon.

— J'ai parié sur ta conscience professionnelle.

Ils étaient passés à côté du drame. Léanne aida Lionel à relever Solène. Cette fois, elle eut droit aux menottes et fut accrochée à l'anneau d'acier fixé sur le mur du bureau. Elle cracha comme un chat.

— Dommage.

Sans la présence de son adjoint, Léanne lui aurait bondi dessus. Pour calmer sa colère, elle trouva un autre objectif. L'avocat était à la porte.

— C'est pas le courage qui t'étouffe, toi.

— Je ne vous autorise pas à me tutoyer.

— Ta gueule !

Elle désigna une chaise au sol.

— Assieds-toi et ferme-la !

Aidée de Lionel et d'autres policiers, la commandant remit un semblant d'ordre dans son bureau. L'ordinateur et le matériel d'enregistrement avaient supporté l'aventure. Une fois installée, Léanne invectiva à nouveau sa prisonnière. Cette fois, adieu le vouvoiement.

— Tu n'es finalement qu'une criminelle. Tu te caches derrière la mort de ton père, mais tu as montré ta véritable personnalité. Avec Dylan et Dagorn, à vous trois vous vous seriez fait un plaisir de tuer Élodie Quillé. Elle a pourtant cherché des éléments en votre faveur.

Bizarrement, et contre toute attente, l'argument sembla réussir à se frayer un chemin dans les méandres du cerveau de Solène. Ses épaules s'affaissèrent et sa hargne disparut d'un coup.

— Vous avez raison. On a fait une connerie... Et pas qu'une... La colère m'aveugle, mais vous ne pouvez pas comprendre par où je suis, nous sommes, passés. Ces gens ont assassiné mon père et je les vois se pavaner devant des journalistes, faire des inaugurations, quand ils ne sont pas au gouvernement ou en première page de magazines. C'est insupportable pour moi.

— Ça n'excuse pas tout. C'est une folie meurtrière qui vous anime.

Solène essuya une larme naissante.

— On voulait tuer Lecointre, ancien président de Région, ancien ministre d'État, il est un de ceux par qui tout est arrivé. Par son soutien aux grands groupes industriels de l'agroalimentaire, on lui doit des suicides d'agriculteurs et la prolifération des algues, avec tous les effets qu'on connaît.

Solène reprit son souffle.

— L'important était de ne pas être identifiés trop tôt, c'est pour ça que nous ne donnions aucune publicité à nos actes. Mieux valait rester dans l'ombre et laisser croire que Le Bihan et Montjoie étaient décédés de mort naturelle. Après Jean-Michel Lecointre, nous avions prévu de diffuser les vidéos de leur procès sur les réseaux sociaux et de nous constituer prisonniers. On aurait tout reconnu, en revendiquant l'exécution d'Armel Le Bihan et des autres. On aurait démontré que ce qu'on présentait comme des crises cardiaques pouvait très bien être une intoxication à l'H2S.

— Et Élodie Quillé, comment tu peux justifier d'avoir voulu l'assassiner ?

Solène prit sa respiration.

— Elle nous a repérés trop tôt, ça a poussé ce pleutre d'Yvan Perrin à nous trahir. Je sais que c'est stupide ce que je vous dis, mais c'est comme ça. Nous étions obnubilés par notre but. On ne réfléchissait plus. Elle était le grain de sable qui pouvait faire capoter tous nos projets.

Léanne resta silencieuse. Tous les flics sont habituellement ravis lorsqu'ils obtiennent les aveux d'un suspect, qui plus est dans le cadre d'une affaire aussi médiatique. Là, ce n'était pas le cas. Léanne ne ressentait rien, aucune excitation, aucun plaisir.

Toute cette affaire n'était qu'un immense gâchis. Il n'y avait dans cette enquête que des victimes. Solène et Dylan étaient des enfants dont la vie avait basculé avec la mort de leur père. Des malheureux. Le cas de leurs complices était plus discutable. En audition, Dagorn se révélait être une sorte d'illuminé persuadé qu'il était en train de sauver l'humanité. C'est lui qui avait recruté les autres membres du groupe, des gens à l'esprit faible dont l'association et le fonctionnement ressemblaient à ceux d'une secte avec Dagorn et les deux jeunes comme gourous.

Pour les entrepreneurs et politiques, la flic voulait bien croire qu'ils avaient fait ce qu'ils estimaient être juste et avantageux pour leur région. Après tout, nul ne pouvait imaginer les nuisances qui découleraient de l'usage immodéré des engrais avec en corollaire l'apparition de ces maudites algues vertes qui polluent les côtes et tuent. Elle préférait occulter l'idée constante de profit et le fait qu'aucun de ces puissants n'ait jamais rien fait pour corriger le tir et pousser les exploitants à s'engager sur la voie d'une agriculture raisonnée. Elle n'était qu'une flic et tout cela n'était pas de son domaine… En tout cas, tant qu'on ne s'entre-tuait pas et qu'on ne s'en prenait pas à ses amies. Léanne en eut tout d'un coup assez d'entendre Solène. Elle abandonna son clavier pour son téléphone. Elle appela Lionel pour qu'il la remplace. Vanessa était dans le couloir. Elles échangèrent un regard triste.

Léanne n'insista pas. Elle avait une autre préoccupation bien plus importante.

— T'as des nouvelles ?

Le visage de la psy s'assombrit.

— Je suis allée à l'hôpital. Le pronostic vital reste engagé. Elle a été exposée à un taux supérieur à 1000 ppm. Elle a fait un œdème pulmonaire, elle est intubée et ventilée. Si elle s'en sort, personne ne sait dans quel état elle sera. Il est probable que ses facultés intellectuelles soient touchées.

Léanne eut un regard atterré.

— Tu veux dire quoi ?

— Elle peut être amnésique, ne pas arriver à ordonner ses idées, avoir perdu l'usage de certains mots… Il y a différentes possibilités.

— Je vais y aller.

— Ça ne sert à rien. Elle est en réa…

— Je veux la voir. J'en ai besoin !

Vanessa n'insista pas. Léanne dévala l'escalier conduisant au parking et quitta la PJ, direction La Cavale-Blanche.

Chapitre 40

C'était bien la première fois qu'elle faisait ce parcours avec la peur au ventre. Habituellement, se rendre à La Cavale-Blanche était plutôt un plaisir… même si, paradoxalement, elle y allait souvent pour des raisons professionnelles. Derrière le boulot, il y avait toujours la joie de retrouver Élodie et de savoir qu'il y aurait des crises de rire, des moments de folie. Ces souvenirs éclairèrent son visage et des scènes de bonheur défilèrent devant ses yeux. Elle pensa aussi à leur groupe de rock. Non, Élodie ne pouvait pas leur faire cette mauvaise plaisanterie. Elle ne pouvait pas mourir. Pas comme ça. Pas maintenant. Un sentiment de culpabilité submergea la policière. Si seulement elle avait cru Élodie au lieu de se moquer d'elle. On en était là par sa faute, comment avait-elle pu douter de son amie à ce point ? Elle la connaissait depuis… presque toujours et elle n'avait pas su l'écouter, préférant railler ses théories plutôt que de se dire qu'elle avait peut-être raison.

Arrivée au centre hospitalier, Léanne se rendit jusqu'à la salle de réanimation. Elle y trouva des infirmières et une jeune interne qu'elle avait déjà rencontrée. Pas besoin d'être fin psychologue pour décrypter les visages qu'elle avait en face d'elle. La médecin confirma en quelques mots ce que Vanessa avait indiqué.

— On la stabilise, les quelques réactions qu'on a pu noter sont encourageantes, mais elle est loin d'être tirée d'affaire. À ce stade, tout peut se produire.

Tout en parlant, elles s'étaient rapprochées du lit sur lequel était étendue la légiste. Les perfs, les machines avec leurs leds de couleur, tout l'appareillage déployé pour maintenir la patiente en vie furent loin de tranquilliser Léanne. Pourtant, sans être une professionnelle, elle n'était pas une novice qui débarquait dans un hôpital. Elle en avait vu des victimes en soins intensifs… mais jamais personne à qui elle était aussi attachée. Elle eut un moment d'absence, proche du malaise. L'interne s'en rendit compte.

— Ça va ?

Les yeux rivés vers Élodie, elle bredouilla un « Oui » très approximatif. Et c'est à ce moment-là qu'un *bip* retentit. Des signaux lumineux clignotèrent autour de sa copine avec pour effet de rameuter plusieurs infirmières.

— Elle fait un arrêt !

La médecin abandonna Léanne pour rejoindre le groupe de soignants. L'estomac de la flic se contracta.

Elle avait envie de hurler sans pour autant pouvoir émettre le moindre son. Elle s'appuya à un mur, chercha du regard un endroit pour s'asseoir et se mit à prier.

FIN

Île-Tudy, le 13 septembre 2022

À Kristell et Jessica, ma femme et ma fille.

À mes petits-enfants, Léanne et Gabin.

À Stéphane Le Gléau, qui laisse son fauteuil à Léanne.

À Claire Saccardy, pour sa gentillesse et sa disponibilité.

À Vanessa Martinez, pour les informations et ses conseils.

À ceux qui ont prêté leur nom aux personnages de cette histoire : Léanne Sterenzy, Élodie Quillé, Lionel Le Roux, Erwan Caroff, François Quentric, Mickael Pleiber, Guénolé Le Gall, Isaac Caroff, Marie Evano… Et Christian Autissier, un Berrichon devenu planchiste malouin.

À mes premiers lecteurs, pour leurs critiques constructives, avec toujours et encore une mention particulière pour Bernard Trenque qui dévore en une nuit un texte qui n'est qu'une ébauche et me donne des avis éclairés.

Et puis les autres, Philippe Germain, Hervé Giraud, Serge Giraudo.

Aux potes Jean-Claude Guillemain, Bruno Bodin, Claude Vasseur.

À ceux qui me soutiennent depuis que j'écris : les salons, les médiathèques, les blogs du polar, les libraires, impossible de les citer tous.

Et enfin et surtout à Jean Failler et Delphine Hamon, ainsi qu'à toute l'équipe des Éditions Palémon, Myriam Morizur, Nathalie Simon, Annie Le Chevanche, Meven Le Donge, Laëtitia Gonidec, Myriam Henvel, Fanny Maily et Karine Body.

La première de mes sources a été *Algues vertes, l'histoire interdite*, l'enquête menée par Inès Léraud et illustrée par Pierre Van Hove pour La Revue dessinée publiée chez Delcourt. C'est la lecture de ce livre qui m'a donné l'idée et l'envie d'écrire ce roman. Je le conseille à tous ceux qui veulent approfondir le sujet et se faire une idée sur la réalité des faits mentionnés dans mon ouvrage.

Sur le Web

Symptômes de l'intoxication à l'H2S :

L'hydrogène sulfuré : ce gaz qui s'en prend au système nerveux central - Destination Santé (destinationsante.com)

Deux visions opposées de l'agriculture et de l'élevage :

Côtes-d'Armor. À Langoat, deux visions opposées de l'agriculture (ouest-france.fr)

Estuaire de Gouessant :

Algues vertes : dans l'estuaire du Gouessant, «malheur à celui qui passe» (radiofrance.fr)

Hillion :

Algues vertes : dans la baie de Saint-Brieuc, une plage fermée depuis sept mois (radiofrance.fr)

Qualité des eaux de baignade, source ARS Bretagne :

La qualité des eaux de baignade en Bretagne | Agence régionale de santé Bretagne (sante.fr)

Un poison violent, l'hydrogène sulfuré (h2s) | Toxicologie clinique | INSPQ

Recherche d'H2S autopsie :

Intoxication aiguë accidentelle par l'hydrogène sulfuré : à propos d'un cas inhabituel (ata-journal.org)

La crise au Sri Lanka :

La crise au Sri Lanka est-elle causée par sa transition vers une agriculture biologique ? (tv5monde.com)

Inscrivez-vous gratuitement,
et sans aucun engagement de votre part,
à notre bulletin d'information
en nous retournant le coupon ci-contre.

Vous serez averti(e) des parutions en exclusivité,
pourrez bénéficier d'offres spéciales,
de cadeaux, etc.

Chaque nouvel inscrit recevra
une petite surprise…

Rejoignez-nous vite!

Et n'hésitez pas à proposer l'inscription
à vos parents et amis…

Je désire m'abonner gratuitement
au bulletin d'information des Éditions du Palémon :
je serai informé(e) des parutions
de Pierre Pouchairet,
ainsi que de l'actualité et des offres Palémon.

Nom ....

Prénom ....

Adresse ....

....

Code Postal ....Ville ....

Pour encore plus d'offres et d'infos,
indiquez votre adresse e-mail :

E-mail ....@..................

Bon à compléter ou à recopier
et à retourner par courrier à l'adresse suivante :

ÉDITIONS DU PALÉMON
ZI de Kernevez
11B rue Röntgen
29000 QUIMPER

Vos données sont collectées par les éditions du Palémon afin de vous inscrire à notre lettre d'information. Le recueil des données est facultatif et limité à ce qui est strictement nécessaire pour vous faire parvenir notre catalogue et/ou notre newsletter. Vous pouvez à tout moment accéder à vos données, les rectifier, demander leur suppression ou la limitation de leur traitement. En cas de question, vous pouvez nous contacter au 02 98 94 62 44 ou sur **contact@palemon.fr.**

❒ Je consens à l'utilisation de mes données

❒ Je souhaite m'inscrire à la newsletter

PP10

Retrouvez l'ouvrage de Pierre Pouchair et
et tous les titres des Éditions du Palémon sur :

www.palemon.fr

ÉDITIONS DU PALÉMON
ZI de Kernevez - 11B rue Röntgen
29000 QUIMPER
02 98 94 62 44
Dépôt légal 4e trimestre 2022

ISBN : 978-2-372606-78-3

Achevé d'imprimer en octobre 2022
sur les presses de CPI Bussière
18200 Saint-Amand-Montrond
Numéro d'impression : 2068247
1er tirage

Imprimé en France